KJB

Evelin

Kathryn Littlewood ist Schriftstellerin, Schauspielerin und Comedian, lebt in New York, USA, arbeitet oft in Los Angeles – und hat eine ebenso große Schwäche für pain au chocolat wie für Kinderbücher. Sie ist eine leidenschaftliche Köchin, aber eine fürchterliche Bäckerin, und gibt zu, dass ihr noch nie ein Kuchen geglückt ist. Essen tut sie ihn dennoch für ihr Leben gern!

Eva Schöffmann-Davidov, geboren 1973, hat schon als Kind alles gezeichnet, was ihr vor den Pinsel kam. Nach dem Abitur besuchte sie die Freie Kunstwerkstatt in München und studierte anschließend Graphik-Design in Augsburg. Bis heute hat sie mit großem Erfolg über 300 Bücher, vorwiegend für Kinder- und Jugendbuchverlage, illustriert. Sie lebt, liebt und arbeitet in Augsburg.

Alle Bände über ›Die Glücksbäckerei‹:
Band 1: Das magische Rezeptbuch
Band 2: Die magische Prüfung
Band 3: Die magische Verschwörung
Band 4: Die magische Verwandlung
Band 5: Die magische Rettung
Band 6: Die magische Zeit
Band 7: Das magische Fest

Weitere Bände sind in Vorbereitung!

Weitere Informationen zum Kinder- und Jugendbuchprogramm der S. Fischer Verlage finden sich auf *www.fischerverlage.de*

Kathryn Littlewood

Die Glücksbäckerei
Das magische Fest

Aus dem Amerikanischen
von Eva Riekert

Mit Vignetten
von Eva Schöffmann-Davidov

KJB

Zu diesem Buch ist bei Hörbuch Hamburg ein Hörbuch,
gelesen von Sasha Icks, erschienen,
das im Buchhandel erhältlich ist.

MIX
Papier aus verantwortungsvollen Quellen
FSC® C083411

Erschienen bei FISCHER KJB

Das amerikanische Original trägt den Titel ›Holiday Magic. A Bliss Novel‹

Published by Arrangement with INKHOUSE MEDIA Group Corp., New York
Dieses Werk wurde vermittelt duch die Literarische Agentur
Thomas Schlück GmbH, Garbsen
Umschlaggestaltung: Eva Schöffmann-Davidov
unter Mitarbeit von MT Vreden, Vreden
Umschlagillustration: Eva Schöffmann-Davidov
Lektorat: Kerstin Kipker
Satz: Dörlemann Satz, Lemförde
Druck und Bindung: CPI books GmbH, Leck
Printed in Germany
ISBN 978-3-7373-4127-1

Für Jeff Sampson

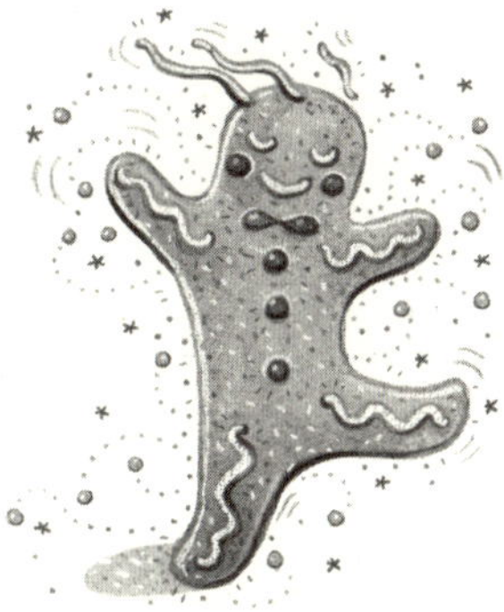

Inhalt

Prolog
Wenn der Eismann kommt

Die Welt glitzerte weiß. Der Winter war hereingeschneit und hatte Calamity Falls mit einer weichen Schneedecke überzogen, die die Dächer, die Bäume und die verwinkelten Straßen sanft zudeckte. Glücklicherweise handelte es sich um *richtigen* Schnee und nicht um das Ergebnis eines zauberischen Schneesturms aus Puderzucker.

Bei Rosmarin Glyck waren solch phantastische Ereignisse nämlich an der Tagesordnung.

Nicht jedoch an diesem Morgen.

Um Punkt fünf Uhr rasselte Roses Wecker neben ihrem Bett. Normalerweise war ihre erste Reaktion, auf die Schlummertaste zu hauen – vor allem an einem Samstag. Heute jedoch nicht. Schließlich begannen heute offiziell die Winterferien, die liebste Zeit der dreizehnjährigen Meisterbäckerin. Rose freute sich, Schreibzeug gegen Holzlöffel einzutauschen, ihren geerbten Laptop gegen Töpfe und Pfannen und ihre Schulbücher gegen das familieneigene magische Backbuch. Die Winterferien bedeuteten für Rose und die Familie Glyck: Zeit für Weihnachten. (Leider bedeutete es auch hässliche Weihnachtspullover … doch Rose bemühte sich, nur das Positive zu sehen.) Schon stiegen die warmen Düfte nach Muskatnuss und Zimt von unten herauf – aus dem Teil des Hauses, der bereits vor Roses Geburt zu einer Bäckerei umgebaut worden war.

Rose knipste das Licht an und beeilte sich, in die Kleider zu schlüpfen, wobei ihr bereits lauter Ideen für Rezepte durch den Kopf gingen. Im Hinuntergehen überlegte sie sich, wie sie aus den weihnachtlichen Klassikern mit Zauberzutaten Neues machen konnte, zum Beispiel *Steppende Stutenkerle*, mit denen jedermann zum Startänzer einer Weihnachtsparty wurde … Oder ein *Lodernder Baumkuchen* mit harmlosen Flammen, die weiterbrannten, auch wenn man den Kuchen aufschnitt und verzehrte … Oder …

Sie war immer noch in Gedanken versunken, während sie den Wohnteil des Hauses verließ und ihren liebsten

Ort auf Erden betrat – die Bäckerei der Familie Glyck. Draußen in Calamity Falls mochte es ja eiskalt sein, doch hier war die Luft angenehm warm und roch nach frisch gebackenen Plätzchen und Muffins, Früchtebrot und Apfelkuchen.

Der Ladenraum der Bäckerei erstrahlte vor festlichen Dekorationen und bunt verziertem Gebäck – Roses Mutter Polly war Meisterin im weihnachtlichen Ausschmücken. Tannengirlanden hingen von der Decke, kunstvolle Kränze zierten sowohl die großen Schaufenster als auch die Glasscheibe der Ladentür. Und mitten in der Ladenvitrine stand als besonderes Schmuckstück ein riesiges Lebkuchenhaus mit bunten Zuckergussfenstern. Das hatte Polly gemeinsam mit Tante Lily gemacht, deren *Schokoladenladen* in der Nachbarschaft lag.

Im vorderen Teil der Bäckerei stand für Rose das Wichtigste: der ausladende Weihnachtsbaum. Eine regenbogenfarbene Lichterkette wand sich blinkend hinauf bis zu dem silbernen Stern an der Spitze, doch statt Weihnachtsschmuck hingen an den Zweigen Girlanden aus Weihnachtspost, die die Familie Glyck von Freunden und Verwandten bekommen hatte.

Lächelnd zupfte Rose ein paar der Karten zurecht. Es gab einen glitzernden Gruß von Kathy Keegan, der Chefin eines großen Backimperiums. Eine Karte in Form einer

Wolke kam von Marge, die einst bei *Greatcake-Snack-Gebäck* angestellt gewesen, nun aber eine international berühmte Ballonführerin war. Eine Postkarte aus San Caruso, die nach Haselnuss duftete, war von Griselda Farina D'Ambrosio Caruso-Smith unterzeichnet – besser bekannt als Sunny. Und direkt in Augenhöhe hing ein Foto von Roses neuen Freunden aus Kanada: dem lächelnden Cosmo, der Teig ausrollte, neben ihm zwei mehl- und teigbespritzte Babys – Emma Tilley und ihre Mutter Edith, denen Rose zu einem Neuanfang verholfen hatte.

Nach ihrer Kanadareise war Rose nun eine zu hundert Prozent bestätigte Meisterbäckerin. Die Internationale Nudelholzgesellschaft hatte die Familie Glyck seit Monaten in Ruhe gelassen, und selbst die Schule war einigermaßen angenehm gewesen, vor allem dank ihres FF (festen Freundes) Devin Stetson. Das Leben war schön, fand Rose.

Summend schob sie sich durch die Schwingtür, die vom Laden in die Backstube führte. Polly wuselte zwischen dem Küchenblock und den Backöfen herum. Eine teigverspritzte Schürze schützte ihr gemustertes Kleid. Rührschüsseln standen auf allen vorhandenen Arbeitsflächen herum, und auf einer davon lag das aufgeschlagene alte Backbuch.

»Da bist du ja endlich, Rosie!«, sagte Polly und band ihre schwarzen Locken zusammen. »Wir haben viel Arbeit vor uns, vor allem, da Chip ja seinen verdienten Urlaub genommen hat.«

Chip war Pollys Gehilfe, ein großer, glatzköpfiger Exsoldat mit weichem Herz und sturem Dickkopf. Er war in den Westen gefahren, um die Feiertage bei seiner Familie zu verbringen. Polly hatte ihm Unmengen von Dosen mit Weihnachtsplätzchen mitgegeben und ihm immer wieder versichert, dass er fahren dürfe und die Glücksbäckerei auch mal ein paar Tage ohne ihn klarkäme.

Was eine reizende Notlüge war, denn Chip fehlte an allen Ecken und Enden.

Rose schnappte sich eine Schürze vom Haken an der Wand. »Was gibt's zu tun?«

Polly sah sich in der Backstube um. »Also, erstens hat Mrs Bacharach 24 *Himbeerhörnchen* bestellt, und Mary Johnson braucht sieben *Schoko-Minz-Pasteten.*«

Ein Küchenwecker klingelte, und Polly sah sich nach den Backöfen um. »Dann ist wohl das erste Blech mit Hörnchen fertig. Oder sind es die *Zuckerkringel* für die Swansons?«

Roses Mutter schien erschöpfter als sonst.

»Mom, wie lange bist du eigentlich schon auf?«

Polly zog ein Blech mit den gerollten Hörnchen aus einem der Öfen, zuckte mit den Schultern und sagte: »Weißt du, ich glaube, ich bin überhaupt nicht zu Bett gegangen.« Sie steckte eines der frisch gebackenen Hörnchen in den Mund, dann atmete sie heftig ein und aus, um es zu kühlen. »HEISS.« Sie schluckte. »Ehrlich gesagt, so wunderbar mein Bett auch sein mag, am liebsten bin ich doch hier, vor Tagesanbruch, um mit meiner wunderbaren Meisterbäckertochter zu arbeiten.«

»Ach, Mom!« Rose schlang die Arme um den weichen Bauch ihrer Mutter und schloss kurz die Augen.

Wirklich: Alles an ihrem Leben erschien perfekt.

Und da –

POCH!

Rose und Polly fuhren beide erschrocken auf. Wer konnte so früh an der Ladentür sein?

POCH! POCH! POCH!

Rose sah ihre Mutter besorgt an. »Da kann es wohl jemand nicht abwarten, ein Frühstückscroissant zu bekommen?«

Polly runzelte die Stirn. »Lass uns nachsehen, ehe diese Person das ganze Haus aufweckt.« Sie drehte sich um und suchte nach einem Platz, auf dem sie das Blech mit den Hörnchen absetzen konnte.

Rose trat ihr in den Weg. »Du hast die Hände voll. Wenn

ich mit ausländischen Diktatoren und zeitverdrehenden Hexen fertig werden kann, kann ich es auch mit einem übellaunigen Kunden aufnehmen.«

Sie trat durch die Schwingtür in den Laden.

Eine große, nur schemenhaft zu erkennende, *runde* Gestalt zeichnete sich draußen vor der Tür ab und hatte die Stirn an die Scheibe gepresst.

Das Klopfen hatte aufgehört, und die Gestalt rührte sich nicht. Nachdem sich Roses Augen an die Dunkelheit draußen gewöhnt hatten, erkannte sie, wer es war. Oder besser: was es war.

Ein Schneemann.

Allerdings ein besonders gigantischer. Er war größer als zwei Meter und aus drei riesigen, übereinandergestapelten Schneebällen gemacht. Ein rot-gelb-gestreifter Schal war um seinen Hals gebunden, und auf seinem Bauch war eine Knopfreihe aus dunklem Lakritz. In dem obersten Schneeball steckte eine krumme Möhre, die wie der Rüssel eines Elefanten aussah, und zwei gläserne blaue Augen (Lutschbonbons vielleicht?) starrten Rose direkt an. Etwas schief saß ein Zylinder, von dessen Krempe kleine Eiszapfen hingen, auf seinem Kopf. In seinen Seiten steckten jeweils zwei Zweige, die sich an die Glastür drückten.

Rose lachte. Sie wusste genau, wer diesen Schneemann

gebaut hatte – ihr kleiner Bruder Basil, der alte Witzbold. Warum in aller Welt er sich jedoch schon so früh am Morgen draußen rumtrieb, konnte sich Rose wirklich nicht vorstellen.

Sie wollte dem rothaarigen Scherzkeks gerade zurufen, dass er sich zeigen möge, da drang ein schwaches rosiges Glühen pulsierend aus dem Inneren des Schneemanns.

Seine Brust hob und senkte sich, und der untere Teil seines weißen Kopfes spaltete sich zu einem Mund. Die blauen Bonbonaugen sahen Rose jetzt eindringlich an, und der Schneemann schlug wieder mit seinen zwei Reisigarmen an die Scheibe. Rose lief ein Schauer über den Rücken.

Dieser Schneemann war … *lebendig.*

Ein schmerzerfüllter Schrei kam aus seinem Mund. »Der Winter kommt«, jammerte er. »*Hütet euch!*«

Kapitel I
Kräftig rieselt der Schnee

Die meisten Leute wären wohl jetzt in Panik davongerannt. Rose hingegen war befreundet mit einem sprechenden Kater und einer sprechenden Maus, hatte vor kurzem einige Zeit in einer Stadt voller Babys verbracht, die wie Erwachsene redeten, und war von einem sprechenden Hund durch diese Stadt geleitet worden, der, man glaubte es kaum, das leibhaftige Erscheinungsbild des magischen Backbuchs gewesen war.
Es gab nicht viel, vor dem sich Rose fürchtete – der Schneemann gehörte jedenfalls nicht dazu.
Rose riss die Tür auf. Ein Schwall Winterwind umfing sie, doch sie achtete nicht darauf, sondern packte den Schneemann bei seinen Reisighänden.

»Er ist da!«, rief der Schneemann wieder. »Der Winter ist da! Er ist angekommen!«
»Immer mit der Ruhe«, sagte Rose. »Das ist doch normal. Wir haben *Dezember.*«
Der runde Kopf des Schneemanns fuhr herum, um das friedliche Winterwunderland von Calamity Falls zu betrachten. Die Schneedecke auf den Rasenflächen und den Autos, die im Schein der Straßenlaternen glitzerten.
»Ich meine nicht *das* hier«, sagte der Schneemann und drehte den Kopf wieder zurück. »Das ist nichts! Viel, viel Schlimmeres steht bevor, und glaub mir, keiner kennt den Winter besser als ich. Der Winter ist mein Element!«
»Ich glaube dir!«, sagte Rose. »Bitte beruhige dich und komm rein. Meine Mutter und ich können dir helfen.«
Der Schneemann wich zurück. »Ich – ich kann nicht reinkommen! Das ist eine Bäckerei. Mit *Backöfen.* Unmengen von schrecklich heißen Backöfen. Ich würde schmelzen!«
»Ach so, klar. Okay, warte hier. Bin gleich wieder da.«
Rose schloss sanft die Tür und stürzte in die Küche zurück. Polly hatte das Blech mit Hörnchen inzwischen abgesetzt – es stand wackelig auf dem großen Spülbecken – und zog sich eilig einen Wintermantel über.

Rose deutete mit dem Daumen über die Schulter. »Mom, das musst du sehen. Da steht doch tatsächlich ein lebendiger, sprechender Schneemann vor der Tür. So was Verwunschenes habe ich noch nie gesehen!«
»Ich habe ihn gehört.« Polly nahm Roses Wintermantel vom Haken hinter der rückwärtigen Küchentür. »Das kann nur was Schlimmes bedeuten. Wenn sich irgendwelche Leute die Zeit genommen haben, einen Frostriesen zum Leben zu erwecken, dann müssen sie ernsthaft in Nöten sein. Lass uns gehen.«
Schon kurz darauf standen Mutter und Tochter, eingemummelt in Strickmützen und wollige Fäustlinge, draußen in der stürmischen Kälte. Sie fanden den Schneemann, wie er im Garten herumrollte und sich verzweifelt bückte, um Schnee aufzuschaufeln, den er sich an die Taille pappte. Irgendwie konnte die untere Schneekugel, aus der sein Körper war, rollen, während die beiden Kugeln, die Bauch und Kopf bildeten, aufrecht blieben.
Als er sie sah, ließ der Schneemann die letzte Handvoll Schnee fallen, ergriff Pollys behandschuhte Hände und jubelte: »Ich bin so froh, dich gefunden zu haben! Ich habe den Auftrag, die größte Meisterbäckerin diesseits des Atlantiks zu suchen. Du musst uns helfen, Rosmarin Glyck!«

Rose räusperte sich. »Ähm, ich bin Rose Glyck.«
Verwirrt drehte sich der Kopf des Schneemanns zwischen den beiden hin und her. »Oh«, sagte er schließlich. »Aber du bist so klein. Kannst du fahren?«
»Fahren?« Polly zog erstaunt die Augenbrauen hoch. »Was willst du damit sagen? Auf diesen vereisten Straßen hier fährt niemand irgendwohin, das kannst du vergessen.«
»Vergebt mir.« Der Mittelteil des Schneemanns neigte sich zu einer Verbeugung vor und zurück. »Ich bin schnell etwas übereifrig und aufgedreht.«
Nachdem er etwas ruhiger wurde, fand Rose, dass der Schneemann eigentlich ganz niedlich war.
»Mein Name ist Harold – ihr könnt mich auch Harry nennen. Ich bin aus der Stadt Sitzmark gekommen, um Hilfe zu holen. Dort tobt ein wütender Schneesturm, und der Mann, der mich erschaffen hat, Mr Dobson, glaubt nicht, dass dieser Sturm eine natürliche Ursache hat.« Harrys Stimme senkte sich zu einem Flüstern. »Sondern von irgendeinem bösen *Zauber* kommt. Und er glaubt, dass es sich nur um die Spitze eines Eisbergs handelt – bildlich gesprochen.« Harry gluckste. »Ihr versteht? Da ich von einem Eissturm rede –«
»Du wirst begeistert sein von meinem Bruder Basil«, sagte Rose.

»Ist er ein Schneemann?«, fragte Harry. »Andere Schneemänner sind mir am liebsten. Und natürlich Mr Dobson. Er glaubt, dass es Schneestürme geben wird, die von hier bis Maine und wieder zurück fegen, und dann wird sich jeder, der kein Schneemann ist, *echt* auf was gefasst machen können.«

»Entschuldige.« Polly wischte etwas frischen Schnee von Harrys Bauch. Wieder konnte Rose das schwache rosa Leuchten sehen, das tief in ihm pulsierte. »Ich habe hier in der Gegend noch nie von einem Zauberbäcker namens Dobson gehört.«

»Ach, er ist kein Bäcker«, sagte Harry. »Er ist Bonbonkocher! Das Glühen, das ihr in meiner Brust seht, ist mein Bonbonherz.«

Polly pappte ihm den Schnee wieder an. »Wunderbar. Solchen Zauber habe ich noch nie gesehen.«

»Dobson hatte schon befürchtet, dass ihr noch nicht von ihm gehört habt. Leider schenken die Zauberbäcker den Bonbonkochern niemals Beachtung.«

»Das stimmt einfach nicht«, sagte Rose. »Wir sind immer für einen verwandten Zuckerzauberer da, nicht wahr, Mom?«

Polly warf einen Blick auf die Bäckerei. Aus dem Schaufenster leuchteten sanft die Weihnachtslichter, doch die oberen Fenster waren noch dunkel. Alle schliefen noch, und Rose wurde klar, dass sie mit jeder Minute Zeit verloren, um die Bestellungen des Tages fertig zu machen.

»Glaubst du, ein Telefonanruf würde weiterhelfen?«, fragte Polly. »Wir könnten Mr Dobson anrufen, ihn vielleicht beraten in Sachen –«

Harrys Möhrennase wackelte hin und her. »Leider nicht. Alle Telefonleitungen sind tot und alle Stromleitungen auch. Ich bin vor Stunden losgefahren, und ich mache mir solche Sorgen! Mr Dobson sagte, dass womöglich viele Bewohner von Sitzmark erfrieren werden.« Harry packte Rose bei den Schultern. »Bitte, wir warten verzweifelt auf deine Hilfe.«

»Dann bekommt ihr sie auch!«, sagte Rose entschlossen. »Oder, Mom?«

»Natürlich«, sagte Polly. »Harry, unser Van steht dort drüben. Es ist das Fahrzeug, das wie ein Muffin mit einer Haube Vanillecreme aussieht. Könntest du uns wohl bitte den Gefallen tun, den Schnee abzuräumen?«

»Mit Vergnügen!« Harry rollte auf das im Schnee vergrabene Fahrzeug zu. »Ich muss sowieso wieder dicker werden, da kommt mir dieser Schnee gerade recht.«

»Rose, komm mit. Ich weiß genau, welche Rezepte wir brauchen.«

Kurz darauf waren Rose und ihre Mutter wieder in der

warmen Backstube. Sie legten Mäntel, Mützen und Handschuhe ab, und Polly blätterte in den alten, vergilbten Seiten des Backbuchs. Vor Konzentration hatte sie die Zungenspitze zwischen die Zähne gesteckt.

»An was hast du gedacht, Mom?«, fragte Rose.

Polly nahm den Blick nicht von den Buchseiten. »Wetterzauber steht auf einem ganz anderen Blatt als das, was wir sonst machen. Man kann einen Schneesturm nicht mit Plätzchen füttern, und man kann einen Regenguss nicht mit –« Polly legte einen Finger auf das Blech auf dem Spülbecken, »mit Hörnchen eindämmen. Wir müssen uns darauf konzentrieren, den Menschen, die von dem Unwetter betroffen sind, zu helfen, anstatt uns mit dem Unwetter selbst zu beschäftigen.« Sie unterbrach sich plötzlich und deutete auf eine Seite. »Ah, da ist es ja.«

Rose las den Namen des Rezepts laut vor.

Flammende Kniekühle,
um vom Erfrieren bedrohte Herzen zu wärmen

Es war im Jahr 687, und es herrschte der strengste Winter seit Jahrzehnten, als im tiefsten Bayernland die junge Meisterbäckerin Ilsa Glyck ihr Leben riskierte, um das Herz des Mannes, den sie liebte, warm zu halten.

In jenem Winter entsandte Herzog Theodon seine Armee in einen erbitterten Kampf um die südliche Grenze. Bei der Armee war Ilsas Herzallerliebster Lukas, der mit all den anderen Soldaten in die Schlacht ziehen musste. Zwei Wochen lang buk und verfrachtete Ilsa tagtäglich Hunderte von Küchlein, um ihren Geliebten und die Armee des Herzogs zu stärken und sie auf ihrem langen Marsch warm zu halten.
Bis in einer eiskalten Nacht, der kältesten des Jahres, ein Brief von Lukas eintraf.
Sein Schreiben stammte aus dem eisigen Feldlager am Fuß der gewaltigen Alpen, und es war nur vier Zeilen lang, denn seine Finger waren beinahe erfroren. Außer seinem eiskalten Körper, so schrieb er ihr, drohe auch sein Herz zu Eis zu werden, während er jeden Tag auf eine Schlacht zumarschierte, aus der er nicht heimzukehren glaubte. Die Erde ist ein kalter Ort, schrieb er. Ich habe Angst, mich nie wieder erwärmen zu können.
Ilsa las die Worte und weinte, während sie einen dünnen Teig ausrollte und dabei beschloss, alles zu wagen, um die Kälte aufzutauen, die ihren Liebsten bedrohte.
Für die nächste Portion ihrer Knieküchle füllte sie einen Topf bis zum Rand mit Sommersonne, die sie der neugeborenen Tochter des Herzogs, Sonnenkind, bei allem was ihr lieb war, zugedacht und für den ersten Geburtstag des Mädchens aufgehoben hatte. Ilsa musste mit ihrer Hinrichtung rechnen, weil

sie an die ganz persönlichen Vorräte des Herzogs ging, doch lieber wollte sie sterben, als hinzunehmen, dass ihr Lukas an Leib und Seele erfrieren würde. Während des nächsten Tages und der darauffolgenden Nacht sowie eines weiteren Tages und einer weiteren Nacht brutzelte sie ihre Kniekiichle. Es waren runde Hefeteigküchle, die über dem Knie geformt wurden. Die Mitte musste so dünn sein, dass man einen Liebesbrief dadurch lesen könne, hatte ihre Großmutter immer gesagt. Ilsa formte und formte, bis sie genug süße Kuchen hatte, um die Armee den ganzen langen Winter durchzufüttern. Und dann schickte sie die Flammenden Kniekiichle an ihren Liebsten Lukas und seine Kameraden – und die Kuchen füllten ihre Bäuche mit einer Wärme, die auch hinterher noch fortglühte, aus ihrem Körper strahlte und den Schnee um sie herum zu goldenen Pfützen schmelzen ließ.

Lukas kehrte im Frühjahr heim, er und Ilsa feierten Hochzeit und brachten ein halbes Dutzend aufstrebende junge Bäcker zur Welt, und jeden Winter brutzelte Ilsa erneut eine Ladung Flammende Kniekiichle, um ihre Familie sicher und warm durch den langen Winter zu bringen.

Was den Herzog und sein süßes Sonnenkind betraf, so argwöhnte niemals auch nur einer, dass die Kuchen zu des Mädchens erstem Geburtstag nichts von der versprochenen Sommersonne enthielten, denn die kleine Herzogtochter leuchtete so, dass es einen jeden und alles überstrahlte.

»Ach, wie romantisch«, sagte Rose. »Wir haben doch Sommersonne im Keller, oder?«
»Haben wir, und diese *Knieküchle* werden jeden in Sitzmark auftauen, so wie sie Lukas Glyck seinerzeit aufgetaut haben«, sagte Polly und schrieb das erste Rezept in ein Notizbuch. »Wir brauchen außerdem so viele Pötte *Wegschubs-Schoki,* wie wir aufbringen können. Die *Flammenden Knieküchle* erwärmen die Bewohner auf der Stelle, und das heiße Kakaogetränk wird dafür sorgen, dass die Wärme vierzehn Tage lang anhält.«
Rose beobachtete durchs Fenster, wie Harry mit seinen Reisigarmen Berge von Schnee von Tymos Auto schaufelte, während neue Schneeflocken aus dem morgendlichen Himmel sanken. Es schneite *immer* noch. Was, wenn es nicht mehr aufhörte? Wenn jemand tatsächlich über dem Nordosten durch Zauberkraft Schneestürme entfachte, dann konnte Calamity Falls schon bald auf der Strecke des Schneesturms liegen.
»Mom«, sagte Rose nervös. »Braucht man für die *Wegschubs-Schoki* nicht ebenfalls Sommersonne?«
»Das stimmt«, sagte Polly. Sie riss das, was sie gerade in ihr Notizbuch geschrieben hatte, heraus und schrieb als Nächstes das Rezept für die heiße Schokolade ab.

»Und brauchen wir nicht *all* unsere Gläser mit Sommersonne auf, wenn wir beide Rezepte machen, um jeden in Sitzmark zu wärmen?«

Polly hörte zu schreiben auf. »Ich weiß, was du denkst, Rose, aber falls dieser Schneesturm bis zu uns in den Süden vordringt – ich betone: *falls!* –, dann finden wir eine andere Methode, um ihn zu bekämpfen. Erst mal sind wir gebeten worden, den Leuten dort zu helfen, und das machen wir auch.«

Rose nickte. Was anderes hatte sie auch nicht von ihrer Mutter erwartet.

»Mr Dobson hat Harry zwar geschickt, um *dich* zu holen, aber du kannst nicht alleine hin. Tymo kann dich begleiten, sobald er aufgestanden ist. Inzwischen halten dein Vater, Lily und ich hier die Stellung, behalten den Überblick und treffen Vorkehrungen, falls der Schneesturm Calamity Falls erreicht.« Ihr Blick glitt zur Decke. »Großvater Balthasar wird auch mit anpacken, falls er jemals aus seinem Winterschlaf aufwacht.«

Rose nahm die herausgerissenen Seiten aus dem Notizbuch ihrer Mutter entgegen. Die Liste der mitzunehmenden Zutaten war lang. »Dann fang ich mal damit an.«

Also doch kein friedlicher Backvormittag, dachte Rose. Aber ehrlich gesagt war sie froh, mal wieder gebraucht zu werden – froh, dass die Menschen wussten, dass sie sich in schlimmen Zeiten auf Rosmarin Glyck verlassen konnten. Manchmal fühlte es sich wie eine schwere Bürde an, Meisterbäckerin zu sein, aber ansonsten? Es kam ihr eher wie eine Ehre vor.

Rose benötigte eine halbe Stunde, um die Einmachgläser mit Sommersonne heraufzuholen, die sie im Keller gelagert hatten. Die bläulichen Gläser waren innen wie Thermoskannen beschichtet, um das Sonnenlicht nicht entweichen zu lassen, trotzdem waren sie viel zu heiß zum Anfassen.

Ausgestattet mit einer Schmiedezange und einer viel zu großen Schweißerbrille zum Schutz ihrer Augen kam Rose mit dem letzten Glas aus dem Vorratskeller, da stürzte ihr kleiner Bruder Basil in die Backstube.

»Rose!«, rief er. »Hast du den riesigen Schneemann draußen gesehen?«

Rose wich ihrem Bruder geschickt aus und stellte das Glas mit Sonnenlicht vorsichtig auf die Arbeitsfläche.

»Harry ist ja wohl kaum zu übersehen«, sagte Rose und tupfte sich die Stirn mit einem Geschirrtuch ab.

»Harry, der Schneemann!« Basil stieß die Faust in die Luft. »Der perfekte Titel für mein nächstes Buch!«

»Dein nächstes Buch?«, fragte Rose. »Was war denn dein *erstes* Buch?«
Basil war eingemummelt in seinen Wintermantel und Handschuhe und trug einen grünen Schal um den Hals. Seine roten Haare kamen Rose noch aufgeplusterter vor als sonst und sahen wie die Bommel einer Wintermütze aus. Er grinste seine Schwester vielsagend an. »Damit meine ich den nächsten logischen Schritt in meiner Karriere.«
Rose seufzte. »Du hast überhaupt keine Karriere –«
»Sei still!«, rief Basil. »Sonst hört meine Muse deine negative Einstellung und versteckt sich vor mir.« Basil lehnte sich an die Arbeitsfläche. »Mein nächstes Buch sollte eigentlich *Bertha, die lausigste Komikerin der Westküste* heißen, aber die Idee mit *Harry dem Schneemann* ist noch viel besser! Er wird mein Ticket zum Erfolg!«
Während Basil weiterschwafelte, eilte Rose durch die Küche, suchte saubere Rührschüsseln zusammen sowie weitere Zutaten, die sie brauchen würde: Mehl, Zucker, Butter, Kakaopulver …
»Und, was glaubst du?«, rief Basil und stellte sich ihr in den Weg. »Wird das ein Bestseller? Oder sogar ein *Megaseller*?«
»Sowohl als auch«, sagte Rose. »Warum gehst du nicht

und, äh, hilfst Harry, den Van auszugraben? Ihm genau zuzusehen wäre vielleicht eine nützliche Vorarbeit für das Buch!«

»Super Idee!« Basil rannte zur Schwingtür. »Ich stell ihm Berta vor.« Er schwenkte sein Gummihuhn. »Vielleicht kann sie zu seiner Helferin werden!«

Nachdem Basil fort war, machte sich Rose an die Arbeit. Die *Flammenden Knieküchle* basierten auf einem einfachen Hefeteig, daher ließ sie den Teig erst mal in dem großen Profimixer gehen und wandte ihre Aufmerksamkeit der *Wegschubs-Schoki* zu. Sie goss literweise Milch in verschieden große Suppentöpfe auf dem Herd und erwärmte sie.

Während sie arbeitete, hörte Rose ihre Mutter aus der Bäckerei vorne erst mit ihrem Vater Albert reden – »Geh doch mal zu Lily und hol eine Ladung Beruhigungstrüffel. Ich brauch was für meine Nerven!« – und dann mit Roses verschlafenem älteren Bruder Tymo – »*Ja,* du *musst* fahren. *Nein,* du darfst keine deiner Freundinnen mitnehmen.«

Die *Schoki* wurde zuerst fertig – Rose musste nur die Milch mit Kakaopulver, Zucker und ein paar Prisen Salz aufkochen. Statt Vanille oder Minzöl wollte sie für den Geschmack jedoch die Sommersonne dazugeben.

Mit der Schutzbrille über den Augen zog Rose ein Paar

bleigefütterte Handschuhe an. Vorsichtig schraubte sie den Deckel von einem der Gläser mit Sommersonne. Weißes Licht strömte durch den Raum und erleuchtete die Backstube. Mit dem Sonnenlicht kam der Klang von zwitschernden Vögeln und von Meereswellen, die an ferne Sandstrände schlugen. Die Düfte nach frisch gemähtem Gras und Erdbeeren durchfluteten den Raum.

Mit Hilfe der Schmiedezange hob Rose das Glas an und ließ einen Schwall Sommersonne in den Kochtopf mit der *Schoki* fließen. Das Sonnenlicht versank strudelnd wie flüssiges Gold in dem braunen Getränk, und der Topf fing zu blubbern an. Der Dampf versprühte bunt glitzernde Funken wie ein Miniaturfeuerwerk.

Sobald sich die Sommersonne ganz mit der *Schoki* vermischt hatte, erloschen die Funken und das Licht – und übrig blieb der Duft nach Beeren, die mit Schokolade überzogen waren.

Von draußen hörte Rose Basil schreien: »Willst du mich veräppeln – du kannst deinen Kopf abnehmen? Das ist ja *irre*. Wie wär's, wenn wir mal deinen Kopf mit deinem Unterteil vertauschen und deine Mitte zu deinem Kopf machen?«

»Es wäre mir sehr recht, wenn du das nicht tun würdest«, hörte Rose den Schneemann antworten. »Äh, glaubst du, dass die Meisterbäckerin Rosmarin Glyck schon bald fertig sein wird?«

Rose warf einen Blick durchs Fenster: Es war noch viel mehr Schnee gefallen. Ihr Vater Albert und ihr Bruder Tymo brachten an den Rädern des Vans gerade Schneeketten an.

Die Zeit drängte.

Rose eilte in die Speisekammer und holte einen riesigen Eisenkessel. Er war so groß, dass Basil und ihre vierjährige Schwester Nella zusammen hineinpassen würden und sogar noch Platz für Basils Gummihuhn geblieben wäre. Rose rollte den Kessel in die Backstube. Das Metall klirrte auf den Steinfliesen.

Es waren nur noch zwei Gläser mit Sommersonne übrig. Großvater Balthasar würde sich nur zu gerne zur Verfügung stellen, um nach Australien oder Brasilien zu fliegen und zwölf Gläser Nachschub zu holen, aber trotzdem hatten sie jetzt erst mal nichts mehr davon, falls sie kurzfristig noch etwas benötigten.

Vorsichtig goss Rose den Inhalt der beiden letzten Gläser in den Kupferkessel. Das Licht wallte noch bis an den Rand und ging auf wie ein Soufflé im Backofen.

Sie nahm die bleigefütterten Handschuhe ab und wandte sich dem Teig zu, den sie bereits gemacht hatte.

Normalerweise wurden *Knieküchle* in Öl ausgebacken, bis sie gar und knusprig waren. Aber für die *Flammenden Knieküchle* musste der gebackene Teig in der Sommersonne ausgebacken werden und genau so viel Sonne aufnehmen, um denjenigen zu erwärmen, der sie aß. Rose hoffte, dass sie sich in der Eile nicht verrechnet hatte. 347 war eine Menge *Flammender Knieküchle.* Wenn Ilsa Glyck seinerzeit jedoch jeden Tag Hunderte davon hatte backen können, na, dann konnte Rose das auch, entschied sie.

Rose teilte die riesige Teigkugel in rund 347 Stücke – genug für die gesamte Bevölkerung der kleinen Stadt Sitzmark, wenn das stimmte, was Harry gesagt hatte. Sie knetete jede kleine Teigkugel auseinander, bis die Mitte fast durchsichtig war, dann frittierte sie jedes Stück in dem Kessel mit Sommersonne.

Polly kam in die Küche, als Rose gerade das letzte Dutzend ausbriet. Es war immer noch dunkel draußen, auch wenn der graue Himmel schon die Morgendämmerung ankündigte.

»Ich habe ein paar zusätzliche Zutaten in deine Gürteltasche gesteckt, für den Fall der Fälle«, sagte Polly zu Rose, während sie die abkühlenden *Knieküchle* in Gebäckdosen füllten und die *Schoki* in große irdene Henkeltöpfe gossen, die jeweils mit einem kleinen Zapfhahn am unteren Rand versehen waren, aus dem man das Getränk ablassen konnte. »Tymo wärmt den Van schon mal vor.« Sie verzog das Gesicht. »Oder besser, den Motor. Wenn wir nicht wollen, dass Harry schmilzt, müsst ihr während der ganzen Fahrt die Klimaanlage anlassen.«

»Ich zieh auf jeden Fall noch einen zweiten Pullover an«, sagte Rose.

Ehe Rose hinauseilen konnte, legte Polly ihr die Hände auf die Schultern. »Seid vorsichtig dort draußen, Rosie. Ich weiß, du rettest die Lage.«

»*Wir* retten sie«, sagte Rose. »Das ist die Aufgabe der Glycks.«

Der Van war fertig gepackt, als Rose aus dem Haus trat. Sie war eingemummelt in ihren Wintermantel, dicke Stiefel, lila Lederhandschuhe und eine regenbogenfarbene Strickmütze. Um die Taille, verborgen unter ihrem Mantel, trug sie ihre neongrüne Gürteltasche mit den zahlreichen Fläschchen voller Notzutaten.

Tymo stand verschlafen neben dem Van und legte ein Holzbrett wie eine Rampe an den Beifahrersitz. Neben ihm stand Harry der Schneemann und knackte nervös mit den Reisigfingern. Seine Brust hob sich, als Rose angerannt kam.

»Ich bin so froh, dass du zurück bist, Rosmarin Glyck!«, sagte er. »Wir müssen uns beeilen.«

Tymo gähnte. Obwohl er klugerweise einen Mantel angezogen hatte, trug er darunter noch immer seine Schlafanzughose. »*El hombre de nieve* hat recht, *hermana*«, sagte er. »Ich habe heute Nachmittag nämlich drei Dates. Also, um genau zu sein, *ein* Date mit *drei* Mädchen, die eine riesige Schneeballschlacht austragen, um zu entscheiden, mit wem ich das zweite Date, das *echte* Date, habe. Das darf ich nicht verpassen.«

Tymos Haare, die normalerweise zu einer wellenartigen Tolle gegelt waren, sahen unordentlich aus – er war ja gerade erst aus dem Bett gekommen. Rose war es völlig schleierhaft, warum irgendein Mädchen Schneebälle nach ihren Freundinnen werfen sollte, nur um mit ihrem Bruder ein Date zu haben, aber vielleicht würde sie das kapieren, wenn sie auch sechzehn war.

Rose und Tymo halfen Harry, über die Rampe auf den Beifahrersitz zu rollen, und obwohl sie viel schieben und seinen Schneekörper wieder zurechtkneten mussten, saß er schon bald eingequetscht direkt vor der Lüftung der Klimaanlage, wo es für ihn am sichersten war.

Während Tymo die Rampe hinten im Van verstaute, stieg Rose ein. Die Rücksitze waren zusammengeklappt, um Platz zu schaffen für die Stapel Gebäckdosen und die riesigen Bottiche mit *Schoki*, die zum Glück einiges an Hitze abgaben, so dass Rose nicht fröstelte.

Hinter sich hörte Rose eifriges Kritzeln. Sie drehte sich um und sah, wie Basil mit einem Bleistift in ein Notizbuch schrieb.

»O nein.« Rose deutete auf die geöffnete Tür. »Raus mit dir. Mom bringt mich um, wenn sie dich hier drin sieht.«

Basil kuschelte sich tiefer in die Wolldecke, die er um sich gehüllt hatte. »Alle Erfolgsschriftsteller machen Feldstudien. Ich darf Harrys Rückkehr nicht verpassen, wenn ich will, dass mein Roman *authentisch* wird.«

»Du schreibst einen Roman?«, fragte Tymo und setzte sich hinter das Lenkrad.

»Einen Roman über … *mich*?« Harrys Schneeballkopf drehte sich einmal um seine Achse, damit seine blauen Augen zu Basil blicken konnten.

Basil machte eine großspurige Handbewegung. »*Die Rückkehr von Harry dem Schneemann: Schelmenroman von großer Bedeutung*, niedergeschrieben von Meister Basil B. Glyck dem Dritten.« Er sah Rose mit Hundeaugen an. »Schick mich nicht weg, Rosie. Bitte-bitte-bitte –«

»Also gut«, gab Rose nach. »Aber wenn Mom das rausfindet, dann war das Tymos Idee.«

Tymo fuhr rückwärts aus der Einfahrt, während Harry mit einem Reisigarm nach vorne deutete. »Die Zeit rast!«, brüllte er. »Bringt das Schneemobil hier endlich auf die Piste!«

Kapitel 2
Eisige Rutschpartie

Anderthalb Stunden später – nach einer langsamen, schaurigen Fahrt über von Schneesturm gepeitschte Straßen – kamen Rose, Tymo, Basil und Harry in Sitzmark an.

Rose hatte erwartet, in eine Stadt einzufahren, die unter Schnee und Eis begraben war, mit Häusern, dunkel und eingefroren, sowie abgerissenen Stromleitungen, die Funken sprühten. So wie Harry es beschrieben hatte, musste Sitzmark von einer wahren Winterkatastrophe heimgesucht worden sein.

Stattdessen waren die Straßen geräumt, warmes Licht füllte die Fenster, und vor fast jedem zweiten Haus hingen Lichterketten in den Bäumen. Eingemummelte

Einwohner stapften vergnügt zu ihren Autos – von denen kein einziges ausgegraben werden musste –, und Kinder machten quietschend Schneeballschlachten oder Schnee-Engel in den frischen Schnee.
Selbst der Schneesturm, der sie unterwegs verfolgt hatte, war vorbei.
»Sind wir irgendwo falsch abgebogen?«, fragte Rose.
»Nein«, sagte Harry, und auch er klang verwirrt. »Das ist Sitzmark.«
Langsam steuerte Tymo den Van durch die Straßen. »Du hast doch gesagt, die Stadt sei in Nöten«, grummelte er. »Schnee so hoch wie Elefanten. Häuser wie Eisblöcke. Düsternis über dem ganzen Land.«
»Oh«, sagte Basil und machte Notizen. »Darf ich die Zeilen in meinem Roman verwenden?«
»Erzähl mir nicht, dass ich für nichts und wieder nichts an einem Samstag vor dem Mittag aufstehen musste«, beendete Tymo seine Klage.
»Sie *ist* in Nöten!«, versicherte Harry hartnäckig und rang die Reisigfinger. »Oder *war* es zumindest. Etwas Gutes muss geschehen sein, während ich darauf gewartet habe, dass ihr Schlafmützen in die Hufe kommt.« Harrys Mund verzog sich zu einer übertriebenen Grimasse. »Nicht, dass ich euch nicht dankbar wäre!«
Basil schälte sich aus seiner Decke. »Wenn ich diese

Szene schreibe«, sagte er, »dann fahren wir in die Stadt ein und entkommen nur knapp einer Lawine. Tymo muss herabstürzende Schneebretter umfahren!«

»Das gefällt mir«, sagte Tymo. »Lässt mich wie ein Held dastehen.«

»Fahr mal einfach weiter.« Rose beugte sich zwischen den beiden Vordersitzen vor. »Vielleicht braucht Mr Dobson immer noch unsere Hilfe.«

Bald hatten sie die Stadtmitte von Sitzmark erreicht. Es gab ein Rathaus und ein Postamt und eine ganze Reihe altmodischer Geschäfte. Mittendrin stand ein winziger Laden aus rotem Backstein mit tannengrüner Markise: Dobson Deliziös.

»Steht da *Dobsons Delikatessen?*«, fragte Basil und kniff die Augen zusammen. »Ich hab gedacht, der Typ macht Bonbons, nicht Feinkost.«

»*Deliziös*, Bruderherz«, sagte Tymo und fuhr auf einen freien Platz am Straßenrand. »Lecker!« Er grinste höhnisch in den Rückspiegel. »Sollte ein berühmter Schriftsteller nicht lesen können?«

Basil machte eine wegwerfende Geste. »Vor allem muss man geniale Ideen haben. Und ich hatte den super Einfall für mein Buch, dass man in Mr Dobsons Laden Süßigkeiten mit Käse bekommt.«

»Ich weiß nicht, ob man das unter deliziös versteht«, sagte Rose skeptisch.
Harry hatte während des Geplänkels der Kinder besorgt aus dem Seitenfenster geblickt, und kaum hatte Tymo den Motor abgestellt, schob der Schneemann die Seitentür auf und knallte im nächsten Moment auf den Gehweg. Es gab ein vernehmbares *Knack!*, als sein rechter Arm entzweibrach.
Rose sprang hinaus und hockte sich neben den Schneemann. »Alles in Ordnung? Wie kann ich dir helfen? Müssen wir … deinen Arm eingipsen oder so was?«
Harrys Kopf drehte sich hin und her. »Nö, ich such mir einen neuen abgebrochenen Ast und bin dann wieder perfekt.« Mit seiner heilen Hand packte er sich etwas Schnee ins Gesicht. »Meine Güte, war das vielleicht *heiß* in dem Van. Ich konnte nicht schnell genug herauskommen. Was für ein tolles Gefühl, wieder richtig in der Kälte zu sein.«
Rose verzog das Gesicht. Die Klimaanlage war so kalt gewesen, dass sie trotz der Handschuhe befürchtete, blau gefrorene Fingerspitzen zu haben.
»Ihr findet Mr Dobson drinnen«, sagte Harry und deutete mit dem abgebrochenen rechten Arm, der jetzt nur noch halb so lang war, auf das Haus. »Inzwischen suche ich mir einen neuen Arm.«

Ein paar frühe Kunden liefen umher, aber keiner schien sich besonders an dem riesigen, lebendigen Schneemann zu stören. Rose fragte sich, wie oft dieser Mr Dobson seinen Bonbonzauber wohl zur Schau stellte.

Basil starrte den Laden an. »Sabber ich? Mir läuft gerade so richtig das Wasser im Mund zusammen. Schaut euch das doch nur mal an! Warum stellt Mom als Nebenerwerb keine Bonbons her?«

Er rannte gefolgt von Rose und Tymo zum Eingang. An der Tür bimmelte ein Glöckchen – genau wie in der Glücksbäckerei –, und alle drei wurden in die süßen Düfte von Karamell und Schokolade gehüllt.

Der Ladenraum erstreckte sich vor ihnen wie das reinste Bonbon-Wunderland. Eine riesige runde Theke mit einer altmodischen Registrierkasse nahm den Hauptraum ein – und flankiert wurde die Theke zu beiden Seiten von zwei Meter hohen Nussknackern aus durchsichtigem, bunt gefärbtem Zucker mit kunstvoll geriffelten Zuckergussbärten.

Basil blieb mitten im Raum stehen und glotzte die Vitrinen an, die gefüllt waren mit Schokoladentieren, regenbogenfarbenen Zuckerwindrädchen, Lakritzschlangen und rotweißgestreiften Pfefferminzstangen. Es gab Schalen voller Salztoffees und Teller mit gedrehten Karamellbonbons und eine ganze Wand mit Körben voller Geleebonbons.

Wie die Glücksbäckerei war *Dobson Deliziös* für die Feiertage geschmückt. In jeder Ecke standen kleine Weihnachtsbäume, behangen mit glasierten Karamellen in allen möglichen kunstvollen Formen.

»*Salzige Heringe!*«, krähte Basil und war kurz davor, sich in ein Fass mit den Gummibonbons zu stürzen, die wie Fische geformt waren.

Tymo packte ihn am Kragen. »Das ist unhygienisch, *hermano*.« Er entdeckte einige Adventskalender, hinter deren Türchen Schokoladenüberraschungen verborgen waren. »Ich wette, die Mädchen, die die Schneeballschlacht verlieren, würden so einen als Trostpreis zu schätzen wissen. Was meinst du, Rose? Mädchen lieben doch Schokolade, oder?«

Rose zuckte mit den Schultern. Sie beachtete ihre Brüder kaum. Sie kroch um Regale mit Kaugummi und stellte sich auf die Zehenspitzen, um über eine Auslage von Zuckerstangen zu spähen, aber von Mr Dobson konnte sie keine Spur entdecken.

Sicher, draußen sah alles *okay* aus, aber er konnte ja trotzdem in der Klemme stecken.

Auf einmal hörte sie aus dem hinteren Ladenteil Gelächter.

»Hier entlang!«, rief sie. Verborgen hinter einem Ständer mit Schokoladentafeln entdeckte sie eine kleine Eichentür, die sie langsam aufdrückte.
Hinter der Tür befand sich ein gemütlicher Wohnbereich. Die Holzböden waren mit Perserteppichen ausgelegt, und in einem großen steinernen Kamin an einer Wand loderte ein warmes Feuer. An einem ovalen Tisch vor dem Kamin saßen zwei Menschen bei einer Kanne Tee.
Der eine war ein großer, vergnügter Mann mit nussbrauner Haut und leuchtend weißem Haar. Auf seiner Nase saß eine goldgeränderte Brille, und er wurde von einem Lachen geschüttelt. Die Person, die ihm gegenübersaß, hatte wohl gerade einen richtig guten Witz gemacht. Dabei handelte es sich um ein außergewöhnlich schönes Mädchen in Roses Alter, dessen dunkle Haut übersät war mit Sommersprossen. Schwarze Haare fielen ihr in Wellen auf die Schultern, und sie trug einen schicken weißen Mantel mit einem Kragen aus Webpelz, fast so, als sei sie gerade aus einem Nobelskiort gekommen.
Mr Dobson und das Mädchen entdeckten Rose gleichzeitig. Der alte Mann erhob sich aus seinem Stuhl. »Ich komme sofort, um dir zu helfen, Fräulein. Dieser Raum ist nur für Angestellte –«

»Ähm«, sagte Rose, »genaugenommen sind wir gekommen, um *Ihnen* zu helfen. Haben Sie einen Schneemann namens Harry losgeschickt, um mich zu suchen?«
»Oh!« Mr Dobson klatschte aufgeregt in die Hände. »Du musst die Meisterbäckerin Rosmarin Glyck sein!«
»Hm«, machte das Mädchen und musterte Rose von oben bis unten, während sie langsam an ihrem Tee nippte.
»Das ist *mi hermana*«, bestätigte Tymo und drängte sich an Rose vorbei ins Zimmer. »Aber lassen Sie das mit der Meisterbäckerin besser. Wir wollen nicht, dass es ihr zu Kopfe steigt.«
»Und mich gibt's auch noch«, sagte Basil. »Meisterschriftsteller Dr. Basil Glyck. Mächtig toller Laden, Mr Dobson, Sir. Sagen Sie, Sie bieten wohl nicht zufällig Proben von Ihren Bonbons an, wie, äh, von den *Salzigen Heringen*? Nur so als Beispiel, ich esse alles.«
Ehe der Bonbonkocher antworten konnte, erhob sich das Mädchen vom Tisch. Sie war mindestens zehn Zentimeter größer als Rose – was auf Rose irgendwie eigenartig einschüchternd wirkte.
»Rosmarin Glyck?«, sagte das Mädchen kühl. »Kann nicht behaupten, von dir gehört zu haben.«
Tymo legte den Arm um Roses Schulter und beugte sich zu dem Mädchen. »Sie hat nur ein paarmal die Welt

gerettet, keine große Sache. Aber genug von ihr, lass uns über mich reden. Ich heiße Tymo.« Er spannte die Muskeln seines freien Arms. »Ich spiele Basketball.«

Das Mädchen beachtete Tymo nicht weiter, sondern nahm Rose ins Visier. »Ich heiße Nevika. Als ich von den Nöten hier in Sitzmark gehört habe, habe ich mich sofort aufgemacht, um zu helfen.«

»Und wie sie geholfen hat!«, sagte Mr Dobson. »Ich dachte, mit uns würde es endgültig zu Ende gehen, aber Nevika … also, sie hat sich um jede Einzelheit gekümmert.«

Nevika zuckte bescheiden mit den Schultern, doch Rose hatte das Gefühl, dass sie es keineswegs so meinte. »Das war doch nichts Großartiges. Ich habe ein paar Palmwein-Kekse gemacht, ein Familienrezept, in dem die ganze Hitze und Glut des alten Landes steckt.« Sie breitete die Arme aus. »Die Ergebnisse sprechen für sich.«

»Super«, sagte Rose und versuchte, begeistert zu klingen – und sie war ja auch positiv überrascht, oder? Die Stadt war gerettet, und nur das zählte schließlich. »Ich habe *Knieküchle* und *Schoki* gemacht, auch spezielle Rezepte zum Aufwärmen der Leute.« Mit einem erwartungsvollen Blick auf Mr Dobson setzte sie hinzu: »Vielleicht sollten wir sie auch an alle Leute hier in

Sitzmark verteilen, nur um noch sicherer zu sein, dass alle aufgewärmt bleiben.«

»Ich glaube nicht, dass das nötig ist, Rosmarin«, sagte Mr Dobson, »aber ehrlich, danke, dass ihr euch die Zeit genommen habt und hergekommen seid.«

»Kein Problem«, wollte Rose gerade sagen, doch Mr Dobson redete einfach weiter.

»Ich hätte euch nicht die Umstände gemacht, doch während meine besondere Art der Zauberkunst durchaus für all die alltäglichen Wehwehchen reicht, war dieser Kälteeinbruch zu schlimm, um allein damit fertig zu werden. Es gehörte mehr dazu als Kussmund-Bonbons.« Er deutete auf Nevika. »Ihr könnt euch vorstellen, wie erleichtert ich war zu erfahren, dass nicht nur eine, sondern zwei Meisterbäckerinnen in der Umgebung tätig sind!«

Rose blinzelte überrascht. »*Du* bist eine Meisterbäckerin?«, fragte sie ungläubig. Da sie merkte, wie unhöflich das klang, fügte sie schnell hinzu: »Das ist – das ist ja super!«

»Ja, das ist *super*, nicht wahr?«, sagte Nevika und betrachtete ihre säuberlich manikürten Nägel. »Ich war in der Hauptstadt, genauer gesagt in der Bäckerei meiner Mutter, als mich die Nachricht aus Sitzmark erreichte, und ich konnte nicht einfach stillsitzen. Ihr

kennt das ja – Meisterbäckerinnen leben, um zu helfen.«
»Ach«, sagte Rose, »du wohnst in der Hauptstadt?«
Nevika grinste. »Natürlich. Und ich bin sicher, dass das Kaff, aus dem ihr seid, froh ist, dass ihr eure kleinen Kekse zusammenpanscht, um die Wehwehchen der Leute zu heilen.« Ehe Rose antworten konnte, schob das große Mädchen Rose, Tymo und Basil zurück in den vorderen Teil des Ladens.
»Und da wir gerade bei eurem komischen Städtchen sind«, sagte Nevika, »ihr solltet euch wohl besser auf den Rückweg machen, richtig?«
»Aber was ist mit –«, widersprach Rose.
»Nein, nein, kümmert euch nicht darum – ich habe hier alles unter Kontrolle«, sagte Nevika, öffnete die Ladentür und scheuchte sie hinaus. »Danke!« Sie winkte mit den Fingern und schloss die Tür mit einem Knall.
Rose war fassungslos. Sie hatte den ganzen Morgen damit zugebracht, sich auf einen Notfall einzurichten, war stundenlang durch einen eiskalten Schneesturm gefahren, und jetzt sollte sie einfach umkehren und nach Hause fahren?
»Na super!«, sagte sie. Ihre Stimme war höher als gewöhnlich. »Ich bin sehr, *sehr* froh, dass in Sitzmark alles in Ordnung ist.«

»Du *klingst* aber nicht sehr froh, *hermana*«, sagte Tymo, während sie wieder in den Van stiegen. Diesmal setzte sich Rose auf den – etwas feuchten – Beifahrersitz.

»Und ständig sagst du ›super‹«, sagte Basil und kletterte hinten hinein.

»Wirklich?«, fragte Rose.

Basil grinste frech. »Da ist jemand super eifersüchtig. Ich weiß gut Bescheid mit Eifersucht. Ich kann sie meilenweit riechen!«

Tymo ließ den Motor aufheulen. »Nevika hat dich in die Pfanne gehauen«, sagte er mit vielsagendem Nicken. »Hat dir die Tour vermasselt. Dir die Schau gestohlen.« Er seufzte verträumt. »Ganz mein Mädchen.«

Rose drückte sich schmatzend in den nassen Sitz. »Ich bin *nicht* eifersüchtig. Ich bin nur ein bisschen sauer, dass wir uns die ganze Arbeit vergebens gemacht haben.« Sie fummelte an den Reglern für die Autoheizung herum. »Dann sollten wir wohl mal nach Calamity Falls zurückfahren.«

»Wartet!«, rief eine Stimme, und einen Augenblick später klopfte jemand an die Schiebetür des Vans. Basil schob sie auf, und sie sahen Mr Dobson, der jetzt eine Mütze mit Ohrenklappen trug. Er hielt zwei Eimer hoch, die randvoll mit *Salzigen Heringen* gefüllt waren.

»Ich kann euch nicht wegschicken, ohne euch zumindest eine kleine Entlohnung für eure Mühen mitzugeben.« Mr Dobson zwinkerte Basil zu, der sich bereits einen Lakritzfisch in den Mund steckte. »Ich habe so eine Ahnung, dass ihr die hier mögt.«

»Dramke«, nuschelte Basil, dann schluckte er schnell. »Wo ist Harry? Seine Geschichte ist vielleicht nicht gerade heiß, aber wir würden uns trotzdem gerne verabschieden.«

Mr Dobson rieb sich das Kinn. »Ich bin nicht sicher, wohin er gegangen ist. Wesen mit einem Bonbonherz können ihren eigenen Kopf haben. Sobald er zurückkommt, schicke ich ihn auf einen Besuch bei euch, vielleicht mit ein paar extra Überraschungen.«

»Danke«, sagte Rose, »aber wir brauchen keine Geschenke.«

»Brauchen vielleicht nicht, aber ich mache einfach gerne welche.« Der alte Mann hob eine vergoldete Kiste hoch, die viel zu wertvoll aussah, um sie drei Fremden zu schenken.

»Hier, teilt sie euch mit eurer Mutter und eurem Vater – Proben meiner besonders geschätzten Erfindungen. Bäcker und Bonbonkocher – wir sollten Verbündete sein. Man weiß nie, wann wir einander brauchen.«

Tymo leckte sich die Lippen. »Also, die Glycks freuen

sich immer über neue Freunde. Vor allem über Freunde, die uns am ersten Tag unserer Bekanntschaft zehn Tonnen Süßigkeiten schenken.«

Mr Dobson lachte. »Frohe Weihnachten, ihr drei!«

Rose winkte etwas lahm. »Das wünschen wir Ihnen auch.« Sie sah Tymo an und seufzte »Lass uns losfahren. Vielleicht habe ich noch Zeit, Mrs Bacharachs Hörnchenbestellung fertig zu machen.«

Beim Fahren konnte Rose nicht umhin, an die andere Meisterbäckerin zu denken, die sie ausgestochen hatte. Nevika.

Sie würde mehr als froh sein, ihr rotziges Gesicht nicht mehr sehen zu müssen.

Auf halbem Weg nach Hause bekam Tymo einen Video-Anruf auf seinem Handy.

Rose nahm ihn an, und ein vertrautes Gesicht füllte das Display. »Rosie!«, kreischte Nella, ihre energiegeladene und erschreckend frühreife vierjährige Schwester.

»Hi, Nella«, sagte Rose. »Weiß Mom, dass du ihr Handy benutzt?«

»M-hm«, sagte Nella und nickte heftig – oder besser, sie ließ das Handy nicken, und das Bild von ihrem Gesicht verschwamm. »Es gibt einen Notfall, und sie hat gesagt, ich soll euch anrufen!«

Rose setzte sich mit erschrockenen Augen auf. »Einen Notfall? Bist du sicher?«
Nella streckte ihr die Zunge heraus. »Ich weiß schließlich, was Notfall bedeutet, Rosie.«
Rose versuchte, ruhig zu bleiben und sagte: »Nella, lauf bitte ganz schnell und ganz achtsam nach unten und gib Mom das Handy, okay?«
»Okay, Rosie!«
Rose konnte jetzt nur noch verwischte Farben sehen, während Nella die Treppe hinuntersprang. Sie konnte jedoch die gedämpfte Stimme von ihrem Vater und Tante Lily hören, und dann, etwas weiter weg, das Rumpeln von Donner.
Plötzlich blickte Rose in das Gesicht ihrer Mutter auf dem Display.
Sie unterdrückte ein Aufstöhnen. Pollys Gesicht war bespritzt mit Teig, als sei eine Rührschüssel explodiert, und ihr lockiges Haar stand in alle Richtungen ab.
»Mom!«, rief Rose. »Was ist passiert?«
»Was ist los?«, fragte Tymo und versucht, auch etwas zu sehen, doch Pollys Stimme rief aus dem Handy: »Augen auf die Straße, Thymian Glyck!«
»Mom«, sagte Basil vom Rücksitz, »du siehst aus wie vom Blitz getroffen!«
Auf dem Display sah man, wie sich Polly das Gesicht

mit einem karierten Geschirrtuch abwischte. »Basil, dort bist du. Ich habe überall nach dir gesucht!«

»Das war Tymos Idee«, logen Rose und Basil gemeinsam.

Tymo sah sie aus den Augenwinkeln finster an.

»Ist jetzt egal«, sagte Polly. »Solange du in Sicherheit bist, muss ich mich um eine Sache weniger sorgen.« Sie klopfte sich über die Haare. »Und du hast nicht ganz unrecht, dass ich vom Blitz getroffen worden bin. Wir sind hier mitten in einem Schneegewitter.«

»Einem was?«, fragte Rose.

»Das ist eine Mischung aus einem Gewittersturm und einem Schneesturm, und zwar der schlimmste, den ich seit … den ich wohl *jemals* erlebt habe. Das liegt nicht nur am Klimawandel. Da geht was viel Seltsameres ab.«

Plötzlich ruckte es, und Pollys Handykamera zielte auf den Boden. Dort saß die vertraute Gestalt ihres dicken grauen Katers Gus und schleckte ein Schälchen Milch aus. Neben ihm saß noch ein *viel* größerer Kater. Sein Fell war gefleckt, und aus seinen Wangen und seinen spitzen Ohren, die so ganz anders geformt waren als die gefalteten Ohren von Gus, sprossen sehr lange Fellhaare.

»Ist das ein *Luchs*?«, fragte Rose.

Der Luchs blinzelte verwirrt in das Handy, dann sagte er miauend: »Hallo!«
»Großes Kätzchen hat uns Botschaft gebracht!«, quietschte Nellas Stimme aus dem Off.
Das Bild verschob sich wieder, und Rose hörte, wie Polly mit Nella schimpfte. »Es gehört sich nicht, einem anderen das Handy wegzureißen, Nella!« Mit etwas gereinigtem Gesicht tauchte Polly wieder auf.
»Mach dir keine Sorgen, Mom«, sagte Rose. »Wir sind auf dem Rückweg.« Rasch berichtete sie, was passiert war, als sie Sitzmark erreicht hatten, doch als sie erzählte, dass man dort keine *Knieküchle* oder *Schoki* benötigt hatte, fiel ihr ihre Mutter ins Wort.
»Ihr habt immer noch alle *Flammenden Kniekü̈chle* und die *Wegschubs-Schoki*? Das ist wunderbar!«
Rose runzelte die Stirn. »Müssen wir Calamity Falls retten?«
Polly schüttelte den Kopf. »Ihr müsst nach Westen fahren. Die Botschaft des Luchses kam aus einer Stadt namens Little Mogul. Sie ist total eingefroren.«
Roses Beschämung darüber, von Nevika übertrumpft worden zu sein, schmolz dahin, und ihr inneres Feuer loderte wieder auf. Nur weil sie nicht in Sitzmark gebraucht wurde, hieß das noch lange nicht, dass sie *überhaupt nicht* gebraucht wurde.

»Wir sind auf dem Weg«, sagte sie. »Alles Liebe.« Sie drehte sich zu Tymo um und deutete auf die Ausfahrt vor ihnen. »Dorthin, nach Little Mogul, und gib Gas.« Zu sich selbst fügte sie noch hinzu: *Und diesmal machen wir es richtig.*

Kapitel 3
Das Eis wird gebrochen

Little Mogul war eine Stadt, die unter einer Glasschicht gefangen war.
Oder zumindest sah es so aus, als Tymo den Van durch die lange, leere Straße steuerte, die durch die weiße Wildnis in die kleine Stadt führte.
Der Luchs hatte nicht übertrieben: Meterhohe Berge von Schnee zu beiden Seiten der Straße waren übersät mit Millionen winziger Löcher, die der prasselnde Regen geschlagen hatte, der am Morgen niedergegangen sein musste. Die Spitzen der Schneewehen glitzerten, die verschneiten Furchen und Grate waren überzogen von Eis, was aussah wie geschliffenes Glas. Graue Nebelschwaden waberten über allem.

»Wow«, sagte Basil und drückte die Nase an die Scheibe. »Die totale Geisterstadt. Und seht euch das an!«

Rose blickte auf und zog erschrocken die Luft ein. Vor ihnen tauchte aus dem Nebel eine Tankstelle auf, die in einen sechs Meter hohen Eiswürfel eingefroren war. Die Neonschrift der Tankstelle leuchtete noch in dem Eis, das Gebäude war dunkel und wirkte verzerrt.

Basil kletterte über die Lehne nach vorne und quetschte sich neben Rose. »Soll das vielleicht so ein verrücktes Eisgebäude sein wie diese Eishotels in Grönland?«

»Ich glaube nicht«, sagte Rose.

»Pscht!«, machte Tymo streng. Seine Handknöchel traten weiß hervor, so fest hielt er das Lenkrad umklammert. »Ich muss mich konzentrieren. Diese vereisten Straßen sind –« Der Van fing an sich zu drehen, und Tymo riss am Lenkrad, um auf Kurs zu bleiben. Er schluckte und sagte nur noch: »Rutschig.«

Alle verstummten, während Tymo den Van langsam durch die Straßen von Little Mogul lenkte. Wie die Tankstelle hatte jedes Haus Wände aus Eis, die sich aus den gefrorenen Rasenflächen erhoben und Türen und Fenster umschlossen.

Kein Mensch war draußen, und in den Fenstern konnte Rose nirgends ein Licht sehen. Das einzige Geräusch war das Pfeifen des kalten Windes und das Scheppern der Schneeketten an den Reifen, die sich ins Eis fraßen.

Little Mogul sah fast so aus, als sei es ganz verlassen – aber zu Roses Kummer standen überall noch Autos in den Einfahrten, deren Reifen mit dem in arktische Gletscher verwandelten Boden verschmolzen waren.

Keiner war entkommen. Alle saßen in der *Falle.*

Ein Schneesturm in Sitzmark. Ein Schneegewitter in Calamity Falls. Blitzeis in Little Mogul. So verrückt die Winter manchmal werden konnten, das hier war eindeutig etwas schlimmer … etwas, das sehr stark an bösen Zauber denken ließ. An dunkle, gefährliche Magie.

»He, halt an!«, rief Basil, so dass sowohl Rose als auch Tymo in ihren Sitzen zusammenfuhren.

Tymo trat auf die Bremse, und der Van schlitterte noch sechs Meter weiter, ehe er mitten auf einer Kreuzung zum Stehen kam. »Du hast mich fast zu Tode erschreckt!« Tymo schlug nach seinem Bruder, der wie wild aus dem Fenster deutete.

»Ist doch jetzt egal!«, rief er. »Da ist jemand!«

Gegenüber befand sich ein großes Feuerwehrhaus aus rotem Backstein. Wie die anderen Gebäude war es von einer glasigen Eisschicht überzogen. Doch die vorderen Garagentore waren geöffnet, und ein leuchtend rotes

Feuerwehrauto ragte halb aus dem Tor, hüfthoch eingeschlossen in Eis. Fast so, als ob es in dem Moment schockgefroren worden sei, als es versucht hatte, aus dem Feuerwehrgebäude zu fahren. Aber etwas weiter hinten glühte die Garage in einem warmen Schein, in dem sich mehrere undeutlich zu erkennende Gestalten zusammenkauerten.

»Gut erspäht, Basil!«, sagte Rose.

»Ein guter Schriftsteller *beobachtet* seine Umgebung eben«, verkündete Basil mit erhobenem Finger.

»Wie du meinst, *hermano loco*«, sagte Tymo.

»Fahr dort ran«, sagte Rose und streckte den Finger aus. »Die Feuerwehrleute können uns helfen, die *Knieküchle* und die *Schoki* zu verteilen.«

Während sie einparkten, kam eine Gestalt vorsichtig über die Eisschicht vor der Feuerwache. Es war eine Frau. Sie wurde von hinten beleuchtet vom Flackern des Feuerscheins und war gekleidet in eine schmuddelige, senffarbene Feuerwehruniform. Grell neongelbe Bänder waren um ihre Brust, Handgelenke und Waden gewickelt. Sie war mindestens einsachtzig groß – fast so groß wie Roses Vater – und hatte eine fahle Haut und noch fahleres Haar. Die Frau musterte die drei Glyck-Kinder streng, als sie halb gehend, halb schlitternd über die Zufahrt kamen.

Rose setzte an, der Frau etwas zuzurufen, aber ihre Lippen zitterten und wurden auf der Stelle taub. Die Luft ließ ihre Haut in Sekunden erfrieren.
Rose warf Tymo einen Blick zu. Er bereute es bestimmt, nichts Wärmeres angezogen zu haben als seine Schlafanzughose.
Plötzlich riss sich Basil von Roses Hand los. Mit wirbelnden Armen fing ihr kleiner Bruder an, in trägen Kreisen über die gefrorene Zufahrt zu gleiten. »Ich – ich – ich –« schrie er mit klappernden Zähnen. »Ich kann mich nicht mehr halten!«
Der strenge Ausdruck auf dem Gesicht der Frau verschwand, und sie stapfte mit ausgestreckter, behandschuhter Hand auf die Kinder zu. Ihre Stiefel hatten Stollen an den Sohlen, die im Eis Halt fanden.
»Was *macht* ihr Kinder hier draußen?«, knurrte sie. Sie packte Basil bei einer Hand und brachte ihn zum Stehen.
»Sie haben mir das Leben gerettet!«, stöhnte Basil theatralisch.
»Wohl kaum«, sagte die Frau. »Schnell, kommt alle nach drinnen. Dort brennt ein Feuer.«
Bibbernd vor Kälte ließen sich die Kinder von ihr an dem vereisten Feuerwehrwagen vorbei durch das geöffnete Garagentor führen.

In alten Metallfässern loderten zwei Feuer. Eine Handvoll Menschen hatte sich darum versammelt und wärmte sich die Hände – eine junge Mutter mit Zwillingen, die etwa im Alter von Nella waren, ein Paar mittleren Alters und ein erschöpft wirkender Mann mit mehreren Katzen, die er vorne in seine wattierte Jacke gesteckt hatte. Etwas entfernt rührte ein weiterer Feuerwehrmann, der kaum älter als Tymo aussah, Suppe in einem Topf auf einer Kochplatte. Doch trotz der hochschlagenden Flammen in den Fässern war die Garage immer noch bitterkalt: Rose konnte sehen, wie allen der Atem in Wolken vor dem Mund stand, selbst der von den Katzen in der ausgebeulten Jacke des Mannes.
»Taut ihr drei erst mal auf«, sagte die Frau und ließ Basils Hand los. »Wie ihr sehen könnt, herrscht hier so was wie ein Notstand. Ruft nach Simmons, wenn ihr etwas braucht. Er sollte genug Hühnersuppe mit Nudeln aufgewärmt haben, dass es für alle reicht, nicht wahr, Simmons?«
»Absolut, Chefin!«, sagte der junge Mann an dem Kochtopf und salutierte mit einem Kochlöffel.
Die Chefin der Feuerwehr wollte gerade gehen, da zog Rose sie am Ärmel. »Deswegen sind wir hier. Wir haben von Ihrer Notsituation erfahren.«
»Ihr seid *absichtlich* gekommen?«, fragte der Mann mit

der Jacke voller miauender Katzen. »Wenn ich mit Tildrum und Flopsy und Sillybum hätte entkommen können, wäre ich jetzt auf Aruba!«

Die Chefin musterte Rose mit amüsiertem Blick. »Das ist, äh, sehr *nobel* von euch, aber ich habe eine Mannschaft von Profis, die sich um alles kümmern. Sie sind zurzeit draußen, mit Äxten, um das Eis an den Haustüren der Leute aufzubrechen.

»Nein, nein, Sie haben uns ganz falsch verstanden«, sagte Basil. »Basilikus Thaddeus Glyck, Nobelpreisträger, zu Ihren Diensten.« Er nahm die behandschuhte Hand der Feuerwehrchefin und schüttelte sie energisch. »Ich bin ein ruhmreicher Humorist, Chronist und Geschichtenerzähler.« Mit einer Geste auf Rose sagte er: »Und die größte Geschichte, die ich je erzählt habe, handelt von meiner Schwester Rosmarin Glyck, der genialen Meisterbäckerin.«

»Jetzt trägst du aber ein bisschen dick auf, Bruderherz«, sagte Tymo.

»Eine *Meisterbäckerin,* was?«, fragte die Feuerwehrchefin. »Ich bin ja vielleicht nur Oberbrandmeisterin Brianne Christie, aber ich habe genug Erfahrung mit lebensbedrohlichen Notsituationen, um zu wissen, dass ein Korb voller Muffins nicht das ist, was wir zurzeit brauchen.«

»Sagen Sie's ihnen, Chefin!«, rief Simmons. »Ich hab die Essenslage schon im Griff!«

Rose hatte sich schon an den skeptischen Blick der Oberbrandmeisterin gewöhnt. Solange niemand die heilenden Backwaren der Familie Glyck versucht hatte, erschien die Vorstellung, dass Gebäck hier helfen konnte, tatsächlich etwas absurd.

»Bitte lassen Sie uns helfen«, sagte sie. »Die Leute hier sehen alle so blau gefroren aus.«

»*Wortwörtlich*«, sagte Basil neben ihr. Er hob die Hand zum Abklatschen in Tymos Richtung, aber Tymo drückte seinen Arm weg.

Rose wandte sich den kleinen Zwillingsjungen zu. »He, wollt ihr Jungs einen Becher Kakao? Habe ich heute Morgen extra für euch gemacht!«

Die Jungen drehten sich mit großen Augen zu ihrer Mutter um, die matt lächelte. »Das klingt allerdings nett.«

Oberbrandmeisterin Christie machte eine zustimmende Handbewegung. »Schön, serviert den Leuten Kakao. Aber wenn ihr zu dem Van zurückmüsst, braucht ihr robuste Stiefel. Ich habe ein paar auf Lager, die euch vielleicht passen.« Sie deutete auf Tymo. »Und du, junger Mann, brauchst unbedingt etwas Wärmeres als diese Schlafanzughose.«

»Sie ist gefüttert, Ma'am«, sagte Tymo fröstelnd.
»Es heißt *Sir*«, sagte Oberbrandmeisterin Christie, »oder *Chefin*. Und ein Nein lasse ich nicht gelten.«
Oberbrandmeisterin Christie brachte eine ausladende Uniformhose mit orangen Hosenträgern für Tymo und gab Rose ein Paar Nagelstiefel. »Du«, sagte sie mit einem Blick auf Basil, »hast ja winzige Füße. Zu klein für unsere Stiefel. Du bleibst drin bei Simmons und hilfst ihm, die Suppe auszuteilen.«
»Aber die Geschichte läuft nicht hier ab, bei den Frierenden und Geknechteten«, sagte Basil. »Sondern draußen, in den tobenden Gewalten der Elemente, die euer stilles Dorf belagern.«
Oberbrandmeisterin Christie drehte sich zu Rose um. »Redet er immer so geschwollen?«
»Nein«, räumte Rose ein. »Aber er sieht sich jetzt als Schriftsteller, daher ...« Sie zuckte mit den Schultern.
»Dann ist es sogar noch klüger, wenn er mit seinem verwirrten Kopf hier im Feuerwehrhaus bleibt.« Zu Basil sagte sie: »Du bleibst also erst mal hier, Shakespeare.«
Basil seufzte. »Ich wage zu hoffen, dass es auch hier eine Geschichte zu erzählen gibt, von den Dorfbewohnern, die sich um die letzte Dose Hühnersuppe streiten. Werden sie –«

»Junge«, sagte Simmons und wedelte mit dem Schöpflöffel, »ich hab eine ganze Kiste von dem Zeug. Keiner streitet sich mit niemandem.«

Während Oberbrandmeisterin Christie sich ihr Walkie-Talkie vornahm, um ihrer Mannschaft Meldung zu machen, stapften Rose und Tymo über die glatte Auffahrt zu ihrem Van. Es war immer noch entsetzlich kalt draußen, aber Rose hatte sich ihren Schal um Mund und Nase gebunden und ihre Wollmütze tiefer gezogen, so dass nur ihre Augen der kalten Luft ausgesetzt waren. Das half, wenn auch nur minimal.

Mühevoll hievte Tymo einen der Henkeltöpfe mit *Schoki* aus dem Van, während Rose einen Kuchenbehälter mit *Knieküchle* holte. Der Bottich und der Behälter strahlten Wärme aus, und Rose und Tymo seufzten erleichtert auf. Es war, als ob man aus der stürmischen Kälte hereinkam und auf der Stelle von einer vorgewärmten Heizdecke umhüllt wurde.

Als sie in die Garage zurückkehrten, wo sich die Erwachsenen inzwischen um den Picknicktisch scharten, auf den Simmons seinen Suppentopf gestellt hatte, rief Tymo: »Aufgepasst! Hier kommt heiße *Schoki*!«

»*Schoki! Schoki! Schoki!*«, sangen die Zwillinge.

Tymo stellte den Bottich auf den Tisch. »Aufgepasst! Die beste heiße Schokolade im ganzen Land.«

»Danke! Danke! Danke!«, sangen die Zwillinge, holten sich Becher und drängelten sich gegenseitig ab, um an den Bottich zu kommen. Ihre Mutter strahlte vor Stolz über ihre guten Manieren.

»Und vergesst die *Kniekùchle* nicht«, fügte Rose hinzu, stellte die Gebäckdose ab und entfernte den Deckel. Ein knuspriger, süßer, *warmer* Duft wehte durch die Garage.

Simmons schüttelte den Kopf, füllte aber dennoch die Becher aus dem Zapfhahn am unteren Rand des Bottichs, dann reichte er sie herum. »Man sollte nicht zuerst Nachtisch essen«, murrte er.

Währenddessen legten Rose und Tymo Stücke der *Flammenden Knieküchle* auf Papierservietten und verteilten sie, bis jeder in der Garage der Feuerwache einen Becher mit heißer *Schoki* und eine Serviette mit *Knieküchle* hatte – sogar Oberbrandmeisterin Christie, die wieder da war, nachdem sie ihre Mannschaft angefunkt hatte.

Es wurde still in der Garage, und man hörte nur noch das Schlürfen von *Schoki* und das Mampfen von *Knieküchle*.

Der Wandel trat fast unmittelbar ein.

Während alle die sonnige *Schoki* hinunterstürzten und Bissen um Bissen der knusprig frittierten *Knieküchle* verschlangen, breitete sich eine rosige Wärme auf den Wangen der Frierenden aus, und ein feuerfunkelndes Licht entzündete sich hinter ihren Augen. Die Eiszapfen im Bart des Katzenmannes schmolzen, und selbst der Raureif auf den Mützen der Kinder verschwand und tropfte zu Boden.

»Was geht hier vor sich?«, fragte die Mutter der Kinder und berührte ihre Wangen.

Winzige Wassertropfen fielen von ihren Mänteln und Stiefeln, und schon bald standen alle in kleinen Pfützen. Die Pfützen schimmerten kurz golden auf, genau wie in dem Rezept für die *Flammenden Knieküchle*.

Rose hatte kein Thermometer dabei, aber es fühlte sich an, als ob die Temperatur in der Garage um viele Grade gestiegen war. Sie konnte bei keinem mehr Atemwolken sehen.

Die Zwillinge tranken ihre *Schoki* so gierig wie Reisende, die nach langem Zug durch die Wüste eine Oase gefunden hatten. Selbst Oberbrandmeisterin Christie wurde milde, und ein sanftes Lächeln erstrahlte auf ihrem Gesicht.

»Wie seid ihr denn an das Zeug gekommen?«, fragte der Katzenmann und starrte in seinen Becher.

»Das ist eine lange Geschichte.« Während die Bewohner von Little Mogul ihre Kragen lockerten und ihre

Handschuhe auszogen, dachte Rose an das Rezept, das sie früh am Morgen gelesen hatte.

Wegschubs-Schoki, um Väterchen Frost erfolgreich mit einem Zauber zu vertreiben

Es war im Jahr 1932 in dem weiten, vereisten Norden von Neufundland, als Caspar Glyck dem alten Väterchen Frost entgegentrat und ihn besiegte.
Caspar Glyck war ein junger Mann mit alter Seele, der gerne allein in seiner Holzhütte tief in den Wäldern überwinterte. Eines Jahres, am Vorabend des beginnenden Frühlings, entdeckte Caspar, dass sich Väterchen Frost in einer zugigen, unbenutzten Ecke von Caspars Gästezimmer eingenistet hatte und verhinderte, dass der Frühling Einzug hielt.
Caspar konnte Väterchen Frost immer nur aus dem Winkel seines gesunden linken Auges erhaschen, aber er sah die Spuren von Eis, die der kalte Naturgeist hinterließ, wenn er die leere Hütte durchmaß, und Caspar war gezwungen, die anhaltende Kälte mit einem halben Dutzend Pullovern abzuwehren, die seine Schwester Myrtle Glyck gestrickt hatte. Myrtle war eine talentierte Bäckerin, hatte jedoch nie die Kunst erlernt, richtig zu stricken.
Zunächst versuchte es Caspar damit, Tür und Fenster geöffnet

zu lassen, damit Väterchen Frost hinausfinden könnte. Aber Väterchen Frost hatte sich langfristig niedergelassen und angefangen, stapelweise schmutzige Zeitungen anzuhäufen, die er im blassblauen Mondlicht las.

Dann versuchte Caspar, den Naturgeist zum Gehen zu überreden, indem er ihm in blumiger Schreibschrift Notizen hinlegte. Aber Väterchen Frost warf die zerknüllten Notizen in den Abfall, zusammen mit den halbverzehrten Resten des Essens, das sich Caspar für den nächsten Tag aufgehoben hatte.

Daher griff Caspar zuletzt auf einen Familienzauber zurück und erfand eine heiße Schokolade, die so warm, so nach Sommersonne duftend war, dass Väterchen Frost es schließlich nicht mehr aushielt und es vorzog, zu gehen.

Caspar kochte also sein Gebräu aus Milch und Kakaopulver, Zucker und Sommersonne und trank Becher um Becher in der kalten, winterlichen Hütte. Mit jedem Becher Schoki strömte eine Welle der Wärme aus Caspars Armen und Beinen und breitete sich in der Hütte aus.

Als die Hitze so stark wurde, dass sich Caspar die Leibwäsche ausziehen musste, verließ Väterchen Frost schließlich die Räumlichkeiten – ob jedoch wegen der Hitze oder wegen des Grauens, Caspar unbekleidet sehen zu müssen, weiß bis heute niemand.

»Mir ist irgendwie …«, sagte Simmons und trat von seinem Suppentopf zurück. »Heiß?«

»Das passiert, wenn man von ganz innen warm wird«, sagte Rose zu ihren Brüdern. »Sieht so aus, als ob wir Väterchen Frost weggeschubst haben, genau so, wie es das Zauberbackbuch versprochen hat!«

»Können wir nicht auch ein bisschen kriegen?«, fragte Basil.

Rose hatte nicht vorgehabt, selbst etwas von den Zauberspeisen zu verzehren … aber es war genug für alle da, und es war tatsächlich *super*kalt.

»Warum nicht?« Rose holte etwas *Schoki* für sich und ihre Brüder. »Prost!«

Kaum hatte der Kakao Roses Lippen benetzt, konnte sie praktisch spüren, wie ein Sonnenball in ihrem Bauch aufging; die Wärme breitete sich von der Mitte über Arme und Beine bis in die Fingerspitzen und Zehen aus, bis sie ganz und gar und irrsinnig warm waren – als ob sie sich an einem tropischen Strand in den Sand gelegt hätte.

»Was ist in dem Zeug drin?«, fragte Oberbrandmeisterin Christie und leckte sich die Lippen. »Noch nie habe ich so einen Geschmack erlebt. Dies ist so … so …«

»Köstlich!«, half ihr der Katzenmann weiter.

»Herzerwärmend?«, schlug die Mutter der Zwillinge vor.

»Magisch«, seufzte das Paar mittleren Alters einstimmig.

Rose ging das Herz auf, als sie sah, wie das Gebäck und die *Schoki* die Menschen labte – *ihr* Gebäck und *ihre Schoki. Das* hatte sie auch in Sitzmark erreichen wollen, dieses Gefühl, *helfen* zu können und für die Hilfe geschätzt zu werden.

Die kleine Versammlung begann sich ihrer Mäntel und Jacken zu entledigen, und Simmons fächelte sich mit einem leeren Pappteller Luft zu. Hinter sich hörte Rose, wie Eiszapfen klirrend zu Boden fielen, und als sie sich umdrehte, sah sie, wie das Eis, das die Reifen des Feuerwehrwagens umhüllt hatte, schwitzend ablief.

»Hey, schau mal!« Basil zupfte Rose am Ärmel. »Wir sind so heiß, dass die Hitze aus der Garage dringt.«

Tymo strich sich das Haar glatt. »Dass ich heiß bin, das wusste ich auch schon vorher. Frag mal meine Freundinnen, was passiert, wenn ich die Cafeteria betrete!«

Basil und Rose sahen ihn verständnislos an. »Na, alles in den Brotdosen und Frühstückstüten taut auf!«

»Das klingt ja nicht gerade praktisch«, sagte Basil.

»Und unwahrscheinlich«, sagte Rose. »Lasst uns mal nachsehen, was draußen los ist.«

Am Ausgang des Feuerwehrhauses konnten sie spüren, wie eine Welle der Wärme von den Bewohnern von

Little Mogul ausging. Als Rose auf die Auffahrt trat, leuchtete das Eis unter ihren Füßen kurz golden auf, dann knackte es vernehmlich.

Der Riss setzte sich fort bis unter das Feuerwehrauto und den Familien-Van. Er zerbrach das Eis wie die Schalen von Erdnüssen in brüchige Stücke.

»Mommy! Schau mal!«, rief einer der Zwillinge hinter Rose.

»Es schmilzt!«, sagte der andere. »Mommy, alles zerläuft!«

Hinter Rose erklang Getrappel, als alle aus dem Feuerwehrhaus gelaufen kamen, um hinauszusehen.

Zusammen mit ihnen wallte ein Schwall Hitze heraus wie aus einem Hochofen. Der Schnee am Straßenrand zischte und verdampfte, und darunter kam grüner Rasen hervor. Kurz darauf schmolz das Eis an der Hauswand der Feuerwache ab, strömte herab und schwemmte das übrige Eis wie ein Fluss in die Gossen.

»Chefin, meine Hühnersuppe können wir vergessen!«, rief Simmons, dem vor Überraschung die Kinnlade runtergefallen war. »Wir müssen die *Schoki* und die Backwaren von den Kindern hier in der ganzen Stadt verteilen!«

Oberbrandmeisterin Christie fixierte Rose. »Danke. Egal, was in dem Kakao und den Küchlein für Zauberzeug stecken mag – danke.« Dann wandte sie sich ab und kommandierte ihre Mannschaft per Walkie-Talkie herbei.

Eine Viertelstunde später waren ein Dutzend Männer und Frauen in Feuerwehruniformen bei der Feuerwache angekommen. Oberbrandmeisterin Christie bellte mit der sachlichen Tüchtigkeit eines Feldwebels Befehle. Schnell hatten Simmons und die anderen aus ihrem Team ihre Portionen *Knieküchle* und *Schoki* zu sich genommen und eilten wieder nach draußen, ausgestattet mit Tabletts voller Gebäck und Bottichen mit *Schoki* und mit so vielen Bechern, wie jeder von ihnen tragen konnte. Pflichtbewusst marschierten sie in die Kälte, jeder mit einem anderen Ziel.

Rose sah ihnen nach, wie sie mühsam die Straßen entlanggingen, doch unter ihren Schritten verwandelte sich das Eis schnell in goldene Pfützen. Sie, Rosmarin Glyck, hatte Little Mogul aus seiner eisigen Umklammerung gerettet, und das mit den Rezepten und Fertigkeiten, die die Familie Glyck seit Generationen gelenkt hatten. Rose war stolz und schämte sich gleichzeitig über ihren Stolz, aber dennoch, sie war einfach mit sich zufrieden. Wenn nur Devin hier gewesen wäre und gesehen hätte, wie gut die Rezepte wirkten.

Und ein heimlicher, winziger Teil von ihr wünschte au-

ßerdem, dass das hochnäsige Mädchen Nevika ebenfalls da wäre – damit Rose ihr zeigen konnte, wie man eine Stadt *wirklich* rettete.
Ehe sie wieder in die Feuerwache treten konnte, fiel ein großer Schatten auf sie. Etwas sehr Großes und sehr Rundes wurde hinter ihr in der Auffahrt sichtbar.
»Du bist es!«, rief die Gestalt. »Die Bäcker-*bruja* aus Calamity Falls!«

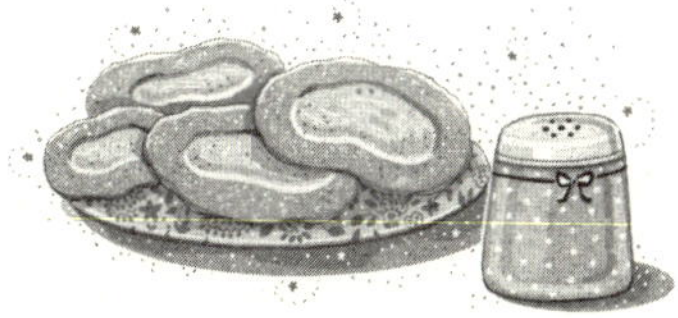

Kapitel 4
Schnee-Ungemach

Man hatte Rose im Laufe ihres Lebens schon viele Bezeichnungen und Namen gegeben, aber das war das erste Mal, dass man sie *bruja* nannte. Was immer das bedeuten mochte.

Ehe Rose reagieren konnte, wurde Oberbrandmeisterin Christie aktiv. Mit einer raschen Bewegung riss sie eine Brandaxt von der Wand. »Aus dem Weg, Rose!«, brüllte sie. »Ich kümmere mich um das Monster.«

Aber Rose hatte die Stimme erkannt.

»Warten Sie, halt!« Rose trat vor die Feuerwehrfrau und hob die Arme. »Ich kenne diesen Schneemann.«

Oberbrandmeisterin Christie blieb verblüfft stehen. »Schneemann?«, wiederholte sie.

»Danke, Rosmarin Glyck«, japste Harry und wedelte mit seinem neuen Arm, der jetzt Laub hatte.
Oberbrandmeisterin Christie ließ die Axt sinken.
»Ich dachte schon«, sagte der Schneemann, »ich würde gleich ein paar Gliedmaßen einbüßen – oder Schlimmeres!« Mit dem anderen Arm machte er eine Geste, die *Kopf ab* bedeutete.
»Du – du kennst einen ... sprechenden Schneemann?«, fragte die Oberbrandmeisterin verwirrt.
»Ihn kennen? Ha, er ist einer unserer besten Freude!«, sagte Basil und führte sich erneut einen Becher *Schoki* zu Gemüte. »Und schon bald wird er im ganzen Land die Herzen erwärmen, wenn ich *Harry der Schneemann: Eis zum Küssen* herausgebe, meinen Roman, der bestimmt Nummer eins der Bestsellerliste wird.«
Tymo trat zu ihm, die Daumen hinter die Träger seiner Uniformhose gehakt. »Wir haben noch mehr Tricks auf Lager als nur sonnigen Kakao, Chefin.«
»Scheint mir auch so.« Oberbrandmeisterin Christie kratzte sich den blonden Schädel. »Äh, dann überlasse ich euch mal eurem Schneemann-Freund.« Beim Weggehen murmelte sie: »Ich muss eindeutig einen Urlaub buchen. Aruba klingt *echt* gut.«
»Also, Harry«, sagte Rose und drehte sich zu ihm, »warum bist du –«

Aber der Schneemann hörte schon nicht mehr zu. Stattdessen keuchte und schwitzte er, als sei er einen Marathon gelaufen. Sein Bonbonherz glühte stärker als je zuvor, und sein rundlicher Körper kam Rose kleiner vor, als sie ihn in Erinnerung hatte. Seine Taille hatte schon seltsame Einbuchtungen …

Er schmolz!

»Schnell!« Rose scheuchte den Schneemann weg von der Feuerwache und den warmen Menschen darin. »Wir müssen dich ins Kalte bringen, ehe du uns wegschmilzt!«

Gefolgt von ihren Brüdern führte Rose Harry fort. »Beeil dich, Harry!«, sagte sie und rannte auf den Rand des Ortes zu.

»Aus irgendeinem Grund kann ich nicht mehr so schnell rollen wie zuvor«, sagte der Schneemann. Er versuchte noch etwas zu sagen, aber sein Mund war zu Matsch geworden.

Wohin Rose auch blickte, überall sickerte der Schnee in die grünen Vorgärten, und von den Dachtraufen fielen Eiszapfen. Sie sah, wie ein Mann in Boxershorts und einem T-Shirt aus seiner Haustür sprang und fröhlich durch die Pfützen auf seiner Veranda hüpfte.

»Dort hin!«, rief Basil und deutete nach vorne. »Ich kann Schnee sehen!«

Einen Block von der Feuerwache entfernt fanden sie einen leeren Parkplatz, der noch mit einer dicken, unberührten Schneedecke überzogen war. Harry seufzte erleichtert auf und stürzte sich in die nächstgelegene Schneewehe.

»Was machst du eigentlich hier?«, fragte Rose, während Harry herumrollte und sich Schnee auf seinen halb eingefallenen Körper packte. Sie achtete darauf, ihrem Schneefreund nicht zu nahe zu kommen – der Schnee zu ihren Füßen zerlief bereits zu einer schimmernden Pfütze.

»Genau, und wie bist du *so schnell* hergekommen?«, wollte Basil wissen.

»Und was ist mit Bäcker-*bruja*?«, fragte Tymo. »Du weißt doch, was das heißt, nicht?«

»Ich antworte in umgekehrter Reihenfolge«, rief Harry und flitzte über den Parkplatz. Als Erstes hatte er seinem Kopf wieder seine normale runde Form gegeben, und seine Augen und sein Mund waren wieder an ihrer angestammten Stelle. »Erstens hast du mich dazu inspiriert, etwas Spanisch zu lernen, Thymian Glyck. *Bruja* heißt *Hexe*, aber es klingt nicht so negativ.«

»Ich bin *keine* Hexe«, protestierte Rose.

Harry rollte um Basil herum. »Was dich angeht, kleiner Basil, die Antwort ist ganz einfach. Auf Eis kann ich mich schneller bewegen! Wenn ich erst in Fahrt bin, kann ich mit der Geschwindigkeit eines tosenden Sturms reisen. Bin den ganzen Weg hergesaust!«

Basil gaffte ihn an. »Wie ein Superheld! Das bringt noch viel mehr Spannung in mein Buch!«

»Was du also im Grunde sagen willst«, überlegte Tymo, »ist, dass du *auf deinem Hintern* den Highway entlanggeschlittert bist?«

»Nein, hätte ich aber können.« Harry zuckte mit den Schultern – zumindest nahm Rose an, dass er das versuchte, als sich seine Reisigarme hoben. »Außerdem haben Schneemänner keinen Hintern. Wir haben ein Gesäß.«

»Für mich sieht's aus wie ein Hintern«, murmelte Basil.

»Ich versuche nur, euch ins Bild zu setzen«, sagte Harry, »damit ihr – irgendwann – wenn ihr einen anderen Schneemann auf seinem festen Gesäß vorbeischlittern seht, euch sagen könnt – aja! Davon hat mir Harry schon erzählt!«

»Ich glaube kaum, dass der Tag je eintreten wird«, sagte Tymo.

»Könnte aber«, erwiderte Harry.

»Wird er nicht«, wiederholte Tymo.

»Könnte schon«, sagte Harry.

»Nö.«

Harry wandte sich an Rose. »Dein Bruder verströmt echt negative Energie. Egal, also – jemand hat mich mitgenommen, und das beantwortet deine Frage, Rosmarin. Ich bin mit *ihr* gekommen.«

Rose, Tymo und Basil drehten sich um und entdeckten eine weitere bekannte Gestalt, die den schimmernden nassen Gehweg entlangkam. Sie sah den Glyck-Kindern mit einem selbstgefälligen Lächeln entgegen.

Nevika.

Grr. Beim Anblick des Mädchens ballten sich Roses Hände zu Fäusten. *Mit der? Im Ernst?*

Tymo hingegen richtete sich höher auf und knipste sein gewinnendstes Lächeln an. »Ach, hallöchen!«, sagte er. Rose stieß ihm den Ellbogen in die Seite.

Nevikas weißer Mantel war bis zu dem Pelzkragen geschlossen, und sie trug ein Paar hellblaue Handschuhe und eine Kappe in derselben Farbe. Irgendwie waren ihre Stiefel immer noch schimmernd und elfenbeinfarben, obwohl sie durch den Matsch von Little Moguls schmelzendem Schnee gestapft war.

Hinter Nevika stand ein panzergroßer schwarzer Geländewagen, aus dem sie anscheinend gerade ausgestiegen war. Er stand auf vier riesigen Winterreifen mit tiefem Profil.

»Ach, hier bist du, Harry«, sagte sie kühl. Sie schritt daher wie ein Model auf dem Laufsteg – völlig albern, fand Rose. »Wie ich sehe, hast du die … *geschätzten* Glyck-Kinder wiedergefunden.«

»Ist das *dein* Wagen?«, fragte Basil. »Bist *du* ihn gefahren?«

»Ja, das ist mein Wagen«, sagte Nevika, »und nein, du Dussel, ich habe keinen Führerschein. Aber ich habe einen Chauffeur.« Sie winkte, und das schwarz getönte Fenster auf der Fahrerseite senkte sich. Ganz kurz erschien eine Hand und würdigte sie mit einem Winken.

»Es stimmt, dass du zwei der Glyck-Kinder gefunden hast«, sagte Tymo und stolzierte näher. »Außerdem ihren *viel* älteren und viel gutaussehenderen – äh, viel besser aussehenden Bruder.« Er zog die Augenbrauen hoch. »Ich freue mich über die Anwesenheit einer weiteren, reifen Zauberbäckerin hier.«

Nevikas Lippen verzogen sich zu einem leicht spöttischen Lächeln. »Du bist doch Tim, oder?«

»Nein, eigentlich heiße –«

»Wie auch immer.« Sie fegte an ihm vorbei und ging direkt auf Rose zu.

»Ha-ha!« Basil lachte bellend. »Ich schätze, du brauchst jetzt keine *Schoki* mehr, Tymo. Nach der Abreibung muss dir ja ganz schön heiß sein!«

Rose holte tief Luft und zählte im Stillen bis drei. Sie würde, schärfte sie sich ein, sich *nicht* von irgendeiner neuen Meisterbäckerin, die auch nicht älter war als sie selbst, einschüchtern lassen. Egal, was ihre Brüder gesagt hatten.

»Nett, dich wiederzusehen, Nevika.« Rose zwang sich zu einem Lächeln. »Was führt dich hierher?«

Nevika ließ den Blick über die umliegenden Straßen gleiten. »Es kam eine Nachricht, dass man in Little Mogul meine Talente braucht. Da habe ich Mr Dobsons persönliche Küche beschlagnahmt, um noch einige Palmweinkuchen zu backen.« Sie seufzte theatralisch. »Die Arbeit einer Meisterbäckerin endet nie.«

»Da musst du wohl eine überholte Nachricht bekommen haben«, sagte Rose. »In diesem Fall wurde die Meisterbäckeraufgabe bereits zur Zufriedenheit aller erledigt.«

»Ach ja?«, fragte Nevika und zog die Brauen hoch.

Während sie sich unterhielten, wurden die Straßen mehr und mehr von leisem Stimmengemurmel erfüllt. Leute traten aus ihren zuvor noch gefrorenen Häusern und versorgten sich mit *Knieküchle,* die überall von den Feuerwehrleuten angeboten wurden. Durch die Rinnsteine neben den Straßen ergossen sich Sturzbäche, und wenn es auch noch frisch war auf dem eingeschneiten

Parkplatz, breitete sich die gemütliche Wärme schnell aus.

Nevika spitze die Lippen. »Aha. Du scheinst recht zu haben. Hast du deine Mutter dabei oder jemand anderen?«

»Nö, ich bin allein!«, sagte Rose strahlend. »Das sind die *Flammenden Knieküchle,* von denen ich dir erzählt habe. Ich würde dir ja das Rezept sagen, aber es ist ganz superverrückt kompliziert mit der Sommersonne und dem punktgenauen Erhitzen – gerade bei größeren Mengen. Ist tastsächlich etwas schwer zu verstehen.«

Nevika trat näher. »Wetten, dass ich es verstehen würde?«

»Äh, naja, ich kann es ja mal versuchen zu erklären.« Rose kam ins Strudeln. Einerseits wollte sie das Rezept geheim halten, andererseits aber auch Nevika beeindrucken. »Wir frittieren den Teig in Sommersonne. Ein fertiges Küchlein wärmt dann nicht nur die Person, die sie isst, sondern eine kurze Zeit lang strahlen die Menschen auch die in ihnen gespeicherte Hitze der Sonne ab. Wenn genug Leute gleichzeitig *Knieküchle* essen, dann vertreiben sie jede Menge Kälte.«

»Jeder, der eines isst, hilft also nicht nur sich selbst, sondern hilft auch der Stadt, aus ihrem tiefgefrorenen Zustand zu erwachen«, sprach Nevika ihre Gedanken laut aus. »Das ist … clever. Denke ich.«

Rose senkte die Stimme. »Was für ein Geheimnis steckt hinter deinen Palmweinkuchen? Du hast etwas von dem *alten Land* gesagt?«

Hinter ihr schubste Tymo Basil in eine Schneewehe, die sofort schmolz. »Jetzt bin ich ganz durchnässt!«, schrie Basil.

Das größere Mädchen blickte herablassend auf Rose hinunter. Einen Moment lang schien es so, als ob Nevika ihr Geheimnis gleich preisgeben würde … aber dann wandte sie den Blick ab und wischte sich irgendwelchen Dreck von ihrem weißen Mantel, der gar nicht existierte.

»Leider ein Familiengeheimnis.«

»Das sind die Rezepte aus dem Backbuch meiner Familie ebenfalls«, sagte Rose. »Aber ich habe dir unseres trotzdem verraten.«

»Ich glaube, auch im Geheimnisse wahren bin ich besser als du«, sagte Nevika.

»*Auch?*«, wiederholte Rose. »Was kannst du denn sonst noch besser?«

Nevika grinste spöttisch. »Es ist das Rezept von meiner Mutter, und ich darf es ohne Erlaubnis nicht mit einer

Fremden teilen.« Sie tätschelte Rose die Schulter. »Verstehst du doch.«

Rose knirschte mit den Zähnen. Dieses Mädchen war äußerst nervig – sie konnte es kaum erwarten, nach Calamity Falls zurückzukehren, um diese Person nie mehr sehen zu müssen. »Sieht so aus, als ob du den ganzen Weg vergebens gemacht hast«, sagte Rose. »Also mich würde das ja ziemlich nerven.«

Nevika kicherte. »Es sieht so aus, als ob dein nettes Sonnenrezept gewirkt hat. Nicht die eleganteste Lösung, aber die Ergebnisse sind ja entscheidend. Noch viel Spaß mit« – Nevika machte eine wegwerfende Handbewegung zu Roses patschnassen Brüdern – »denen da. *Und tschüss!*«

Abrupt wandte Nevika sich um und marschierte zu dem wartenden Geländewagen zurück. Nachdem sie eingestiegen war, drehten sich die Räder und spritzten Wogen von Matsch auf, während der Wagen wendete und Richtung Highway donnerte.

Rose zitterte am ganzen Körper, und zwar diesmal nicht vor Kälte. Vor noch nicht allzu langer Zeit war sie sich wie das unwichtigste Mitglied einer ansonsten sehr talentierten Familie vorgekommen, und war eher zufällig in die Sache mit dem Zauberbacken hineingeraten. Vor lauter Unsicherheit hatte sie am Anfang eine Menge

Fehler gemacht. Aber sie hatte nie aufgehört, daran zu arbeiten, eine Meisterbäckerin zu werden – und eine Sache gut zu können, etwas *Besonderes* zu sein, hatte ihr endlich auch Selbstvertrauen gebracht.

Wie konnte es also dieser Nevika gelingen, dass sie sich wieder klein und unbedeutend vorkam und –

Überflüssig?

Tymo und Basil tauchten atemlos hinter ihr auf. »Wo ist sie hin?«, fragte Tymo und strich sich die Frisur zu der üblichen roten Tolle. »Hat sie gesehen, mit welcher Leichtigkeit ich Basil umgeworfen habe? War sie beeindruckt?«

»Ich glaube nicht«, murmelte Rose. »Ich glaube aber auch nicht, dass du sie wirklich daten willst. Etwas an dem Mädchen geht mir ganz heftig gegen den Strich.«

»Ha!«, rief Basil. »Sie wird eine tolle Figur in meinem Roman.«

»Als mein romantischer Flirt, stimmt's?«, fragte Tymo und stieß seinen Bruder anzüglich an.

»Aber sicher, Bruderherz. Ich denke über diesen Vorschlag nach.« Dann legte Basil die Hand über den Mund, damit Tymo ihn nicht hören konnte, und flüsterte Rose zu: »*Auf keinen Fall.*«

»O Mist«, mischte sich eine andere Stimme ein. »Ist sie ohne mich gefahren?«

Rose hatte den armen Harry fast vergessen. Frisch prall geklopft und mit Lakritz als Knöpfen auf dem Bauch, trat der sprechende Schneemann etwas näher. Zur Sicherheit blieb er jedoch lieber am Rand des Parkplatzes stehen.

»Sieht so aus«, sagte Rose. »Tut mir leid.«

Harry rang die Reisigarme und blickte nervös zu der Häuserzeile auf der anderen Seite der Straße. Eine junge Familie hatte Gartenstühle aufgestellt, und drei kleine Kinder planschten fröhlich im Garten.

Der Parkplatz war jetzt der einzige Ort in ganz Little Mogul, der noch winterlich war.

»Äh, hättet ihr wohl was dagegen, mich in ein kälteres Klima zu bringen, Meisterbäckerin Rosmarin Glyck?«, fragte der Schneemann. »Nachdem allmählich dies ganze sommerliche Sonnenlicht durch die Stadt strahlt, fürchte ich, dass ich wieder zu schmelzen anfangen könnte.«

»Nein, wir haben natürlich nichts dagegen«, sagte Tymo und schlug dem Schneemann auf den Rücken. »Wir lassen keinen im Stich.« Mit einem Blick auf Basil setzte er hinzu: »Auch, wenn wir das manchmal gerne täten.«

»Ich hole den Van, *hermana*«, sagte er an Rose gewandt und machte sich die überspülte Straße entlang zur Feuerwache auf. »Dann können wir losfahren.«

Rose sah ihrem älteren Bruder nach, wie er verschwand. Dabei fragte sie sich, *warum* diese ganzen Unwetter wohl überhaupt auftraten.

»Hast du von anderen Orten gehört, die von einem Wintersturm heimgesucht werden?«, fragte sie Harry.

Harry schüttelte den Kopf, der jetzt wieder makellos war. »Noch nicht, aber Mr Dobson hat gesagt, dass sich die Stürme anscheinend auf einer geraden Linie bewegen. Erst Sitzmark, dann hier in Little Mogul und dann –«

»Calamity Falls«, flüsterte Rose.

»Das Wintergewitter!«, sagte Basil und sah an diesem Tag zum ersten Mal richtig besorgt aus. »Aber Mom und Dad und Großvater Balthasar und Tante Lily haben das doch im Griff, oder?«

Rose dachte an das Gesicht ihrer Mutter auf Tymos Handy, ihre elektrisch aufgestellten Haare und die mit Teig bespritzten Wangen. Wenn das, was daheim passierte, so schlimm war wie das Blitzeis, das über Little Mogul gekommen war …

»Ich habe eine gute und eine schlechte Nachricht, Harry«, sagte sie, während sie den Van kommen sah.

»Erst die gute Nachricht!«, sagte Harry. »Ich liebe gute Nachrichten!«

»Wir fahren an einen Ort, von dem wir *wissen*, dass es da sehr, sehr kalt ist.«

»Wunderbar!«, quietschte er. »Klingt wie der ideale Ort für mich.«
»Die schlechte Nachricht ist … es ist mein Zuhause.« Rose schluckte. »Wir müssen Calamity Falls retten.«

Kapitel 5
Unten am Fluss

Als sie sich ihrem Zuhause allmählich näherten, war alles, was die Glyck-Kinder sehen konnten, *weiß*.
Straßen, Bäume, der Himmel – alles war von einer Decke winterlichen Schnees verhüllt, was die Fahrt zurück nach Calamity Falls sehr mühsam, äußerst gefährlich und erstaunlich kalt machte.
Während Tymo fuhr, kauerten Rose und Basil eingehüllt in die Wolldecke auf den hinteren Sitzen, das einzige übrige Kakaogefäß als eine Art tragbarer Heizung zwischen sich. Alle Fenster waren offen, damit Harry nicht schmolz, und obwohl sich der Van dadurch mit Schnee füllte, saß er vornüber an die Klimaanlage gepresst und hechelte wie ein Hund im Sommer.

»Erzähl mir doch mal was von dir«, sagte Basil und kritzelte unleserliche Notizen auf seinen Block. »Wann bist du geboren? Was für Hoffnungen und Träume hast du?«

»Basil«, sagte Rose, »lass ihn in Ruhe. Er kann dir jetzt nicht mit deinem Roman helfen.«

»Es stört mich nicht«, erwiderte Harry. »Es gibt mich noch nicht so lange, als dass sich jemand die Mühe gemacht hätte, mich auszufragen. Das macht mir also Spaß.« Er räusperte sich – was wie Eiswürfel klang, die in einem Glas klirrten. »Mein Sternzeichen ist Schütze, ist ja klar, daher bin ich anderen gegenüber sehr zugeneigt. Und ich bin gerne im Freien.«

»Gut, gut«, erwiderte Basil und schrieb eifrig mit, »das ist super. *Schneemann … liebt es … im Freien zu sein.*«

In dem Moment erfüllte den Van ein lauter *Rumms*, denn Tymo war über ein Schlagloch gefahren, und alle wurden durchgeschüttelt.

Harrys Kopf hob sich von seinem Mittelteil, und sein Zylinder wurde an die Decke gedrückt. Seine Reisigarme fuhren hoch, um den Kopf festzuhalten und ihn wieder auf die Schultern zu setzen.

»Alle in Ordnung?« Tymo blinzelte durch die Windschutzscheibe und versuchte, den Van auf Spur zu halten. »Ich hasse es, über Schnee zu fahren.« Schnell setzte er hinzu: »Entschuldige, Harry.«

»Schon okay. Die Vorstellung, dass du über mich fahren könntest, gefällt mir auch nicht.« Harrys Kopf drehte sich nach Basil um, der seinen Block aufhob und die Seite glattstrich.

»Wo war ich stehengeblieben? Ach ja: Ich bin gestern Abend gegen 20:47 geboren. Mein Traum ist, mich eines Tages an den Nordpol zurückzuziehen, und ich nehme mal an, mein einziges Familienmitglied ist, nun ja … Mr Dobson.«

»Interessant«, murmelte Basil. Rose warf einen heimlichen Blick auf seine Notizen, konnte jedoch nichts erkennen außer ein paar Strichmännchen mit gesträubten Haaren, die sich vor einer Lawine duckten. »Diesen ersten Teil, *Harry der Schneemann: Schneie deine Feinde ein*, könnte ich vielleicht aufpeppen mit etwas wie –«

Tymo trat heftig auf die Bremse, und alle – und alles – flog nach vorne. Harrys Kopf klatschte erneut an die Windschutzscheibe.

»Die Brücke ist kaputt!«, rief Tymo.

Basil kaute am Ende seines Bleistifts und überlegte. »Das haut vielleicht hin.«

»Nein, im Ernst«, sagte Tymo. »Die Brücke nach Hause ist total zerstört!«

Rose wickelte sich den Schal ums Gesicht und riss die Seitentür des Vans auf, um nachzusehen, wovon Tymo redete. Vorsichtig trat sie mit ihren geborgten Feuerwehrstiefeln auf die glatte Straße. Tymo und Basil folgten ihr.

Die Straße nördlich von Calamity Falls führte über einen Fluss, Ryder River, der durch eine breite, wenn auch flache Schlucht floss. Der einzige Weg über den Fluss war eine Holzbrücke, die von Ufer zu Ufer reichte. Die Brücke war vor hundertfünfzig Jahren errichtet worden und stand schon so lange wie es Calamity Falls gab – Aber jetzt war die Brücke so verbogen wie eine Spielzeugspirale.

»Das gibt's doch nicht!«, rief Rose aus.

»Wow«, sagte Basil, »das wird 'ne Megaszene in dem Film von meinem Buch.«

Rose kniete sich an den Rand der Schlucht und erwartete, das vertraute Rauschen des Flusses zu hören. Aber was sie hörte, war nichts als Stille.

Das Wasser war total eingefroren.

Die Wellen waren erstarrt und zu einer holperigen, milchigen Eisfläche geworden, die die Pfeiler der Brücke eingerissen hatten. Der mittlere Brückenteil war geborsten und hing verdreht in der Luft und ragte nach unten.

»Der Fluss war noch nicht eingefroren, als wir heute Morgen darübergefahren sind«, sagte Tymo. »So schnell wird Wasser doch nicht zu Eis.«
Rose richtete sich wieder auf und klopfte sich den Schnee von den Knien. »Das muss so ein Blitzeis gewesen sein wie in Little Mogul. Aber ich verstehe nicht, wie das« – sie deutete auf die geborstenen Reste der Brücke – »hat passieren können.«
Mit leisem Zischen kam Harry angerollt. »Hm, die Befürchtungen von Mr Dobson waren anscheinend begründet. Was in Sitzmark und Little Mogul passiert ist, scheint sich auszubreiten.«
»Aber der Fluss friert doch jedes Jahr ein«, sagte Basil, »und noch nie ist die Brücke dabei kaputtgegangen!«
»Das Einfrieren dauert meistens eine Weile«, sagte Harry. »Hier muss es auf einen Schlag passiert sein – so.« Er schnipste mit den Reisigfingern. »Wenn Wasser friert, dehnt es sich aus. Dabei muss es die Pfeiler so zerdrückt haben, dass sie die Brücke in Stücke gerissen haben.« Sein Kopf drehte sich herum, und er sah Basil mit seinen Bonbonaugen an. »Glaub mir. Ich weiß doch über Schnee Bescheid.«
»Wir glauben dir schon, *hombre de nieve*«, sagte Tymo fröstelnd.
Rose blickte wieder auf den bewegungslosen Fluss und

entdeckte ein paar kleine dunkle Formen, die sich träge unter der Eisschicht bewegten. Der Fluss war noch nicht ganz durchgefroren – *noch* nicht.

»Die Fische«, sagte sie. »Wenn das Eis so etwas mit der Brücke angestellt hat, was ist dann mit den ganzen …« Sie schlug die Hand vor den Mund. Sie war so damit beschäftigt gewesen, die *Menschen* in den eingefrorenen Orten zu retten, dass sie die ganzen anderen Bewohner vergessen hatte, wie die, die hier unter der Oberfläche lebten.

»Erst mal wird ihnen nichts passieren«, sagte Harry. »Weil sie so klein sind. Aber die Uhr tickt.«

»Das kann man nicht einfach hinnehmen!«, verkündete Rose. Ihre geborgten Feuerwehrstiefel knirschten über das Eis, als sie zum Van zurückging. »Wir müssen den Fluss wieder in Bewegung kriegen.«

Ein helles Licht blitzte hinter ihr auf, und Rose fuhr herum und blickte nach Calamity Falls hinüber. Kurz darauf grollte ein krachender Donnerschlag durch die Straßen. Sie konnte das Beben im ganzen Körper spüren. Das schreckliche Unwetter, das diesen schlimmen Wintereinbruch mit sich gebracht hatte, war noch längst nicht vorüber.

Und es bewegte sich direkt auf ihr Heim zu.

»Tymo«, sagte sie, »ich brauche dein Handy.«

»Mein Handy?« Tymo biss sich auf die Unterlippe. »Äh … nö?«

Es war zu kalt, um zu schreien, auch wenn Rose das jetzt am liebsten getan hätte. »Tymo, das ist wichtig! Kann ich bitte dein Handy haben?«

»Viel Glück«, sagte Basil, der sich die behandschuhten Hände rieb, um sie zu wärmen. »Eher würdest du Tymo dazu bekommen, eine Niere zu spenden.«

»Sei nicht so dickköpfig, Tymo«, sagte Rose. Ihre Zähne begannen zu klappern. »Ich muss Hilfe holen.«

Tymo schob sein Handy tief in die gepolsterte Tasche seiner Feuerwehrhose. »Geht nicht, *hermana*«, sagte er, »und zwar nicht etwa deshalb, weil ihr mein Handy ständig fallen lasst oder es dazu benutzt, Videos von mir zu machen, wenn ich im Schlaf sabbere.« Ein Windstoß fuhr von Calamity Falls über den Fluss. »Nein, es ist, weil ihr mein Handy nicht zu *schätzen wisst*. Ihr denkt einfach nicht daran, was es tatsächlich ist: eine Lebensader in die Herzen meiner Freundinnen. Ihr tut so, als ob es *irgend so ein* Ding ist.«

»Was redest du da?«, fragte Rose.

Tymo stampfte auf. »Du könntest auf dem Eis ausrutschen und es kaputt machen!«

»Harry«, sagte Rose zu dem Schneemann. »Bitte kannst du meinem Bruder mal vernünftig zureden?«

»Gerne, gerne!«, sagte Harry. »Aber sag erst mal – was ist ein Handy?«

Rose stöhnte auf, doch dann trat Basil vor.

»Meine Geschichte wird einen Helden benötigen«, sagte er zu Tymo.

»Du redest von mir, stimmt's?«, sagte Tymo.

Basil zuckte mit den Schultern. »Ich weiß nicht. Ein Held würde das Wohl seines Handys nicht dem Leben aller Bewohner von Calamity Falls voranstellen. Er würde –«

»Das Leben aller Bewohner von Calamity Falls?«, rief Tymo und riss das Handy aus der Hosentasche. »Warum habt ihr das nicht gleich gesagt? Ich dachte, Rose will einfach nur wieder mit Mom reden.« Er streckte Rose die Hand hin.

Als sie gerade danach greifen wollte, zog er sie wieder zurück. »Aber sei vorsichtig. Hüte es wie einen Diamanten. Oder wie ein neugeborenes Baby –«

»Ich hüte es, als würde ich auf einen Vulkan steigen, um es in ein Lavaloch zu versenken!«, sagte Rose und entriss ihm das Handy. Schnell machte sie den ersten Anruf, während sie auf den Van zueilte und die rückwärtigen Türen aufriss, um ihre Vorräte zu überprüfen.

Sie hatte einen letzten Bottich *Schoki* übrig, der inzwischen aber nur noch lauwarm war. Zwei Plastikeimer mit *Salzigen Heringen.* Und, versteckt unter ihrem Wintermantel, ihre neongrüne Gürteltasche mit den Zutaten für Notfälle. Dann entdeckte sie etwas, das sie ganz vergessen hatte: die Kiste mit den Überraschungen von Mr Dobson.

Er war doch ein Zauber-Bonbonkocher … vielleicht waren die Überraschungen, die er ihnen mitgegeben hatte, mehr als einfach nur *Süßigkeiten.*

Dobsons Kiste war aus gebeiztem Eichenholz, die an den Rändern mit goldenen Bändern beschlagen war. Im Deckel war ein Schloss und darin ein verschnörkelter Schlüssel, den Rose umdrehte. Das Schloss klingelte leise, und der Deckel sprang auf.

Ein Dufthauch von Vanille und Zimt drang aus der Kiste und ließ Roses Haarspitzen wehen. Erinnerungen stiegen in ihr auf, frühe Morgenstunden, an denen man in überquellenden Nikolausstiefeln stöberte, und einen Moment lang kribbelten die Spitzen ihrer Finger und Zehen vor tröstlicher Wärme.

»Wow, wow, wow«, hauchte Basil. Er griff Rose über die Schulter, um sich ein paar der glänzenden golden verpackten Schokoladentaler zu schnappen, die zuoberst lagen.

»Halt, noch nichts von den Zaubersüßigkeiten essen«, sagte Rose und hielt ihn mit dem Arm zurück. »Da drin ist vielleicht etwas, das wir brauchen, um den Fluss aufzutauen.«

»Ja, *hermano,* hab ein bisschen Geduld, bis –« Tymo, der zu ihnen getreten war, bekam große Augen. »Halt mal, sind das Kirschlakritz-Schnüre? Meine Lieblingsweingummis.«

»Das gilt aber auch für dich, Tymo.« In dem Moment entdeckte Rose eine goldgeprägte Karte, die an dem grünen Samtfutter im Deckel befestigt war. Mr Dobsons Visitenkarte, auf der auch seine Telefonnummer stand.

Er antwortete nach dem ersten Klingeln. »Dobson hier!«

Rose stellte auf Mithören und legte das Handy neben die Kiste. Sie hoffte, dass er sie trotz des Sturms hören konnte, und schrie: »Mr Dobson, hier ist Rosmarin Glyck! Es ist eine Notsituation eingetreten.«

»Rosmarin!«, rief der fröhliche Mann. »Ich bin stets in Bereitschaft für eine Zauberkollegin. Was kann ich für dich tun?«

Rose berichtete kurz von dem anstehenden Problem. »Ich versuche herauszufinden, wie ich den Fluss wieder zum Fließen bringe.« Sie ließ ein paar der Schokoladentaler in Goldfolie durch die Hand gleiten. »Ich hatte gehofft, dass etwas aus Ihrer Kiste helfen könnte.«

»Ich habe die Kiste mit zehn meiner Lieblingsleckereien gefüllt«, sagte Mr Dobson nachdenklich. »An dem Klimpern höre ich, dass du meine *Wünschdirwas-Glücksmünzen* bereits gefunden hast. Sie können einen kleinen Wunsch erfüllen, aber das würde erfordern, dass du die Schokolade auf der Zunge schmelzen lässt, während du die Goldfolie in einen Brunnen wirfst.«

»Leider sind hier keine Brunnen in der Nähe, Mr Dobson«, sagte Rose. Wieder fuhr ein Blitz über den Himmel. »Was haben wir sonst noch?«

Mr Dobson zählte den ganzen Inhalt auf, der zum Beispiel *Kängurukaugummi* enthielt. Das waren Kaugummis mit Mandelgeschmack, die wie Kängurus geformt waren und einem die Fähigkeit verliehen, große Sprünge zu machen; dann waren da *Lockergeld-Lollis,* die einen den ganzen Tag lang spendabel machten; und die schon von Tymo entdeckten *Weingummiweinranken,* die nach Kirschlakritz schmeckten und denjenigen, der sie lutschte, in die Lage versetzte, ohne Mühe senkrecht an Wänden hochzugehen.

»Wie Spiderman«, murmelte Basil und griff an Rose vorbei nach einem davon. Sie schlug seine Hand weg.

»Außerdem habe ich ein Paket einer meiner beliebtesten Süßigkeiten dazugepackt – die bunten Brauseröhrchen, die man *Sauerpower* nennt«, sagte Mr Dobson.

»Sie sind so gefragt, dass ich sie gewöhnlich in Riesenpackungen verkaufe.«

Rose nahm ein dickes Bündel aus der Kiste. Die bunten Röhrchen sahen wie Strohhalme aus. »Ich gehe davon aus, dass sie nicht nur mit Zucker gefüllt sind.«

»Natürlich nicht!«, erwiderte Dobson. »Ich habe mehrere Zutaten meiner anderen Bonbons zu einem Brausepulver zerrieben, das Kindern nach dem Verzehr gestattet, Dinge zu tun, die sie normalerweise nicht tun – schneller zu rennen, höher zu springen, den Atem länger anzuhalten –, alle möglichen unglaublichen Fähigkeiten.«

Rose begann etwas zu ahnen. »Was würden die *Sauerpowersticks* in Kombination mit den *Salzigen Heringen* anstellen?«

Mr Dobson lachte. »Jetzt denkst du wie eine Bonbonkocherin! Ich habe tatsächlich aus dieser Mischung seinerzeit mal eine Ladung Gummischlangen gemacht, und sie schlängelten und bewegten sich umher, als seien sie lebendig! Das waren sie natürlich nicht, aber …« Seine Stimme erstarb. »Es war ein enttäuschendes Experiment. Kein Mensch will Gummischlangen essen, die herumkriechen.«

»Wer hat behauptet, das wäre nichts?«, warf Basil ein. »Zappelnde Gummischlangen klingen toll!«

»Basil, ich glaube fast, wir beide werden schnell zu Freunden«, sagte Mr Dobson. »Oder zu tödlichen Feinden! Ha-ha, nur ein Scherz. Kann ich dir noch irgendwie helfen, Rose?«

»Ich glaube, ich weiß jetzt alles Nötige«, sagte Rose. »Sie waren eine große Hilfe.«

»Gern geschehen!«, erwiderte Mr Dobson. »Viel Glück!«

Rose beendete den Anruf und reichte Tymo das Handy zurück, der es schnell wieder tief in der Tasche seiner Feuerwehrhose verschwinden ließ. »Was nun?«, fragte er.

Aber Rose war schon tief in Gedanken – wenn sie etwas gut konnte, dann war es improvisieren.

Bin gespannt, ob diese Nevika einen ganzen Fluss voller Fische retten könnte, und zwar ohne voll ausgestattete Backstube, dachte sie, während sie den letzten Bottich mit *Schoki* heranzog, ihn aus dem Van hob und in den Schnee setzte. Sie riss den Deckel ab und tauchte den Finger in die Flüssigkeit. Sie war ganz abgekühlt.

»Was hast du mit der *Schoki* vor?«, fragte Basil und sah ihr über die Schulter.

Rose nahm eine Handvoll *Sauerpowersticks* und riss die Enden ab. »Mal sehen, was das Pulver bewirkt, wenn man es mit sonnengetränktem Kakao vermischt.« Sie nickte Harry zu. »Du solltest vielleicht besser etwas Abstand halten.«

»Das musst du mir nicht zweimal sagen, Meisterbäckerin Rosmarin Glyck!«, sagte Harry. »Ich bin da drüben in den dicken Schneewehen.« Er rollte den Weg entlang und verzog sich in den nächstbesten Schneehügel.

Nachdem Harry sicher auf Abstand war und Tymo und Basil sich hinter die schützende Tür des Vans stellten, schüttete Rose das Pulver in die *Schoki*.

Das Ergebnis waren ein paar spotzende, nasse Funken. Sonst nichts.

»Das war alles?«, fragte Basil enttäuscht.

Tymo kam hinter der Tür hervorgeschlendert. »Komm schon, *hermana,* du hast schon mal besser gezaubert als –«

Mit einem Knall schoss ein Regenbogen an Funken aus dem Bottich, die sich mit einem Chor aus lachenden Stimmen in die Luft ergossen. Tymo duckte sich und bedeckte sich den Kopf, während ein Gestöber bunter Sternschnuppen durch die Luft wirbelte. Der Schnee um sie herum leuchtete rot und blau und gelb auf.

Nachdem das bunte Funkengestöber wieder erloschen war, bildeten sich auf der Oberfläche der *Schoki* Prismen wirbelnder Farben. Rose zwinkerte die Sternchen weg, die ihr noch vor den Augen herumschwirrten, dann warf sie einen Blick auf die leeren Papierröhrchen, die sie noch immer umklammert hielt.

»Ich muss Mr Dobson wohl fragen, was genau in dem Pulver ist«, sagte sie.

Hinter sich hörte Rose ein Klatschen von Reisighänden. »Das war ein köstliches Spektakel!«, rief Harry aus. »Und ich bin froh, dass ich gut Abstand gehalten habe!«

»Was jetzt?«, fragte Basil gespannt und trat zu Rose.

»Jetzt«, sagte Rose, »kommen die dran.« Sie ergriff einen Eimer mit *Salzigen Heringen* und kippte ihn in den Bottich. Gurgelnd verschwanden sie in dem wirbelnden Kakao.

Basil stieß erschrocken die Luft aus. »Du vergeudest die guten Bonbons! Diese leckeren Fische lösen sich doch alle auf!«

»Hast du noch nie Gummibärchen in Wasser aufgelöst?«, fragte Rose.

Basil sah sie fragend an. »Ähm nö, warum sollte man so was machen?«

»Gummizeugs saugt die Flüssigkeit auf und quillt auf. Siehst du?«

Rose und ihre Brüder spähten in die *Schoki* – und tatsächlich, rote und orange und grüne Fische kamen an

die brodelnde Oberfläche und waren plötzlich dreimal so groß wie zuvor.
Die Kinder sahen, wie unter ihren Gummischuppen Lichter aufblitzten, und der schimmernde Kakao fing an zu verschwinden, je mehr Flüssigkeit die Fische aufsaugten. Bald war der ganze Kakao weg, während der Bottich bis zum Rand mit zappelnden und hüpfenden Fischen gefüllt war.
»Das ist ja abartig«, sagte Tymo. »Gefällt mir.«
Rose grinste. »Die Fische sind jetzt alle voll mit dem Sauerpowerpulver – *und* mit der Sommersonne, die ich in die *Schoki* gemischt habe.«
»Wenn wir sie also in den Fluss werfen –«, begann Tymo.
Rose drehte den Deckel wieder auf den Bottich. »Genau!«
»Das nenne ich wahres Genie!«, sagte Basil und kritzelte eifrig in sein Notizbuch. »Diese ganzen Feldforschungen bewirken Wunder für mein Buch.«
»Du kannst später Notizen machen«, sagte Rose. »Jetzt erst mal müssen wir diese Fische in das Wasser unter dem Eis kriegen.«
»Und wie sollen wir das anstellen?«, fragte Tymo.
Aus einiger Entfernung hörten sie das Brummen eines Motors. Das Geräusch war so laut, dass es sogar

durch den Lärm drang, den der Gewittersturm machte. »Wir kriegen Gesellschaft, Meisterbäckerin Rosmarin Glyck!«, rief der Schneemann und deutete auf die gegenüberliegende Seite der Schlucht.

Am anderen Ende der Brücke tauchte ein großes rotes Feuerwehrauto auf wie jenes in Little Mogul. Nur dass auf der Tür von diesem stand: CALAMITY FALLS FEUERWEHR.

»Ich wusste, dass wir Hilfe nötig hätten«, erklärte Rose. »Deshalb war mein erster Anruf bei –«

»Wird das reichen?«, rief jemand aus dem Fahrerfenster des Feuerwehrautos. Er war in eine Bomberjacke gehüllt, und sein Haar wurde von einer übergroßen Mütze verborgen, aber seine Stimme und sein Gesicht waren leicht genug zu erkennen.

»Devin!«, rief Basil und wedelte wild mit den Armen. »Wir sind hier drüben!«

»Du hast mein Handy benutzt, um deinen *Freund* anzurufen?!« Tymo legte eine Hand auf Roses Schulter. »Das ist … das ist ja …«

»Tut mir leid!«, sagte Rose. »Aber ich konnte nicht warten. Wir haben Hilfe gebraucht. Man kann nicht jedes Problem mit Backen lösen.«

»Brauchst dich nicht zu entschuldigen«, sagte Tymo. »Ich *find's ja total gut*. Ich dachte nämlich immer, dass du die *Magie* meines Handys gar nicht richtig zu schätzen weißt.«

Auf der anderen Seite des Flusses winkte Devin Stetson, Roses Freund, mit der behandschuhten Hand und rief: »Jemand hat mir zugeflüstert, dass ihr Hilfe braucht …«

Kapitel 6
Da fischt doch jemand im Trüben

Trotz Sorgen und Anspannung spürte Rose, wie ihr Herz beim Anblick von Devin schmolz.

Richtig, Rose war auf der falschen Seite der zerstörten Brücke mitten im schlimmsten Eissturm des Jahrhunderts gefangen. Und richtig, sie machte sich große Sorgen um ihre Familie zu Hause in Calamity Falls. Und was das Schlimmste war, tief in ihrem Hinterkopf nagte eine dunkle Angst, dass etwas ganz Böses hinter dieser winterlichen Attacke auf die Menschen, die sie liebte, steckte.

Aber Devin war da, um ihr zu helfen – und mit ihm in ihrer Nähe wusste sie immer irgendwie, dass alles gut werden würde.

»Ich bin so unendlich froh, dich zu sehen!«, brüllte sie.
Unvermittelt wurde der Motor des Feuerwehrautos abgeschaltet, und die Türen flogen auf. Fünf dick eingemummelte Gestalten kamen heraus – vier Feuerwehrleute in warmer Kleidung und Devin.
»Hallo, Rosie Glyck!«, rief einer der Feuerwehrleute, ein Mann mit einem buschigen Schnauzbart, den sie von seinen zahlreichen Besuchen in der Glücksbäckerei kannte – Charlie Pierson. »Hab gehört, dass du jemand brauchst, der dir nach Hause hilft.«
»Wir brauchen auf jeden Fall *deine* Hilfe in der Stadt!«, rief eine Feuerwehrfrau, Marion Nguyen, der Rose an ihren freien Tagen oft Heidelbeermuffins verkaufte. »Deine Familie hat zwar alles im Griff, aber sie können wahrscheinlich jede Hilfe brauchen, die sie kriegen können.«
»Glaubt ihr, dass wir den Van irgendwie da rüberbekommen?«, rief Rose.
»Mit ein bisschen Muskelkraft schaffen wir das!«, rief einer der anderen Feuerwehrleute vom Rand der abgerissenen Brücke. »Es sieht schlimmer aus, als man denkt!«
Rose und ihre Brüder liefen vorsichtig bis zum Ende der Brücke auf ihrer Seite und blickten dem Mann über

die Bruchstelle entgegen. Sein Name war Mike Phelps, ein ehemaliger Ingenieur, der sich in Calamity Falls zur Ruhe gesetzt hatte, doch dann plötzlich überall in der Stadt neue Dinge baute. »Ich glaube, wir können diese Kluft mit ein paar Metallplatten überbrücken, die wir im Wagen haben. Aber um sie sicher zu verlegen, brauchen wir etwas Zeit.«

»Klingt nach einer guten Idee!«, rief Rose zurück.

»Wir schaffen das!«, versicherte Marion. »Tretet ihr mal lieber von der Brücke zurück und bringt euch in Sicherheit, bis wir alles aufgebaut haben.«

Basil wandte sich Rose und Tymo zu. »Wenn diese Schreibgeschichte doch nicht funktioniert, sollte ich vielleicht Feuerwehrmann werden.«

Tymo runzelte die Stirn. »Ich bin nicht sicher –«

»Du hast recht!«, unterbrach ihn Basil. »*Natürlich* klappt das mit dem Schreiben!«

Rose und ihre Brüder gingen zurück zum Van, und die Feuerwehrleute machten sich an die Arbeit. Rose sah, dass Devin zu ihr blickte, und machte ihm mit Zeichen klar, sich unten an dem gefrorenen Fluss mit ihnen zu treffen. Er hielt den Daumen hoch, dann verschwand er hinter dem Feuerwehrauto, um seine Ausrüstung zu holen.

»Die scheinen ja nett zu sein!«, sagte Harry. »Der eine

Junge sieht allerdings zu jung aus, um gegen Feuer zu kämpfen.« Er besann sich und neigte den Kopf. »Aber ich bin ja auch erst einen Tag alt und reise schon allein von Stadt zu Stadt.«

»Er ist kein Feuerwehrmann«, sagte Rose, die mit ihren Brüdern zum Van ging. »Aber er ist auf jeden Fall hier, um zu helfen.« Sie ließ die Knöchel knacken. »Also los, Tymo und Basil, nehmt den Bottich und folgt mir.«

Tymo ergriff einen Henkel des Bottichs und Basil den anderen, und zusammen hievten die Jungen das mit Fischen gefüllte Gefäß hoch. Rose ging voraus zum Ufer des Flussbetts. Harry rollte hinter ihnen her. Die Feuerwehrleute waren zu beschäftigt mit ihrer Arbeit, um den riesigen lebendigen Schneemann zu bemerken.

Die Glycks-Geschwister und Harry erreichten das zugefrorene Flussufer, während Devin von der gegenüberliegenden Seite ankam. Er hatte ein altes rotes Fahrrad und eine ausladende Reisetasche mit Utensilien angeschleppt. Beides ließ er auf dem schneebedeckten Ufer liegen, um vorsichtig über das Eis zu steigen.

Rose wäre am liebsten gerannt. Aber selbst mit den Nagelstiefeln schien das keine gute Idee zu sein. Der zugefrorene Fluss war nicht zu vergleichen mit den Teichen, auf die sie ihre Eltern im Winter immer zum Schlittschuhfahren mitgenommen hatten – die waren eben und glatt gewesen.

Hier war die Lage total anders: uneben und zerklüftet und gefährlich. Der Fluss war mitten im Fließen zugefroren, und jede Welle und jeder Strudel war zu einer Art Glasskulptur geworden. Soweit Rose es beurteilen konnte, war die Oberfläche auf einen Schlag erstarrt.

Daher überquerte sie die Strecke vorsichtig, ohne auf ihr wild schlagendes Herz zu achten.

»Das ist echt seltsam«, sagte Devin, als sie sich alle in der Mitte trafen. »So etwas habe ich noch nie gesehen.« Er ergriff Roses Hände.

»Ich auch nicht«, sagte Rose.

Basil schauderte. »Für solche schmalzigen Knuddel-und-Kuss-Wiedersehen ist in meinem Roman kein Platz. Ihr zwei habt euch doch *gestern* noch gesehen.«

»Mach dich nicht über ihre Liebe lustig, Bruderherz«, sagte Tymo, während er und Basil vorsichtig den Bottich mit den Fischen absetzten.

Rose beachtete die beiden nicht weiter und drückte Devins Hand. Er erwiderte den Druck, und bei seinem Lächeln bildeten sich die süßen Grübchen, die sie so liebte.

»Warum halten sie sich bei den Händen?«, wollte Harry von Basil wissen.

»Frag mich nicht«, erwiderte Basil. »Verliebte berühren sich dauernd. Aus Gründen, die man nicht versteht.«

»Faszinierend!«, sagte Harry vergnügt.

Devin zog erschrocken die Augenbrauen hoch, als er hinter Rose den riesigen, sprechenden Schneemann entdeckte.

»Äh, ein Freund von euch?«

»Oje, hätte ich fast vergessen. Das ist Harry. Harry, das ist Devin«, sagte Rose. »Ist 'ne lange Geschichte, aber er gehört zu unserem Team.«

Devin ergriff Harrys Reisighand. »Ein Freund von Rose ist auch mein Freund.«

Harry warf einen Blick auf Devins Hand, die sich um seine geschlossen hatte. »Ich liebe dich auch!«

»Nein«, sagte Basil. »Hierbei handelt es sich nicht um Liebe. Das ist nur Händeschütteln.«

»Nur ein Händeschütteln«, sagte Harry verdutzt. »Der Kontakt zwischen Menschen ist anscheinend sehr kompliziert.« Der Schneemann blickte nervös auf den Bottich mit den sehr warmen Fischen. »Rose, soll ich etwas machen, während ihr euch anfasst? Ich weiß nicht, ob ich an einer Stelle sein sollte, wo du Eis zum Schmelzen bringst.«

»Da ist was dran«, sagte Rose. Ein Donnerschlag grollte über ihnen, und alle sahen hinauf. »Es gibt tatsächlich etwas, das du tun kannst, Harry. Roll rüber nach Calamity Falls und suche meine Mom. Sag ihr, dass wir in Sicherheit sind und hilf ihr, wo du kannst.«

»Gerne, Meisterbäckerin Rosmarin Glyck!« Er tippte sich an den Zylinder, dann rollte er mit flatterndem Schal schnell über das Eis.

Basil stieß einen leisen Pfiff aus. »Seht nur, wie schnell er vorankommt! Ich muss mir für mein Buch merken, wie schnell er flitzt.«

»Du schreibst ein Buch?«, fragte Devin.

»Frag lieber nicht!«, sagte Tymo.

»Wir müssen herausfinden, wer hinter dieser ganzen Sache steckt«, sagte Rose finster entschlossen. »Aber erst mal …« Sie nahm den Deckel von dem Bottich, der vor zappelnden Fischen fast überlief. Dampfwölkchen stiegen daraus auf. Die geschwollenen regenbogenfarbenen Fische waren drauf und dran, herauszuspringen und wie die Lachse stromaufwärts zu schwimmen. Rose hatte angenommen, dass die ganze *Schoki* bereits aufgesaugt worden war, aber in der Zwischenzeit schienen die Fische noch ein Stück größer geworden zu sein.

»Also«, sagte Tymo, »sollen wir sie aufs Eis werfen, damit sie sich durchschmelzen?«

»Nein«, sagte Rose. »Wir müssen ein Loch ins Eis

hauen, um sicherzugehen, dass die Fische tatsächlich *in* das Wasser gelangen. Deshalb habe ich Devin gebeten, etwas mitzubringen, das uns dabei hilft.«

»Ach so, ja«, sagte Devin, »bin gleich zurück!«

Vorsichtig marschierte er über das Eis ans andere Ufer zurück, holte sein Fahrrad und die große Tasche und kam wieder.

Tymo verschränkte die Arme. »Wie soll man mit einem Fahrrad das Eis schmelzen?«

»Na, pass mal auf«, sagte Devin und zwinkerte ihm zu. »Wo willst du das Loch haben, Rose?«

Rose musterte die gläserne Oberfläche, bis sie ein Stück fand, das relativ eben war. Sie kniete sich hin und rieb den Schnee auf der Eisfläche fort. Unter der glatten Fläche konnte sie keine Formen sehen, die im flachen Wasser eingeschlossen waren. Der Platz schien geeignet.

»Hier«, sagte Rose, stand wieder auf und rieb sich die Hände. »Wir müssen uns beeilen. Es sieht aus, als ob der Eissturm schlimmer wird.«

Graue Schlieren von Sturmwolken erstreckten sich über ihnen, durchzogen von grellen Blitzen. Ein Schneegestöber setzte ein.

Auf der Brücke riefen sich die Feuerwehrleute Befehle zu und gingen an ihre notdürftigen Reparaturen. Mehrere dicke Metallgleise lagen inzwischen über dem zer-

brochenen Brückenteil. Die Feuerwehrleute waren zu sehr mit ihrer Arbeit beschäftigt, um sich für das Vorhaben der Kinder zu interessieren.
Devin stellte das Rad ab und machte sich an die Arbeit. Zunächst zog er eine Art Metallständer heraus, der auf spitzen Beinen stand. Er schlug ihn in das Eis, bis er fest verankert war, dann setzte er das Fahrrad darauf. An zwei Seiten des Ständers waren dreieckige Stützen, die die Räder hielten, wenn auch mit so viel Abstand, dass sie sich noch drehen konnten.
»He, das sieht wie so ein Hometrainer aus, wie Tante Lily einen in der Garage hat«, sagte Tymo.
»Genau«, sagte Devin. Er holte weitere Gegenstände aus der Tasche – Drähte und einen Metallreifen, der den Umfang von Tymos Kopf hatte.
Basil hatte sein Notizbuch herausgezogen und machte eine rohe Skizze von dem Gerät, während Devin es aufstellte. »Faszinierend, faszinierend«, sagte er, während er schrieb. »Aber *warum genau* ist es eigentlich faszinierend?«
Devin befestigte ein Ende der Drähte an der Hinterachse des Fahrrades, dann bog er das andere Ende um den Metallring. »Kinetik!«, sagte er begeistert. »Ich fahre das Rad, als ob ich bei einem Querfeldeinrennen gewinnen will, und dann überträgt sich die ganze Energie von

hier –«, er deutete auf das Rad – »dahin.« Er zeigte auf den Reifen. »Habt ihr schon mal den Satz gehört: ›Wie ein heißes Messer durch Butter‹?«

»Ja«, sagte Basil und verdrehte die Augen, »aber den würde ich in meinem Buch nie verwenden. Ein wahrer Schriftsteller meidet Klischees.«

Devin lachte, während er den Reifen auf die glatte Eisfläche legte. »Ab heute heißt der Satz vielleicht, ›wie ein heißer Reifen durch Eis‹!« Er überprüfte, ob seine Stiefel fest auf den Pedalen standen, dann trat er los, so fest er konnte.

Das Hinterrad drehte sich schnell und war schon bald nur noch als wirbelnde Scheibe zu sehen. Ein Geräusch wie von einem startenden Generator erfüllte die Schlucht, das Rad schlug blitzende Funken, die von den Drähten in den Reifen im Eis strömten. Der Reifen fing rot zu glühen an.

»Wäre eine Axt oder ein Eispickel nicht einfacher gewesen?«, fragte Tymo.

»Nicht bei so dickem Eis«, schnaufte Devin, der vor Anstrengung keuchte. »Einen Meter tief in das Zeug zu hacken ist, als ob man einen Felsen bearbeitet.« Er rang nach Luft. »Und außerdem – das ist doch viel cooler.«

»Stimmt!«, sagte Basil und verzierte seine Skizze von dem Fahrrad-Reifen-Gerät mit Strichen, die wohl die

Funken sein sollten, wie Rose annahm. »Da Tymo in Kapitel drei von *Harry der Schneemann: Legenden eines Schneeunfalls* in einer Lawine umkommt und in Vergessenheit gerät, muss ich ihn eindeutig ersetzen. Durch Devin, den durchgeknallten Erfinder. Nichts belebt eine Erzählung mehr als ein verrückter Wissenschaftler!«

»Ich will sowieso nicht in deinem Buch vorkommen.« Tymos Augen funkelten. »Es sei denn … vielleicht kann ich in der Fortsetzung zu einem Eiszombie werden, aber zu einem, der richtig gut und düster aussieht.«

»Als ob das jemand kaufen würde.« Basil stieß verächtlich die Luft aus. »Überlass das Schreiben den Experten, Bruderherz.«

Devin trat immer schneller in die Pedale, und die Räder schlugen Funken, die in alle Richtungen stoben. Rose hielt schützend die Hand vor die Augen und trat etwas zurück.

Der Metallreifen wurde von rot- zu weißglühend. »Seht mal!«, sagte Devin keuchend, während seine Beine die Räder drehten. »Die ganze Energie erhitzt den Reifen wie ein Eisen im Feuer!« Von den Rändern des Reifens stieg Dampf auf. Langsam fraß er sich ins Eis. Es zischte, als er einen Kreis ins Wasser schmolz.

Innerhalb einer Minute war ein perfekt rundes Loch ins

Eis geschnitten. Der Reifen verschwand unter Wasser, und ein Pfropfen Eis schwamm in dem halbgefrorenen Flusswasser, das unter der dicken Eisschicht träge dahinfloss.

Devin sprang von dem Fahrrad und schlitterte zum Rand des Loches. Vorsichtig zog er den Reifen heraus und warf ihn zur Seite, dann winkte er Rose, Tymo und Basil zu.

»Helft mir, das da rauszuholen!« Mit Mühe bekam er den kreisförmigen Eispfropfen zu fassen. »Es ist so kalt, dass das Loch leicht wieder zufrieren könnte, dann müssen wir von vorne anfangen!«

Alle vier Kinder kauerten sich um das Loch. Obwohl Rose Handschuhe anhatte, drang ihr die Kälte bis in die Knochen. Mit lautem Ächzen hievten sie das Eisstück heraus und fielen auf den Rücken, wobei der Eispfropfen Tymo auf dem Bauch landete.

»Ui!«, schrie er und schubste ihn von sich. »Wie gut, dass ich mit der Feuerwehrhose ausgestattet bin. Trotzdem – *brrr.*«

»He, schicke Hosenträger. Stehen dir gut!«, sagte Devin.

»Tauscht euere Modetipps später aus!«, sagte Rose und spähte in das Loch im Eis. Der Fluss war zwar noch nicht bis zum Grund gefroren, doch während sie hineinsah, konnte sie sehen, wie sich der grieselige Matsch langsam zu brüchigem Eis verfestigte – und drohte, alle Lebewesen, die darin lebten, in Fischzapfen zu verwandeln, so dass sie sterben würden. »Helft mir, die *Salzigen Heringe* reinzuschütten!«

Langsam gossen sie gemeinsam den Inhalt des Bottichs aus. Eine schlüpfrige, zuckende Masse bunter Farben ergoss sich in und um das Loch im Eis, das schon bald bis zum Rand gefüllt war.

»Das kann man ja nicht mit ansehen!«, sagte Basil und hielt sich die Augen zu. »Tschüss, Fische! Ihr hättet mir so wunderbar geschmeckt!«

Rose drückte die Daumen und wartete. Was war, wenn sich die *Schoki* zu sehr abgekühlt hatte, ehe sie die Fische hineingeworfen hatte, die jetzt einfach nur in dem Eisloch herumschwappten und schon bald zu fischförmigen Eiswürfeln würden? Was war, wenn das *Sauerpowerpulver* mit der *Schoki* zusammen nicht funktionierte? Was war, wenn –

Das Loch wurde weiter.

Die scharfen Kanten dampften und schmolzen ab, und das Loch wurde immer größer. Der zappelnde Haufen der dicken Gummifische sank immer tiefer unter die gefrorene Oberfläche des Flusses, aber der aufsteigende warme Dampf machte es schwierig, sie zu sehen.

»Was tut sich?«, fragte Tymo und wedelte den Dampf weg.

Unter dem Eis schossen leuchtende Schatten in Rot, Grün und Gelb hin und her wie bunte Weihnachtsbeleuchtung. Die Fische, gesättigt mit dem Sauerpowerpulver, fanden sich zu leuchtenden Schwärmen zusammen, stoben auseinander und versammelten sich wieder.

Der hübsche und hypnotisierende Anblick der bunten Gummifische war so faszinierend, dass Rose das Knacken zunächst nicht hörte.

»Dein Plan!«, staunte Devin und ergriff Roses Hand. »Er klappt!«

Ehe Rose sich freuen konnte, krachte das Eis donnernd, und zwei zerklüftete Risse taten sich zu beiden Seiten des Eislochs auf, das auf die Größe eines kleinen Planschbeckens angeschwollen war. Rose packte Basil an der Schulter und zerrte ihn zurück.

»Alle vom Eis runter!«, schrie sie. »Beeilt euch!«

Tymo stapfte bereits zurück ans nördliche Ufer. »*Vamonos!*«

Rose ließ den Bottich und das Fahrrad stehen, machte kehrt und zog Basil und Devin mit sich. Die Nägel ihrer Stiefel ließen das Eis bei jedem Schritt spinnennetzartig reißen.

»Wir schaffen es nicht!«, rief sie, noch zwanzig Schritte vom Ufer entfernt. Das Eis unter ihren Füßen verwandelte sich in Matsch. Um sie herum knackte und zischte es, und das holperige Eis brach auf. Die dunkle Fläche vor ihnen verschwand unter einer glasigen Schicht Wasser.

»Springt!«, schrie sie. Die drei ergriffen sich bei den Händen und sprangen über das inzwischen reißende Wasser. Sie hatten das Ufer erreicht.

Devin machte sich von ihnen los. »Ich habe mein Rad und meine Tasche vergessen! Mein Vater wird –«

In dem Moment krachte das Eis um das Loch, auf dem das Fahrrad mit dem Metallreifen saß, und eine riesige, gezackte Eisscholle hob sich aus dem Wasser und fiel unter ohrenbetäubendem Lärm wieder zurück. Wasser sprudelte in den Himmel, und das Fahrrad versank, gefolgt von den *Salzigen Heringen,* die inzwischen den Umfang von preisverdächtigen Forellen angenommen hatten.

»Das kann ich dann ja wohl vergessen«, rief Devin.

Ein dumpfes Rumpeln erfüllte die Luft, und Ryder River toste dahin. Das angestaute Wasser und die gletscherartigen Eisbrocken schossen entfesselt stromabwärts und krachten heftig an die Brückenpfeiler. Mit lautem Knarren brach die halb herabgefallene Mitte der Brücke, die durch das Eis gehalten worden war, und stürzte im Zeitlupentempo in das Wasser, während sich oben die Feuerwehrleute mit lauten Rufen in Sicherheit brachten.

Die *Salzigen Heringe* wichen den Trümmern geschickt aus, und ihre bunten Schuppen ließen den Fluss wie einen flüssigen Regenbogen aussehen.

Rose, Devin, Tymo und Basil sanken in den Schnee am Ufer. Einen Moment lang schwiegen sie benommen, dann lachten sie erleichtert los.

»Ich hätte nicht gedacht, dass es so schnell gehen würde«, sagte Rose. »Vielleicht hat Mr Dobson untertrieben, was die Zauberwirkung angeht.«

»Oder die Mischung aus euren beiden Zauberzutaten hat die Zauberkraft ums Zehnfache verstärkt!«, sagte Tymo.

Basil schrieb wie wild in sein Notizbuch. »Seht sie euch nur an! Ich hätte gute Lust, den zweiten Eimer mit Fischen auch noch reinzukippen.« Er legte den Kopf zur Seite und überlegte. »So schreibe ich das in meinem Buch. Aber im richtigen Leben esse ich sie wohl doch lieber auf, und zwar den ganzen Eimer.«

Das Donnern des geschmolzenen Flusses war so laut, dass Rose nur undeutlich die Rufe von der Brücke über ihnen hören konnte. Sie sah hinauf. Vier Feuerwehrleute wedelten mit den Armen, um ihre Aufmerksamkeit zu erregen. Der Himmel hinter ihnen war ein wirbelndes, unheilverkündendes Grau.

»Alles in Ordnung mit euch Kindern da unten?«, rief Marion. »Habt ihr die durchgeknallten Fische gesehen?«

»Uns geht's gut!«, rief Rose zurück. »Genau, die waren echt cool!«

»Der Fluss ist geschmolzen! So was Verrücktes!«, rief Charlie nach unten.

»Wir haben keine Ahnung, wie das passiert ist«, erwiderte Rose.

Charlie zuckte mit den Schultern. »Die Natur! Einfach unberechenbar.« Er deutete auf die reparierte Brücke, bestehend aus festgezurrten Metallschienen. »Jetzt sollte euer Van wohl rüberkommen. Aber wir müssen uns beeilen!«

Rose, ihre Brüder und Devin kletterten den schmalen Pfad zur Straße hinauf. Rose setzte sich auf den Beifahrersitz, Basil und Devin stiegen hinten ein.

»Der Eissturm sieht tatsächlich ziemlich übel aus«, sagte Tymo und stieg auf den Fahrersitz.

Rose war froh, die Heizung voll aufdrehen zu können, nachdem Harry nun nicht mehr bei ihnen war.

Dann lotsten die Feuerwehrleute den Wagen über die provisorisch reparierte Brücke.

Vor ihnen lag die Stadt Calamity Falls unter einer dichten weißen Decke verborgen.

»Wir sperren diese Brücke jetzt ab«, sagte Charlie. »Fahrt ihr schon mal nach Hause.«

»Ja, Sir«, sagte Rose zu ihm, dann zu den anderen im Van: »Ihr habt den Mann gehört: Zeit, nach Hause zu fahren. Dort wartet Arbeit auf uns.«

Kapitel 7
Donnerschnee

Sie kamen nicht sehr weit.

Irgendwie war der Eissturm auf dieser Seite des Flusses schlimmer als das, was sie in Little Mogul erlebt hatten. Der Schnee fiel von allen Seiten so dicht, dass es Rose vorkam, als würde sich der Van überhaupt nicht vorwärtsbewegen.

»Ich versteh das nicht«, sagte sie, das Gesicht an die Scheibe gedrückt. »Meistens ist es so, dass Winterunwetter schwächer werden, je näher sie nach Calamity Falls kommen, aber wenn überhaupt, dann ist dieser Sturm schlimmer geworden.«

»Der Klimawandel?«, überlegte Devin.

»*Oder*«, sagte Basil nachdenklich mit gezücktem Bleistift, »vielleicht ist es auch eine finstere Macht, um Harry den Schneemann daran zu hindern, seiner Bestimmung nachzukommen? Vielleicht ist ein Zirkel von Schneehexen darauf aus, Harrys Bonbonherz zu stehlen!«

»Harry ist doch erst erschaffen worden, nachdem der Schneesturm angefangen hat«, stellte Rose fest.

»Und warum sollten diese Hexen das Unwetter schlimmer machen?«, sagte Tymo vom Fahrersitz. »Harry liebt doch den Schnee. Er *ist* Schnee.«

»Lappalien, Lappalien«, sagte Basil.

Die Straße verschwand bald beinahe unter riesigen Schneemassen, und als Tymo den Van schließlich Sparrow Hill hinauflenkte, bewegten sie sich im Schneckentempo, kaum schneller, als wenn sie gelaufen wären. Oben angekommen, war er gezwungen, den Motor abzustellen.

»Stecken wir fest?«, fragte Basil.

Tymo sank auf dem Fahrersitz zusammen. »Mehr oder weniger. Selbst wenn ich bei diesem dichten Schneefall noch etwas sehen könnte, glaube ich nicht, dass es eine gute Idee wäre, uns die Abfahrt den Hang hinunter zu erzwingen. Es wird schwierig, die Schneeballschlacht meiner Freundinnen zu leiten, wenn ich von Kopf bis Fuß in Gips komme.«

»Deine Freundin macht eine Schneeballschlacht?«, fragte Devin.

»Freund*innen*«, verbesserte ihn Tymo. »Drei in einer Schlacht um mein Herz. Zumindest haben sie genug Schnee dafür.«

Glücklicherweise befand sich oben auf Sparrow Hill Devins Zuhause, *Stetsons Donuts und Automobilwerkstatt*. Warmes gelbes Licht drang aus dem Betonbau, ein freundliches Leuchtfeuer in dem ganzen Weiß, das alles andere zudeckte.

»Mann, das ist ja viel schlimmer als in Sitzmark oder in Little Mogul!«, jammerte Basil.

»Gibt es im Laden irgendwas, das uns weiterhelfen könnte?«, fragte Rose.

Devins Augen funkelten. »Doch, es gibt etwas! Ich habe gerade etwas konstruiert, als ihr angerufen habt. Bin gleich zurück.«

Er riss die Autotür auf, trat hinaus in den Schnee – und versank auf der Stelle bis zu den Hüften in einer Schneewehe. Mit großer Anstrengung watete er auf den Laden zu. Er hatte sich noch keine fünf Meter entfernt, da verschwand er auch schon hinter dem Schleier des Schneegestöbers und war nicht mehr zu sehen.

Die drei Glyck-Kinder kauerten sich vor der Autoheizung zusammen und warteten auf seine Rückkehr.

»Hoffentlich bringt er ein paar Donuts mit«, sagte Basil. »Am liebsten die mit Schokoguss – am allerliebsten, um genau zu sein – aber eigentlich bin ich schon an dem Punkt, an dem ich alles nehme.« Er klopfte sich auf den knurrenden Magen. »Sonst haben wir nur noch die *Salzigen Heringe* als Proviant. Und nachdem ich die Ladung von vorhin *schwimmen* gesehen habe ... machen sie mich gar nicht mehr so sehr an.«

»Ich verspreche, dass wir nicht verhungern werden, Basil«, sagte Rose und wischte die beschlagene Scheibe frei. »Ich kann nichts sehen. Ist er schon dort? Hat er die Tür aufgemacht?«

»Wir könnten ja im Donut-Laden anrufen, um zu hören, ob er es geschafft hat.« Tymo nahm sein Handy heraus. »Wenn mein Akku nicht fast leer wäre, *hermana.* Und ich muss genug Saft aufheben, um meinen Freundinnen ein letztes Lebewohl zu texten. Ich wollte an jede von ihnen eine SMS schicken mit den Worten: *Mein Herz ist kalt ohne dich ...* aber vielleicht schicke ich einfach eine Sammel-SMS an alle *drei.*« Tymo biss sich nachdenklich auf die Unterlippe. »Ja, das ist eindeutig die beste Lösung.«

»Wir kommen schon zurecht!«, versicherte Rose. »Wir haben immer noch ein bisschen Sommersonne in uns, wir können also bis nach Hause laufen. Aber

wenn wir nicht bald hinkommen ...« Sie schluckte nervös.
Gerade, als Rose sicher war, dass sich Devin im Schneesturm verirrt hatte, erklang von draußen Motorenlärm, und er tauchte neben der Beifahrertür auf.
»Wow!«, rief Basil und riss die Tür auf. »Was hast du mit deinem Roller angestellt?«
Devin saß auf seinem Moped, das er allerdings umgebaut hatte. »Ich habe es auf Skier gestellt, damit die Räder nicht im Schnee einsinken«, rief er durch den Wind. »Wir können uns keinen richtigen Jetski leisten, ich musste also selbst einen bauen.«
Rose sprang in den Schnee hinaus und versank bis zur Taille. »Kommt, Jungs. Wir lassen den Van stehen.«
Hinten an den Roller hatte Devin einen sehr großen Schlitten angebunden, der leer war bis auf zwei Schachteln mit Donuts, die mit Gummiseilen festgezurrt waren. Obwohl sie nicht wie Basil am Verhungern war, konnte auch Rose einem Donut nicht widerstehen.
»Er hat daran gedacht«, sagte Basil. »Guter Junge.«
Der Schnee war kalt, doch Rose spürte die Kälte noch mehr, nachdem sie hinter Devin auf den Roller geklettert war und von der Schärfe des Windes ergriffen wurde. »Wie kommt's, dass das Ding fahrbereit ist?«, fragte sie.

»Ich habe den ganzen Herbst über an dem Umbau von meinem Moped gearbeitet«, erwiderte Devin. Er drehte sich um und grinste Rose zu. Bei seinem Anblick musste sie lächeln – er trug eine Schutzbrille mit kleinen Scheibenwischern, die den Schnee wegfegten. »Ich dachte, es könnte Spaß machen, dich und Nella auf motorisierte Schlittenfahrten mitzunehmen.«

Rose legte die Arme um seine Taille, und ihr wurde schon etwas wärmer.

»Los geht's!« Basil hüllte sich in die Wolldecke, drückte den letzten Eimer mit *Salzigen Heringen* an sich und beugte sich über den Schlittenrand. Er stellte den Eimer hinter die Schachteln und kletterte dazu. »Ich sitze! Lasst uns fahren!«

»Wir lassen keinen zurück«, sagte Devin. »Tymo?«

Tymo stöhnte. »Was passiert, wenn Nevika auftaucht, um uns zu retten, und ich sitze auf einem Schlitten wie ein kleines Kind?«

Rose spürte, wie ihr bei dem Namen schon wieder die Wut hochkroch. Sie wollte Nevika nicht in der Nähe haben. Calamity Falls war *ihre* Stadt, und wenn diese Stadt von jemandem gerettet wurde, dann von den Glycks.

»Es ist ein großer Schlitten«, sagte Devin. »Und das sind außergewöhnliche Umstände.«

»Du kannst auch im Van bleiben«, sagte Rose mit einem

Achselzucken. »Aber gib nicht uns die Schuld, wenn du zu spät zu deiner Schneeballschlacht kommst.«
»Stimmt – ich habe Pflichten!« Tymo sprang aus der Seitentür des Vans, dann drehte er sich um und ergriff Mr Dobsons Kiste mit Süßigkeiten. Er schloss die Tür, stapfte zum Schlitten und setzte sich hinter Basil. »Brrr, dieser ganze verwunschene Schneesturm verdirbt mir alles.«
»Fast hätte ich es vergessen!«, sagte Devin und reichte Rose eine Schutzbrille. Sie setzte sie auf und knipste den Schalter an der Seite an. Die Scheibenwischer wischten hin und her. »Und hier ist dein Helm.«
Devin ließ den Motor des Mopeds aufheulen, und schon fuhren sie langsam den Berg hinunter und in die Stadt. Trotz der Scheibenwischer an der Brille konnte Rose oft nur weißes Schneegestöber sehen.
Auch wenn das Gewitter über ihnen laut rumpelte, war die Fahrt über die Hauptstraße unheimlich still – der Motorenlärm des Mopeds wurde von der kalten Schneedecke gedämpft. Die Straße und alle Gebäude waren völlig mit Schnee überzogen. Rose konnte kaum den Miniatur-Eiffelturm sehen, der auf dem französischen Bistro an der Ecke des Marktplatzes stand. Die Szenerie war auf ihre Weise schön – als ob sie durch ein Zuckerguss-Calamity-Falls fuhren.

So schön es auch war, so beängstigend war es gleichzeitig. Denn die Stille kam daher, dass niemand nach draußen konnte – die gläsernen Eishüllen über den Häusern hielten alle gefangen, so wie sie das in Little Mogul schon erlebt hatten.

»Alle müssen ja am Erfrieren sein!«, rief Rose. »Meine Mutter hat gesagt, sie würde an einem Gegenmittel arbeiten, aber –«

»Das hat sie auch!«, rief Devin nach hinten. »Sie und Lily haben etwas gebacken, was sie *Feurige Focaccia* nennen. Mir ist zurzeit gar nicht kalt. Um genau zu sein, ich muss vielleicht sogar die Jacke ausziehen.«

Rose wollte antworten, da fuhr ein lauter Windstoß durch die Luft. Er kam in Böen und blies den fallenden Schnee beinah waagrecht durch die Straßen.

»Wenn du schneller fahren würdest«, brüllte Basil, »dann würde diese Schlittenfahrt mehr Spaß machen.«

»Das ist keine Schlittenfahrt, Basil«, rief Rose. »Schneller wäre gefährlicher.«

»Und das genau brauche ich hier für meinen Roman: Gefahr. Der Schlitten könnte vielleicht außer Kontrolle geraten und sich drehen und Tymo wegschleudern, in eine –«

»He! Keiner schleudert mich irgendwohin!«

Rose hörte dem Geplänkel ihrer Brüder nicht mehr zu

und wandte sich wieder an Devin. »Glaubst du, dass auch jeder in Calamity Falls ein Stück von dieser *Focaccia* bekommen hat?«

Devin schwieg erst mal und lenkte sie an den Bergen von verschneiten Autos in der Mitte der Kreuzung vorbei. »Ich bin sicher. Sie haben sich sogar um die Tiere gekümmert. Du weißt doch, der Schwarm von Kanadagänsen, der bei Tillys Teich auf dem Weg in den Süden rastet? Sie wurden vom Unwetter überrascht, deshalb haben sie dein Vater und Großvater Balthasar mit *Focaccia* gefüttert und sie dann in die Sporthalle getrieben.«

Hinter ihnen blitzte es hell auf, gefolgt von einem ohrenbetäubenden Knallen – eben dem Donnerschlag, der einem Blitz folgte. Rose zuckte zusammen und drückte sich enger an Devin.

Ein Schneesturm war eine Sache, nicht ungewöhnlich, wenn auch selten. Aber wann war ein Schneesturm jemals auch gleichzeitig ein Gewitter gewesen?

»He, vielleicht sollten wir doch schneller fahren«, sagte Devin nervös. »Ich weiß nicht, ob es so sicher ist, hier draußen zu sein.«

Rose war derselben Meinung, tätschelte ihm jedoch nur den Arm und barg das Gesicht in seinem Parka, um ihre Wangen warm zu halten.

Vor ihnen tauchte ein willkommenes Leuchten auf: das buttergelbe Licht aus den Fenstern eines vertrauten Gebäudes. Die Glücksbäckerei war ganz und gar ausgegraben, und Rose konnte sogar die Lichter des Weihnachtsbaums von innen blinken sehen. Harry der Schneemann war inzwischen zweimal so groß wie zuvor, er überragte sogar den Eingang der Bäckerei. Den Schnee, den er zu hohen Haufen geschoben hatte, hatte er sich anscheinend anschließend auf den Körper gepackt.

Devin bremste und hielt an, und Rose sprang ab. »Du hast ja geschuftet!«, rief sie.

Harry drehte sich so schnell um, dass ihm die Möhrennase aus dem Gesicht flog. Er rollte ihr nach und hob sie wieder auf, dann fasste er sich wieder und verbeugte sich vor Rose. »Meisterbäckerin Polly Glyck hat mir die Aufgabe übertragen, den Rasen zu räumen, damit ihr leichter reinkommt.«

»Wow, du bist vielleicht *riesig* geworden«, sagte Basil und kam knirschend herbei. Mit den Armen hielt er den Eimer mit *Salzigen Heringen* umklammert.

Verlegen zog Harry seinen Schal zurecht. »Wenn ich rolle, bleibt der Schnee an mir kleben. Auf dem Weg hierher ist mein Unterteil so dick geworden, dass ich fand, ich müsste die anderen Teile auch vergrößern, damit die Proportionen stimmen.« Er beugte sich vor und flüsterte: »Findest du, dass ich etwas abnehmen sollte?«

»Je dicker, je besser, finde ich!«, sagte Basil. »Harry, der RIESEN-Schneemann, das ist sogar noch viel besser für mein Buch!«

Harry deutete mit seinen Reisigarmen auf die Tür der Bäckerei. »Polly wartet schon! Ich halte den Eingang frei, solange ihr drinnen arbeitet … bei den beängstigend warmen Backöfen.«

Rose musste an sich halten, um nicht zur Tür zu rennen – sie konnte es kaum erwarten, aber sie wollte auch nicht ausrutschen.

Ihre Brüder waren da nicht so besorgt. Basil schlitterte vorbei und trat die Tür auf, dass die Glocke bimmelte. »Wir sind zurück!«, rief er und brachte einen Wirbel Schnee mit hinein.

Rose trat direkt hinter ihm ein und hielt Devin und Tymo die Tür auf, damit sie Dobsons Kiste mit Süßigkeiten und die Schachtel mit Donuts reintragen konnten, dann schlug sie sie schnell zu. Sie streifte ihre Stiefel ab, ließ den Helm und die Schutzbrille auf einen der Bistrotische fallen, dann zog sie Mantel, Mütze, Schal und Handschuhe aus.

Das Café war gemütlich warm, und ihre Arme und

Beine kribbelten, während die Hitze sie durchströmte. Egal, wo sie hinging oder wie lange sie fort war, beim Heimkommen fühlte sie sich immer sicher und glücklich. Hier drinnen war die Welt sauber und geordnet und perfekt. »Mom? Dad?«, rief sie. »Nella?«

»Sie sind wahrscheinlich hinten«, meinte Tymo.

Rose schob sich durch die Schwingtür – die Backstube war ein einziges Chaos!

Schmutzige Rührschüsseln und Bleche voller Krümel türmten sich im Spülbecken. Die Arbeitsflächen waren voller Schüsseln, die bis zum Rand mit Teig gefüllt waren, und fast jede Fläche war mit Mehl bedeckt. Alle Backöfen liefen auf Hochtouren.

Noch nie hatte Rose so eine Katastrophe gesehen.

Inmitten der ganzen Unordnung stand Polly, mit schief umgebundener Schürze und Haaren, die in alle Richtungen abstanden. Teig klebte an ihren Wangen, und ihre Stirn glänzte vor Schweiß.

Tante Lily war bei ihr, so sauber und picobello, wie Polly zerzaust war. Sie trug ein rotes Designerkleid und passende High Heels, und an ihrem glänzenden schwarzen Bubikopf war kein Härchen verrutscht. Ein winziger Teigtropfen auf ihrer Wange wirkte wie ein Schönheitspflästerchen.

Lily entdeckte ihre Nichte als Erste. »Rose! Du bist

zurück! Und sieh mich nur an, ich bin völlig *derangiert.*«

»Rose?« Polly kam herbeigeeilt und nahm ihre Tochter in den Arm.

Hinter ihnen quietschte die Schwingtür, und Devin, Tymo und Basil kamen in die Küche. Polly umarmte auch ihre Söhne und klopfte Devin freundlich auf die Schulter. »Ich bin so glücklich, dass ihr alle heil zu Hause seid.«

»Mom, du *musst* dir anhören, worüber ich ein Buch schreibe«, sagte Basil undeutlich aus den Falten ihrer Bluse. »Es wird ganz unglaublich!«

»Hör ihm nicht zu, Mom«, sagte Tymo. »Devin hat uns von der *Feurigen Focaccia* berichtet. Du hast meinen Freundinnen hoffentlich auch davon gegeben. Sie müssen kampfbereit sein.«

»Das kann alles warten, bis *nach* diesem Eissturm«, sagte Polly, ließ ihre Kinder wieder los und strich sich die Schürze glatt. Zu Devin sagte sie: »Mr Stetson, Sie waren eine große Hilfe, wie immer.«

Devin wurde rot. »Das war doch das mindeste, was ich tun konnte. Oh, und ich habe Donuts mitgebracht!«

»Endlich mal eine gute Nachricht!« Tante Lily ließ sich theatralisch in die Essnische sinken. »Bin total ausgehungert von der ganzen Backerei.«

»Warum richtet ihr Jungs nicht vorne im Bistro die Donuts her«, sagte Polly. »Ich muss mal kurz mit Rose reden.«
»Auf geht's!«, sagte Devin und verschwand mit Tymo und Basil.
»Hat dein Bruder eine Feuerwehrhose an?«, fragte Polly ihre Tochter verdutzt.
»Lange Geschichte«, sagte Rose und ließ sich in der Essnische gegenüber Tante Lily nieder. »Also, wie sieht's aus? Müssen wir weitere *Focaccia* verteilen, damit alle warm bleiben?«
Lily schüttelte den Kopf. »Wir machen gerade noch eine Ladung, aber du weißt, wie das ist mit *Focaccia* – nach ein paar Tagen wird es altbacken. Das war also nur eine Notlösung, bis wir etwas haben, dass länger gut ist.«
»Wir hätten unseren Vorrat an Sommersonne wirklich nötig gehabt«, sagte Polly wehmütig und räumte die Rührschüsseln und Geräte, die nicht mehr benötigt wurden, von der Arbeitsfläche. »Aber es ist kein einziger Sonnenstrahl mehr übrig. Und nun sind uns auch die Lava-Oliven aus dem Mittelmeerraum für die *Feurige Focaccia* ausgegangen, außerdem sind wir inzwischen knapp an Grundstoffen wie Mehl und Eiern und Öl.« Zum Beweis hielt sie eine leere Flasche Olivenöl über

die Handfläche. Nicht ein Tropfen kam heraus. »Bald können wir *gar nichts* mehr backen, ganz zu schweigen von Zaubergebäck, wenn dieses Unwetter nicht nachlässt.«

In dem Moment ließ ein Donnerschlag die Fenster klappern und beben.

Rose schluckte heftig. »Das ist ja noch viel schlimmer als in Sitzmark und Little Mogul.«

»In der Radiowarnung nennen sie es eine launische Kombination von Gewitter und Schneesturm«, sagte Polly. »Aber das kann nicht einfach daran liegen, dass Mutter Natur durchdreht, vor allem nicht nach dem, was weiter im Norden passiert ist.«

»Jemand muss dahinterstecken«, stimmte Tante Lily aus der Essnische zu. »Aber irgendwie sieht es nicht nach der Internationalen Nudelholzgesellschaft aus.«

»Ich glaube auch nicht, dass die dahinterstecken«, sagte Rose. »Ihre Zuckerplagen waren schrecklich, aber die haben wenigstens gut geschmeckt. Wer das hier macht, schickt uns richtigen Schnee aufs Dach, und das ist viel gefährlicher als Puderzucker.

»Wir finden sicher bald raus, wer es ist«, sagte Polly. »Erst mal müssen wir uns aber um die unmittelbare Bedrohung kümmern.« Sie nahm das Backbuch von dem Podest auf der Arbeitsfläche. »Solange Lily und ich die letzte Ladung von *Feurigen Focaccia* fertigstellen, hatte ich gehofft, dass du vielleicht etwas in dem Backbuch findest, das wir verwenden können, um dem Sturm selbst das Genick zu brechen.«

Rose nahm ihrer Mutter das alte Buch ab. Es enthielt viele hundert Rezepte. *Irgendwas* musste doch helfen.

»Hast du 'ne Ahnung, bei welchen Rezepten ich anfangen soll?«

»Für die meisten Rezepte haben wir die Zutaten nicht«, sagte Polly. »Womöglich gibt es kein einziges Rezept mehr, wofür wir alle Zutaten hätten. Deshalb brauchen wir deine Phantasie, um alte Rezepte umzudeuten und sie neu zu gestalten.«

Rose nickte entschlossen. »Ich tu mein Bestes.«

Lily trat zu Polly an die Arbeitsfläche. »Wir zählen auf dich, Rose. Du bist nicht ohne Grund mit dreizehn Meisterbäckerin geworden!«

Rose musste an die *andere* junge Meisterbäckerin und ihre herablassenden Bemerkungen über Roses Rezepte denken. Rose ballte die Fäuste. Sie musste sich nicht beweisen – das hatte sie schon zur Genüge getan, selbst zur Zufriedenheit eines sehr pingeligen Geisterhundes! Dennoch wollte sie diesem Unwetter Einhalt gebieten, möglichst, ehe Nevika auftauchte und die Mission vor ihr erfüllte.

»Mal sehen, was ich rausfinden kann«, sagte sie. »Bin gleich wieder zurück!«

Bei einem kurzen Umweg ins Bistro schnappte sie sich einen Donut mit Zuckerguss und ging nach oben in ihr Zimmer. Sie setzte sich im Schneidersitz auf ihr Bett und blätterte in dem Backbuch, wobei sie aufpasste, dass sie die Seiten nicht mit Zuckerguss verschmierte.

Sie fand *Aufwärm-Amerikaner* und *Beruhigungs-Brioches*. Für beide Rezepte benötigte man eine Prise Flügelstaub vom Königlichen Monarchfalter, eine Zutat, die ihnen vor einer Woche ausgegangen war, wie Rose wusste. Millicent Fudd hatte drei Dutzend *Bunte Zuckerplätzchen* benötigt, um sie ihren Vogelfreunden, den Schneefinken, mitzugeben, die den Winter über nach Arizona zogen.

Das nächste Rezept klang schon ein bisschen besser: *Brennendes Shortbread nach schottischem Brauch.* Sie hatte schon fast weitergeblättert, doch dann blieb sie an der Begleitgeschichte des Rezepts hängen.

Brennendes Shortbread nach schottischem Brauch
Zum Anfeuern innerer Flammen vom Glühen zum Lodern

Es war im Jahr 1743 in dem schottischen Dorf Tubaist Easan, als der Bäcker Frazier MacGlyck dem englischen General Jacob Wolverton III. entgegentrat und sein Haus vor Hungersnot und Leid rettete. Die Einheimischen nannten Frazier »MacGlyck, den Bartlosen«, denn er war ein sanfter junger Mann mit Wangen so glatt wie ein Babypopo. Er verbrachte seine Tage damit, Brot und Kuchen für den ganzen Ort zu backen, am Abend las er Gedichte und Dramen.

Es passierte in diesen Tagen, als die Engländer oft und unvorhergesehen in die Stadt ritten, um mögliche aufrührerische Launen unter den schottischen Nachbarn niederzuschlagen, und der General Jacob Wolverton III. verlangte jedes Mal Abgaben, wenn er mit seinen Mannen durch die matschigen Straßen preschte.

Die Dorfbewohner gaben alles bis auf den letzten Tropfen Milch, stellten mehr Körbe mit Kartoffeln zur Verfügung, als sie selbst behielten, und stifteten alle Wolldecken bis auf die ganz abgewetzten. Und dennoch verlangte der General immer mehr, und den Bewohnern von Tubaist Easan blieb immer weniger.

Viele der Tapfersten waren allerdings schon im Kampf gefallen oder ins Gefängnis geworfen worden, so dass nur noch die Älteren oder Schwächeren übrig geblieben waren. Der sanfte Frazier MacGlyck wurde ungehalten, je mehr Vorräte von seinen Freunden und seiner Familie gefordert wurden, doch die Dorfbewohner rieten ihm, Ruhe zu geben, denn er war ja noch ein rosenwangiger Junge und würde bestimmt umkommen, wenn er den Engländern gegenübertrat.

Eines Abends kam die Nachricht, dass die Engländer am nächsten Morgen eintreffen würden, um alle Brote von Frazier zu holen – so dass dem Ort nichts als Krümel übrig bleiben würden. Frazier, der die Übergriffe leid war, arbeitete die Nacht durch. Er buk ein Blech nach dem anderen seines selbst erfundenen Shortbread aus Mehl und Honig und Butter, aber zudem mit einem kräftigen Schuss seines Geheimvorrats an feuerscharfem Chili, ewig brennenden Chilischoten, die loderten wie die Hitze der Sonne.

Die Engländer kamen am Morgen in Fraziers Bäckerei, und in Vorbereitung darauf verzehrte Frazier zwei Dutzend Brennende Butterplätzchen. Als der General seine Forderungen stellte, riss Frazier seinen zarten Babymund auf und brüllte – und es schlug ein feuriger Atem heraus wie der eines Drachen, der seine Brut verteidigte.

Die Engländer flohen bei dem Anblick, denn sie waren sicher, dass dieser Ort der Vorhof der Hölle sein musste, und Tubaist Easan wurde nie wieder heimgesucht. Frazier MacGlyck *wurde nie wieder der Bartlose genannt – von jenem Tag an war er nur noch als MacGlyck mit der Feuerzunge bekannt.*

Rose grinste. Ein feuerspeiender Keks klang wirklich brauchbar, aber da gab es ein Problem.

»Wie soll ich jemand mit feurigem Atem in den Himmel hochbekommen, wo der Schneesturm ist?«, murmelte sie vor sich hin, nachdem sie das Rezept gelesen hatte.

»Schick Basil hinauf!«, rief eine Stimme.

Rose blickte auf. Sie war so in die Geschichte von Frazier MacGlyck vertieft gewesen, dass sie gar nicht bemerkt hatte, wie ihre kleine Schwester ins Zimmer gekommen war. Nella saß auf Roses Schreibtischstuhl und mampfte knusprige Flips aus einer Plastikdose.

»Wann bist du denn reingekommen?«, fragte Rose.

Mmpf … knurps, machte Nella und stopfte sich noch ein Knusperhäufchen in den Mund. »Willst du auch?«

Rose erkannte das Knabberzeug – *Fluffige Schokoflips mit philippinischer Wasserkastanie.* »Nein danke«, sagte sie. »Ich mag Wasserkastanie nicht, auch nicht gemischt mit Schokolade.«

»Die sind aber *sooo gut*!«, sagte Nella und lutschte sich geräuschvoll Schokolade von den Fingern.

»Was hast du gemeint mit *Basil hinaufschicken*?«, fragte Rose.

»Lass ihn fliegen!«, erwiderte Nella. »Wie damals in Paris!«
»Das war was anderes«, sagte Rose. »Da hat es vor allem keinen wahnsinnigen Schneesturm mit Donner und Blitz gegeben. Außerdem ist er ein einzelnes Kind. Wir würden eine ganze Armee brauchen, um diese Wolken zu vertreiben.« Sie schüttelte den Kopf. »Ich muss mir was anderes einfallen lassen.«
Nella zuckte mit den Schultern. Dann huschte ein hinterhältiges Grinsen über ihr Gesicht. »Hey, Rosie?«
Rose hatte sich wieder dem Backbuch zugewandt und das *Shortbread*-Rezept überblättert. »Hmm?«, machte sie geistesabwesend.
»Willst du wissen, warum ich diese Wasserkastanien-Flips mag?«
Rose blickte auf. »Warum?«
Nella verzog das Gesicht und stieß mit einer trompetengleichen Explosion einen mächtigen Furz aus. Der hob sie ein paar Zentimeter vom Kissen des Stuhles und verbreitete eine so stinkende Wolke, dass Rose fast glaubte, diese Wolke sehen zu können.
»Nella!« Rose wedelte mit der Hand vor ihrer Nase herum. »*Eklig.*«
Aber im nächsten Moment wurde sie von einer Woge – oder einer *Wolke* – der Eingebung erfasst.

»Nella, wenn du nicht so stinken würdest, könnte ich dich küssen!« Sie packte das Backbuch, sprang vom Bett auf und rannte auf die Treppe zu.

Die *Salzigen Heringe* mit dem *Wegschubs-Schoki* und dem *Sauerpowerpulver* zu mischen hatte genau die richtige Wirkung entwickelt. Jetzt brauchte sie nur ein weiteres Gemisch aus zwei wirksamen Rezepten – etwas, das die sengend heiße Luft des *Schottischen Brennenden Shortbreads* mit – tja, mit den *Blähungen* von Nellas ekligen Wasserkastanien-Flips kombinierte.

Außerdem brauchten sie eine Armee, die fliegen konnte – und Rose wusste genau, wo sie die finden würde.

»Ich glaube, ich habe die Lösung! Die Idee, wie ich diesen Gewittersturm ein für alle Mal vertreiben kann!«

Kapitel 8
Vom Winde verweht

»Ich weigere mich!«, jaulte Gus. »Ich kann mich auf keinen Fall so tief erniedrigen, um das zu tun, was du verlangst!«

Es war eine halbe Stunde später, und Rose hatte Gus in Großvater Balthasars stickigem Schlafzimmer aufgespürt. Der rundliche graue Kater lag zusammengerollt auf Balthasars Kopfkissen, die Schnauze hoch erhoben, und zuckte verärgert mit dem flauschigen Schwanz.

Rose seufzte. »Ich bitte dich doch nicht, ihr bester Freund zu werden. Nur mit ihnen zu reden –«

»Katzen sprechen nicht mit *Vögeln*«, fauchte Gus. »Wir *jagen* sie, und sie attackieren uns. Das ist der Kreislauf des Lebens.« Er winkte mit der Pfote zum

Nachttisch. »Warum bittest du den Mäuserich nicht darum?«

Der Mäuserich – Jacques – saß zitternd auf einem Stapel Bücher neben Großvater Balthasars Nachttischlampe. Er hatte beide Vorderpfoten vor der Brust verschränkt. »*Non!*«, rief er. »Das kann ich einfach nicht. Für Vögel sind wir Nagetiere *Futter*. Und obwohl ich alles für dich tun würde, Mademoiselle Rosmarin, muss ich irgendwo eine Grenze ziehen: Ich will mich nicht fressen lassen!«

»Keiner frisst irgendwen.« Rose stöhnte vor Verzweiflung. »Du musst mir vertrauen. Wir müssen das zum Wohle der Stadt tun. Und dafür *brauchen* wir diese Gänse.«

Um genau zu sein, ohne die Kanadagänse, die seit kurzem in der Sporthalle der Highschool hausten, würde Roses Plan scheitern. Die Vorbereitungen waren bereits getroffen, denn unten bereiteten Polly, Tante Lily und die Jungen schon einen Sturm vor. Rose hatte den feuerscharfen Chili aus dem *Brennenden Shortbread*-Rezept mit den Zutaten für die *Fluffigen Schokoflips mit philippinischer Wasserkastanie* gemischt und ein neues Rezept erfunden: *Flammend-fluffige Flips*.

Jetzt sah sie Gus scharf an. »Wir müssen es hinkriegen, dass die Gänse die Flips fressen und dann in den Himmel aufsteigen. Und nur du, der mutigste der Schottischen Faltohrkatzen, kann sie davon überzeugen.«

Der graue Kater leckte sich nachdenklich die Pfote. »Fahre fort.«

»Wir brauchen einen Helden, der uns alle rettet. Nur *du* kannst das schaffen.«

Gus legte den Kopf schief und kratzte sich das Ohr. »*Ich* wäre der Held?«

»Asparagus Glyck, Retter von Calamity Falls«, sagte Rose. »Vielleicht stellen sie dir zu Ehren eine Statue auf.«

Gus streckte die Krallen und zog sie nacheinander wieder ein. »Der Satz gefällt mir.«

»*Oui,* wir sind ein Team!«, sagte Jacques nickend. »Ich hole meine Flöte!«

Gus reckte sich und machte einen Buckel. »Nicht nötig, mein lieber Jacques. Wir können eine Maus nicht diesen Gänsen überlassen. Du bist mein Freund, und ich kann es nicht verantworten, dass dir etwas passiert.«

Jacques zuckte mit seinem langen Schwanz. »Das sind *kanadische* Gänse, *mon amie*. Was, wenn sie nur Französisch verstehen?«

»Ihr solltet beide mitkommen!«, sagte Rose. »Aber wir dürfen keine einzige Minute mehr verschwenden!«

Rose huschte schnell aus dem Zimmer ihres Großvaters, ehe die beiden Tiere weiter streiten konnten. Gus schlich ihr nach, mit Jacques rittlings auf seinem Rücken.

Als sie nach unten kamen, war die Küche mit einem ziemlich seltsamen Geruch erfüllt – der Rose die Tränen in die Augen trieb. Die feurigen Chilischoten, die sie aus dem Vorrat im Keller hervorgeholt hatten, waren so scharf, dass ihr Geruch alles überdeckte. Die Schärfe hing sogar noch in der Luft, nachdem die Schoten gemahlen und zu Flips ausgebacken waren.

Rose fächelte sich Luft zu. »Mom?«

Polly und Lily trugen beide Gesichtsmasken, während sie das letzte Blech mit Flips herauszogen. Anders als die Flips, die Nella gegessen hatte – dunkel und schokoladenfarben und mit gemahlenen Nüssen –, waren diese knallrot wie glasierte Äpfel.

»Gerade rechtzeitig, Rose«, sagte Polly durch ihre Maske. »Deine Brüder und Devin haben schon drei weitere Säcke auf den Schlittenanhänger von Devins Moped verfrachtet. Das ist die letzte Ladung.«

Lily zog einen Jutesack hinter dem Verkaufstresen hervor und hielt ihn auf, während Polly ein Blech der *Flammend-fluffigen Flips* nach dem anderen hineingleiten ließ. Ihre Augen hinter der Schutzbrille waren rot gerändert.

»Normalerweise liebe ich Essen mit besonderer Note«, sagte Lily, dann hustete sie. »Die hier könnten aber ein bisschen zu *caliente* sein, wie Tymo es ausdrücken würde. Ich hoffe, es macht den Gänsen nichts aus.«

»Vögel fressen doch alles«, näselte Gus. »Sie sind die Müllmänner der Natur.« Er schüttelte sich. »Normalerweise würde ich mich nicht mal dazu herablassen, ihnen auch nur einen Blick zuzuwerfen – geschweige denn, mit ihnen zu reden, aber wenn der Einsatz eines Helden gefordert ist, gehorcht der Held natürlich – egal, wie übel die Aufgabe ist.«

»Wir wissen es zu schätzen, dass du dich opferst.« Polly kippte das letzte Blech in den Sack. »Ich glaube, wir sind so weit.«

Rose nahm Tante Lily den Sack ab und zurrte ihn fest zu. »Haltet die Daumen, dass es tatsächlich funktioniert!«

Polly zog ihre Schutzmaske ab und gab Rose einen feuchten Kuss auf die Wange. »Wir setzen voll auf dich. Aber zieh dich warm an!«

»Wo wir gerade davon reden«, sagte Gus, »halte deinen Mantel auf, Rose.«

Sie zog den Reißverschluss ihres Parkas so weit auf, bis genug Platz war für den Kater und die Maus. Sie sprangen hinein, Rose verschloss den Reißverschluss wieder, und eine erstickte Stimme ertönte: »Auf geht's, Rosmarin!«

Der Sturm draußen war noch heftiger geworden.
Obwohl sie Mantel und Handschuhe trug, brannte die eiskalte Luft überall da auf Roses Haut, wo sie nicht ganz bedeckt war – an der Stirn, der Nase, den Lippen. Rose setzte ihre Schutzbrille mit Scheibenwischern auf, damit sie sehen konnte.
Sie hatte den halben Weg zu Devins Moped mit dem angehängten Schlitten zurückgelegt, als ein langer, lilafarbener gezackter Blitz durch den grauen Himmel krachte. Die Welt wurde kurz hell, und nach einer halben Sekunde schien ein Donnerschlag direkt hinter ihr zu explodieren. Rose sprang in die Luft und schrie auf, dann spürte sie, wie sich Katzenkrallen in ihre Haut bohrten.
»Hey!«, schrie sie. »Nicht so fest, du da drin!«
»Wir bangen um unser Leben«, miaute Gus aus dem Parka. »Du schubst uns ziemlich rum.«
»Tut mir leid«, sagte Rose. »Ich bemühe mich, nicht allzu sehr zu bibbern.«
Harry sorgte immer noch dafür, dass der Boden um die Bäckerei schneefrei war, hatte aber aufgehört, sich den Schnee anzupappen.

»Ich will nicht zu riesig werden«, hatte er erklärt, als Rose und Devin einmal herausgekommen waren, um nach ihm zu sehen. »Könnt ihr euch vorstellen, dass ich so groß werde wie ein dreistöckiges Haus?«

»Das wäre … irgendwie beunruhigend«, sagte Devin.

»Die Leute würden vor Schreck davonlaufen!«, sagte Harry. »Nein danke, ich möchte ein gern gesehener Schneemann sein, kein Monster.«

Rose winkte Harry zu und ging weiter zu Devin. Er saß schon auf dem Moped, der Motor lief, er war startbereit. Der Schlitten hinter dem Moped war mit drei großen Säcken beladen, und sie verstaute nun auch noch den vierten, den sie herangeschleppt hatte, dann stieg sie hinter Devin auf.

»Tymo und Basil haben gesagt, sie wollen zu Hause bleiben und hier helfen«, rief Devin gegen den Wind, »aber ich glaube, in Wirklichkeit wollen sie in der Kiste kramen, die ihr vorhin dabeihattet.« Er ließ den Motor aufheulen. »Alles klar zum Start?«

Rose umfasste seine Taille, und es ging los. Es war eine beschwerliche Fahrt durch die Stadt. Rose hatte den Eindruck, eine Bleistiftzeichnung von Calamity Falls vor sich zu haben, die teilweise ausradiert worden war. Sie konnte ungenaue Umrisse erkennen und das schwache Licht von Straßenlaternen, die die Hauptstraße beleuchteten, aber alle vertrauten Schilder und Läden und Wohnhäuser, die typisch für Calamity Falls waren, lagen hinter einem Schneeschleier verborgen. Sie hätten auch auf dem Weg zum Nordpol sein können, ohne dass es ihr aufgefallen wäre.

»Es ist wie eine Geisterstadt«, sagte Devin, während er über die vereisten Straßen fuhr. Rose gab ihm recht.

Schon bald fuhren sie über das, was mal der Parkplatz der Highschool gewesen war. Jemand hatte die großen Flutlichtlampen eingeschaltet, die das Fußballfeld erleuchteten. Sie waren Devin eine Hilfe, um den Hintereingang zur Sporthalle zu finden.

Zum ersten Mal, seit sie die Bäckerei verlassen hatten, vernahm Rose ein Geräusch, das nicht vom tosenden Wind oder von Donnergrollen kam.

Aus dem Inneren der Sporthalle drang ein endloses Schnattern und Gackern, als ob sich tausend Trompeter gegenseitig mit schiefen Tönen in einem endlosen Wettstreit übertreffen wollten.

Devin parkte das Moped. »Klingt so, als ob es Tausende sind!« Er stieg ab und half Rose herunter.

»Pfui, was für ein schrecklicher Lärm«, beklagte sich Gus, der warm unter Roses Parka saß. »Ich werde nie verstehen, wie es Vögel miteinander aushalten können, vor allem in solchen Schwärmen.«

»Sind das die Vögel?«, piepste Jacques. »Sie klingen wie eine Armee von Dudelsackpfeifern.«

Gus heulte auf. »Was fällt dir ein! Dieses Gequake hat nichts mit dem wunderbaren Blöken eines schottischen Dudelsacks zu tun!«

Rose stieß die Ausbuchtungen unter ihrem Mantel an, damit sie ruhig wären, während Devin den Schnee von den Türklinken der Sporthalle wischte. »Lasst es uns hinter uns bringen!«, sagte er und wollte die Tür öffnen.

Aber Rose warf sich gegen die Türen, um sie zuzuhalten. »Nein! Wir können nicht einfach in eine Herde von Wildgänsen treten. Sie könnten uns zu Tode hacken, ganz zu schweigen von dem armen Gus.«

»*Et moi aussi!*«, quiekte Jacques.

»Und Jacques auch«, pflichtete Rose der Maus bei. Sie überlegte einen Moment, dann fiel ihr die perfekte Lösung ein. Sie packte Devins Hand. »Ich kenne den besten Platz im Gebäude.«

Die Gänge der Highschool von Calamity Falls waren wärmer als das Sportfeld draußen – wenn auch nicht viel. Rose zog den Reißverschluss des Parkas auf und ließ den Kater und die Maus heraus.

»Hier entlang!«, sagte sie und zerrte zwei der Säcke mit

den *Flammend-fluffigen Flips* hinter sich her. Jacques klammerte sich an ihre Schulter, während Gus über den Linoleumboden tapste. Der Lärm der Gänse war hier im Korridor ohrenbetäubend.

Rose nickte zu einer Tür hin, auf der stand: ZUTRITT FÜR SCHÜLER NUR IN BEGLEITUNG VON LEHRPERSONAL.

»Da rein.«

»Irgendwie komisch, in einer dunklen, leeren Schule zu sein«, sagte Devin, der die anderen beiden Säcke der Wasserkastanien-Flips hinter sich her zog. »Dauernd erwarte ich, dass ein Lehrer herauskommt und mich für irgendwas, was ich getan habe, ins Klassenbuch einträgt.«

»Ich glaube, wir kriegen eine Dauereintrittskarte zur Sporthalle, wenn wir die Stadt davor bewahren, unter Eis begraben zu werden.« Rose riss eine Tür auf, hinter der sich eine Treppe befand. »Hier rauf!«

»Eine Treppe?«, sagte Gus seufzend. »Muss das sein?«

»Du bist doch ein Kater – Katzen lieben es zu klettern«, sagte Devin.

»Pure Erfindung!«, grummelte Gus. »Wir lieben es, hoch oben zu sitzen, aber die Mühe hinaufzukommen, die lieben wir nicht!«

Aber Rose, Devin und Jacques waren schon die halbe

Treppe hinaufgestiegen. Gus folgte ihnen in den Raum, den Rose versprochen hatte – den besten Aussichtspunkt des Gebäudes.

Sport war wichtig an der Calamity Falls Highschool, und die Sporthalle war hochmodern. Sie hatte Tribünen wie in einem Stadion, ein riesiger würfelförmiger Monitor hing in der Mitte unter der Decke – und es gab sogar eine eigene Sprecherkabine.

Devin stieß einen leisen Pfiff aus, als er auf das Schaltpult in der Kabine zutrat. Es hatte so viele Knöpfe und Regler und Lämpchen, dass es wie eine Kontrollstation der NASA aussah. Über dem Schaltpult hing ein Mikrophon, und genau darunter hatte man durch angeschrägte Fenster einen erstklassigen Blick auf die gesamte Sporthalle.

Die von einem Ende bis zum andern voller aufgebrachter Gänse war.

Die Scheinwerfer waren alle voll aufgedreht und beleuchteten die Reihen grauer Vögel mit ihren langen Hälsen, die schnatterten und schrien.

»In Kanada muss es ja *viele* Gänse geben«, sagte Rose. Sie konnte kaum ausmachen, wo ein Vogel endete und der nächste anfing. Als ob man bei Ausverkaufsbeginn in ein Kaufhaus blickte, wo alle so dicht gedrängt waren, dass sie sich kaum durch die Gänge bewegen konnten –

hier musste es sich um den Ausverkauf von Federbetten handeln, denn über den Käufern und Käuferinnen schienen Daunenkissen explodiert zu sein.

Gus sprang vor das Fenster und fauchte. »Das … ist der schlimmste Albtraum, den ich je hatte.«

»*Quelle horreur!*«, zirpte Jacques von Roses Schulter.

»Ist das nicht das Trikot, das auch Tymo trägt?«, fragte Devin, setzte seinen Sack mit Flips ab und deutete auf ein Basketball-Trikot, das unten in der Halle an der Wand hing. »Ist er ein Sportcrack? Ich wusste nicht, dass er wirklich spielt, ich habe immer angenommen, dass er nur angibt.«

Rose zuckte mit den Schultern. »Er ist schon ein Crack. Was einem echt auf die Nerven gehen kann.« Sie biss sich auf die Lippe und musterte das Schaltpult, dann schob sie einen Regler hoch. Ein paar Lichter gingen an, aber sonst schien nichts zu passieren. »Wir müssen das Mikrophon in Gang setzen, damit Gus und Jacques mit den Gänsen reden können. Man kann die Hallensprecher bei den Spielen immer über die Lautsprecher hören.«

»Nichts ist beschriftet«, murmelte Devin und drückte selbst auf einen Knopf. »Wer das entworfen hat, hat es nicht besonders benutzerfreundlich hingekriegt.« Er drückte auf einen abgenutzten Knopf – und ein Kreischen tönte plötzlich durch die Halle.

Die Gänse erwiderten das Kreischen mit ängstlichem Geschnatter. Eine Gans konnte sich aus dem Schlachtgewühl erheben und fing an, mit wildem Blick heftig unter den hängenden Monitoren herumzuflattern.

»Ich glaube, du hast den richtigen Schalter gefunden!«, sagte Gus.

Devin verstellte schnell ein paar Regler neben dem Knopf, und das Kreischen erstarb. Er richtete das Mikrophon nach unten aus und sah Kater und Maus an. »Das Mikro ist an! Wer zuerst?«

Mit zuckenden Barthaaren kletterte Jacques auf den höchsten Punkt des Schaltpults, damit er durch das Fenster sehen konnte. »Ah, du solltest – wie sagt man doch – den Anfang machen«, sagte die Maus piepsend zu Gus. »Du kannst so gut anmoderieren.«

Gus verdrehte die Augen, dann klopfte er mit der Pfote ans Mikrophon. Ein knisternder Laut hallte durch den Saal. Die Panik der Gänse hatte nachgelassen, aber sie quakten dennoch erschrocken bei dem unerwarteten Geräusch.

Gus räusperte sich mit ein paar gurgelnden *Miaus*.

Mehrere hundert Paare glänzender Gänseaugen blickten gleichzeitig auf, und ihr Schnattern erstarb. Rose war sich nicht sicher, wie Vögel aussahen, wenn sie verwirrt waren, aber so stellte sie es sich vor.

Gus räusperte sich erneut, und als er jetzt sein Mäulchen öffnete, kam ein trillerndes *Zirpen* heraus.
Rose, Devin und Jacques sahen den Kater überrascht an.
»Was war *das*?«, fragte Rose.
Gus zuckte verärgert mit dem Schwanz. »Ich bin nur unzulänglich flüssig in Vogelsprache«, sagte er gekränkt. »*Du* hast mich um Hilfe gebeten, ich verbitte mir also jegliche Kritik!«
»Das war keine Kritik!«, sagte Devin. »Ich weiß nur nicht, ob Gänse zirpen.«
Mit gesträubtem Fell legte Gus seine Pfote über das Mikrophon und sagte: »Alle Vögel zirpen. Ich habe viele von Balthasars Schlafzimmerfenster aus beobachtet.«
»Das ist wahr!«, stimmte Jacques zu. »Gus beobachtet immer die Vögel und trällert ihnen zu. Das klingt *très* musikalisch!«
Unter ihnen verloren die rastlosen Gänse das Interesse an dem Geräusch, das sie aus den Lautsprechern gehört hatten. Sie fingen wieder verängstigt zu schnattern an.
»Soll ich fortfahren?«, fragte Gus seufzend.
Rose wusste ja auch nicht, wie man mit Gänsen sprach, daher deutete sie auf das Mikrophon und sagte: »Bitte ja. Wir verlassen uns alle auf dich.«

Gus wandte sich wieder dem Mikrophon zu. Er klopfte sich zweimal mit der Pfote auf die Brust, hustete und fing zu zwitschern an. Es klang furchtbar, so, als ob man Tymo zuhörte, wenn er mit Mundwasser gurgelte, ehe er sich mit seinen Freundinnen traf.

Rose war nicht sicher, ob das Geräusch besser war als das Rückkoppelungsgeräusch des Mikrophons.

Die Gänse schienen das auch zu finden. Was Gus da auch sagen mochte, sie gerieten wieder in Panik. Sie schnatterten und keiften, und mindestens die Hälfte watschelte verzweifelt im Kreis.

»Du machst es nicht richtig!«, jammerte Jacques. »Ich habe ja gesagt, sie sprechen wahrscheinlich Französisch! Das kann man an ihrem melodiösen nasalen Quaken hören!«

Die Maus drängte sich an Gus vorbei, um ins Mikrophon zu sprechen.

»Zirp«, piepste sie. »Zirp, zirp, zirp!«

Gus ließ sich nicht belehren. Er erhob die Stimme zu einem trällernden Gejaule, um Jacques zu übertönen, was dazu führte, dass Jacques noch lauter zwitscherte.

Rose verzog das Gesicht, als die beiden Tiere versuchten, gegeneinander anzuschreien – aber unten ging es noch schlimmer zu. Immer mehr Gänse rissen sich aus der dichten Menge los und stoben unter explodierenden

Federn in die Luft. Ein Dutzend der Vögel kreisten über dem Hallenboden wie Geier und schnatterten wie ein Blasorchester rostiger Trompeten.
Gus versuchte Jacques fortzudrängen. »Hör mit dem Gezirpe auf! Diese Gänse mögen es eindeutig nicht!«
Jacques wich der Pfote von Gus aus. »Sie verstehen mich sehr wohl, *mon ami*«, behauptete er. »Du musst es falsch machen! Zirpe doch auch, *tout de suite*!«
Plötzlich gab es einen Knall. Eine der Gänse krachte mit dem Kopf voran gegen die Scheibe der Kabine. Benommen prallte sie wieder ab – doch dann schüttelte sie den Kopf, schlug mit den großen Flügeln und scharrte mit den Füßen an der Scheibe.
Rose wich zurück und stolperte fast über die Säcke mit den Flammend-fluffigen Flips. Erschrocken versteckte sich Jacques hinter Gus.
»Warum ist sie so *aufgebracht*?«, rief Devin. »Was habt ihr gesagt?«
»Wir kommen in friedlicher Absicht«, knurrte Gus ins Mikrophon. »Wir verhalten uns doch ganz friedlich, ihr blöden, bockigen Vögel!«
»Gus, hör auf!«, rief Rose. Alle Vögel am Boden kamen jetzt in Bewegung und drängten zu den geschlossenen Türen der Sporthalle. Es setzte eine ausweglose Massenpanik ein, die erregten Vögel kreisten durch die

Sporthalle, stießen sich mit den Köpfen und schlugen panisch mit den Flügeln.
Auf diese Weise ließ sich Roses Plan auf keinen Fall durchführen – was bedeutete, dass das Unwetter, das draußen tobte, immer schlimmer werden würde, bis Calamity Falls völlig unter Schnee und Eis vergraben sein würde!
»Ich habe eine Idee!«, piepste Jacques durch den Lärm der wütenden Gänse. »Meine *chère mère,* sie konnte mich immer mit einem beruhigenden Lied besänftigen. Was wir brauchen, ist eine Melodie, gekonnt vorgeführt von *moi*!«
Jacques zog seine kleine Silberflöte hervor – Rose wusste nie genau, wo er sie verborgen hielt – und setzte sie vorsichtig an die Schnauze. Devin bog das Mikrophon zu ihm hin, und Jacques spielte eine trällernde, vertraute Weise.
Die Gänse lauschten sofort wie gebannt.
Der wütende Vogel, der die Scheibe attackiert hatte, flatterte zurück. Er schwebte in der Luft, und kurz darauf kamen drei weitere Gänse dazu, die neugierig in die Kabine spähten und zusahen, wie Jacques spielte.
Unten drängten sich die Gänse herum und blickten alle in eine Richtung. Ehrfürchtig und mit aufgerissenen Schnäbeln sahen sie mit glänzenden Augen zu den

Lautsprechern auf, als würden sie Zeugen eines Wunders.

»Es klappt!«, schrie Rose.

Devin sang mit seiner klaren, kräftigen Stimme das Lied mit, das Jacques spielte: *»Frère Jacques, frère Jacques, dormez-vous? Dormez-vous?«* Er zuckte mit den Schultern, als ihn Rose verwundert anstarrte. »Das singen wir im Chor auf Schulkonzerten für die Kleinen.«

Rose grinste. »Ist wohl auch für diesen Haufen geeignet.«

»Sie scheinen es zu mögen«, räumte Gus mit einem Zucken seiner Ohren ein. »Das ist zwar nicht die Art von Musik, die ich schätze, aber ihr kennt ja die alte Redensart: Manche Dinge sind einfach für die Katz.«

»Ich weiß nicht recht, ob das hier die richtige Redensart ist«, sagte Devin.

Jacques beendete seine einlullende Weise. Er trat an die Scheibe und verneigte sich.

Die Gänse vor dem Fenster und auf dem Boden schnatterten zustimmend.

Jacques machte eine ausholende Bewegung zum Mikrophon. »Gus, fahre fort, solange die Vögel verzückt sind. Ich werde für die übersetzen, die nur ihre Muttersprache können.«

Gus begann erneut ins Mikrophon zu zirpen und zu

trällern. Nachdem er einen Satz fertig hatte – zumindest nahm Rose an, dass es sich um einen fertigen Satz handelte –, wiederholte Jacques die Geräusche von Gus mit etwas mehr nasalem französischen Akzent.
Die Gänse verstummten während der Rede der beiden Tiere. Diejenigen, die Rose sehen konnte, nickten nachdenklich. Als Kater und Mäuserich schließlich endeten, schnatterten die Gänse alle gemeinsam los. Das Geräusch tat immer noch in den Ohren weh, aber Rose hatte den Eindruck, dass es anders war als zuvor – es klang fast nach triumphierender Zustimmung.
»Was sagen sie?«, rief sie durch den Lärm.
»Sie wollen uns helfen!«, jaulte Gus. »Vor allem, weil sie schon den ganzen Tag hier gefangen sind und Hunger haben!«
»Das klappt ja gut!«, rief Rose.
Sie und Devin hoben die Säcke mit den Flips auf die Schultern und gingen auf die Treppe zu. »Kommt ihr mit?«, rief Devin zurück.
»Ich glaube, wir bleiben lieber hier«, antwortete Gus.
»*Je suis d'accord!*«, piepste Jacques. »Die Vögel, sie mögen vielleicht meine Musik, aber mich als Happen würden sie vielleicht auch nicht verachten!«
Also blieben Gus und Jacques lieber oben in Sicherheit. Rose und Devin rannten in den Schulkorridor

hinunter. Als sie die Türen der Sporthalle öffneten, schlug ihnen wie eine unsichtbare Wand ein Ammoniakgestank entgegen, der ihnen das Wasser in die Augen trieb. Beide taumelten und mussten sich abwenden.

»Was *ist* das?«, fragte Rose würgend. Sie torkelte unter dem Gewicht der Säcke.

»Guano!«, erwiderte Devin durch den Lärm der ausgehungerten Gänse. »Unmengen von Gänsekacke!«

»Wie gut, dass ich noch immer die geliehenen Stiefel anhabe«, murmelte Rose. »Lass uns schnell machen, ehe ich ohnmächtig werde.«

Sie wappneten sich und wateten in die Halle. Nach vier Schritten waren sie bis zu den Achselhöhlen von riesigen Vögeln umgeben. Die verzweifelten Gänse flatterten um sie herum, schlugen mit den Flügeln und hackten laut schnatternd und quakend mit den Schnäbeln nach ihnen.

Rose und Devin fackelten nicht lange. Sie schaufelten eine Handvoll nach der anderen der *Flammend-fluffigen Flips* heraus und warfen sie in die Gänseherde. Es war fast, als würden sie bei einem Faschings- oder Karnevalsumzug Kamellen werfen … abgesehen von dem furchtbaren Gestank nach Gänsekacke.

Die Gänse reckten die langen Hälse, schnappten mit

den Schnäbeln und fingen die Flips geschickt im Flug auf.

Rose und Devin machten eine große Runde durch die Halle. Rose beeilte sich, so sehr sie konnte. Der Gestank war heftig – so heftig, dass ihr allmählich schwindelig wurde. Schließlich führte sie die Runde zu den beiden Türen am anderen Ende der Halle. Devin kam gleichzeitig an. Alle vier Säcke waren leer. Sie ließen sie auf den Boden fallen, damit sie sich die Nasen zuhalten konnten.

»Hat es geklappt?«, fragte Devin.

»Ich weiß nicht!«, sagte Rose. »Ich habe das ja noch nie gemacht. Ich weiß nicht, wie lange es dauert, ehe –«

Ein tiefer Ton wie aus einer Tuba erhob sich in der Halle.

Eine der Gänse wurde in die Luft geschleudert. In ihren Augen war Angst. Die Luft um sie herum schien zu wabern und zu schimmern, und Rose spürte einen Hitzeschwall, als habe sie einen heißen Backofen geöffnet. Das Basketballtrikot von Tymos Team, das über der pupsenden Gans hing, flatterte in dem heißen Luftstrom.

»Das war die Antwort«, sagte Devin und grinste.

Von links kam erneut ein Schwall Gänsegas, dann folgten weitere. Die Gänse verhielten sich wie Maiskörner in einem heißen Topf, immer mehr schossen in die Luft wie Popcorn. Ein neuer, scharfer Gestank überdeckte den Ammoniakgeruch des Guanos.

»O nein!«, schrie Rose, die Angst hatte, der Saal könnte explodieren. »Wir müssen die Gänse hier rausschaffen! Schnell!«

Rose und Devin schoben die Türen nach außen auf. Sofort pustete ein eiskalter Windstoß Schwaden des immer noch tobenden Schneesturms herein – aber gegen die scharfen Gerüche, die die Gänse ausstießen, konnte er nichts ausrichten.

»Geh ihnen aus dem Weg!«, sagte Devin und duckte sich hinter eine der Türen, die er weit geöffnet hielt. »Verschwinde hinter dem Türflügel!«

Rose tat genau das, und gerade noch rechtzeitig – denn viele hundert Gänse strömten schnatternd, flügelschlagend und furzend wie ein wütender Tornado durch die Türen. Es kam Rose vor, als hätte der Strom der Gänse kein Ende. Es kamen mehr und mehr und mehr. Sie kniff die Augen zu, während immer mehr knallende Fürze wie Bomben explodierten.

Und dann, fast so plötzlich wie die Reaktion auf die Flips, spürte Rose, wie Stille sie umfing. Sie öffnete die Augen. Neben ihr stand Devin und deutete in die Luft.

Die letzten paar Gänse schnatterten erleichtert, so laut sie konnten, schlugen mit den Flügeln und verließen die Halle. Sie bildeten V-förmige Formationen und waren bald nur noch kaum erkennbare schwarze Punkte, die sich in die Wolken erhoben.
Einen Moment fragte sich Rose, ob der Wind die Gänse womöglich vom Kurs abtreiben würde. Aber sie flogen stur geradeaus und verschwanden im Schneesturm.
In dem Schneesturm, der noch immer tobte.
»Es hat nicht funktioniert«, sagte Rose enttäuscht. Sie fühlte sich, als ob sie gleich umkippen würde. »Sie fliegen weg.«
Devin nahm sie so fest in die Arme wie möglich. Obwohl sie versagt hatte und trotz des schwindelerregenden Gestanks, hatte sie nichts gegen diese Umarmung.
»Sie fliegen nicht weg«, sagte Devin. »Schau mal genauer hin!«
Dort, wo die Gänse verschwunden waren, war ein kleiner blauer Fleck sichtbar geworden. Ein Blitz wie ein orangefarbenes Aufleuchten schoss hervor, und wieder wurde ein Fleck im Himmel sichtbar und hinterließ einen blauen Fleck.
»Sehe ich das richtig?«, fragte Rose.

»Die Fürze«, sagte Devin leise. »Die schönsten Fürze in der Geschichte der Welt!«

Plötzlich konnten sie die Gänse wieder als schwarze Pünktchen sehen. Hinter ihnen explodierten und knallten die magischen, rettenden Fürze wie Salven von Feuerwerkskörpern am Nationalfeiertag.

Das V der Gänseformation zog immer weitere Kreise, hinter denen die Luft feurig waberte und zischte. Aus den blauen Flecken wurden kreiselnde Wirbel, die Wolken schmolzen, und es bildeten sich himmelblaue Inseln.

Die aufgeheizten Gase machten genau das, was Rose erhofft hatte – sie ließen die Sturmwolken verdampfen und hielten den Schneesturm in Schach!

Dann teilte sich die Formation der Gänse und flog in verschiedene Richtungen.

Sie zogen leuchtend glühende Schweife hinter sich her. Sekundenschnell verdampften die Wolken, und das heftige Schneegestöber hörte auf, es rieselten nur noch vereinzelte sanfte Flocken.

Schon bald blitzte das Sonnenlicht durch die restlichen Wolken und bildete von Horizont zu Horizont einen dunstigen Regenbogen.

»Jawoll!« Rose stieß die Faust in die Luft.

Lachend schlang Devin Rose einen Arm um die Taille

und wirbelte sie herum. »Du hast es geschafft! Vielleicht kriege ich den Guanogestank nie mehr aus der Nase, aber du hast es geschafft!«

Zum ersten Mal seit Tagen schien die Sonne hell am weiten, blauen Himmel. Die Gänse zogen einen letzten Bogen über die Bäume von Calamity Falls, dann schnatterten sie freundlich und scherten nach Süden aus, um ihren Zug aus der eisigen Kälte fortzusetzen.

»Was«, näselte eine Stimme mit schottischem Akzent, »ist das für ein *Gestank*?«

Rose drehte sich um und sah Gus mit Jacques auf der Schulter aus der Sporthalle tapsen. Der graue Kater umging geschickt die Berge von Vogelkot. Sobald er nah genug war, öffnete Rose ihren Parka, und er sprang hinein.

»Wir sollten nach Hause gehen und allen die gute Nachricht überbringen!«, sagte Rose.

»Ich denke doch, dass sie es schon selbst gemerkt haben«, sagte Devin.

Kurz hinter der Treppe zur Sporthalle sah Rose einen großen, glänzenden schwarzen Wagen an der Highschool vorbeisausen. Fontänen von frisch geschmolzenem Schnee spritzten unter seinen Reifen auf.

Sie erkannte das Auto sofort, und ihre ganze Freude gerann zu Ärger.

»Wer ist das?«, fragte Devin. »Und wie zum Teufel haben die ihr Auto so schnell vom Schnee befreit?«
»Das ist niemand aus unserer Gegend«, murmelte Rose, setzte sich den Helm auf und stieg hinter Devin auf das Moped.
Nevika.

Kapitel 9
Schwanenweiß

Die Fahrt zurück durch Calamity Falls hätte eigentlich fröhlich sein sollen.
Die Sonne schien warm aus einem wolkenlosen blauen Himmel auf die Welt. Die riesigen Schneewehen hatten ein wenig zu schmelzen begonnen und wurden kleiner – wahrscheinlich ebenfalls von der Hitze der gasigen Ausdünstungen der Gänse. Weißen Weihnachten in Calamity Falls stand nichts mehr im Wege. Es lag gerade genug Schnee auf allen Dächern und Bäumen, dass die Häuser glitzerten und flimmerten wie gläserner Weihnachtsschmuck.
Dankbare Bewohner waren aus ihren Häusern getreten, um die Straßen ganz zu räumen. Kinder waren drau-

ßen und bauten in ihren Gärten Schneemänner, gingen Schlitten fahren und machten das Beste aus dem, was von dem schlimmsten Schneefall seit Jahren übrig geblieben war.

Aber für Rose war es ein schlimmer Moment. Alles Schöne der Welt wurde von einem Namen verdrängt.

Nevika, Nevika, Nevika.

Was machte diese andere junge Meisterbäckerin überhaupt hier? Sah sie nicht, dass Calamity Falls bereits erlöst war? Kam sie, um mit einer *anderen* Stadt zu prahlen, die sie gerettet hatte? Oder wollte sie etwa Roses Methode kritisieren? Schon richtig, die Luft in Calamity Falls roch nach faulen Eiern, aber der Gestank würde vom Wind davongetragen werden. Das Entscheidende war doch, dass der Plan mit den *Flammend-fluffigen Flips* geklappt hatte.

Als sich Devin und Rose der Glücksbäckerei näherten, sah es so aus, als ob Rose das Mädchen persönlich dazu befragen könnte. Der riesige Geländewagen parkte nämlich in der Einfahrt, und Nevika stieg gerade aus, als Devin, Rose, Gus und Jacques eintrafen.

»Eine Freundin von dir?«, fragte Devin. Sie sahen, wie das Mädchen ihre pastellblaue Mütze zurechtrückte und dann auf die Bäckerei zustolzierte.

»Von wegen«, murmelte Rose. Sie öffnete ihren Parka

und ließ Gus zu Boden springen. »Bringst du Gus und Jacques hinein? Ich will mal hören, was sie will.«

»Ooookay«, sagte Devin mit offensichtlichem Unbehagen. Er wandte sich an Gus und Jacques. »Kommt, ihr zwei. Jetzt werdet ihr endlich für eure harte Arbeit belohnt.« Er nickte Nevika höflich zu, als die drei an ihr vorübergingen.

Falls Nevika überrascht war, dass auf dem Kater eine Maus ritt, zeigte sie es nicht. Stattdessen bedachte sie Devin mit einem strahlenden Lächeln und sagte: »Hallo!«

Devin warf Rose einen Blick zu. Er wusste nicht, wie er reagieren sollte. »Hall-hmrrm, äh«, stotterte er, dann hielt er Gus und Jacques die Tür auf, bevor er selbst im Haus verschwand.

»Nevika«, sagte Rose und trat ihrer Konkurrentin entgegen. »Was führt dich her?« Ehe die andere antworten konnte, fuhr Rose fort: »Vielleicht hast du ja gehört, dass es hier in Calamity Falls auch eine Notsituation gab – was immer es war, aber ich bin damit fertig geworden. Wir brauchen deinen Palmweinkuchen nicht. Aber der hätte den Schneesturm wohl sowieso nicht aufhalten können. Ich habe ihn vertrieben.«

Rose wartete auf eine Antwort von Nevika, die jedoch nicht kam.

Stattdessen blinzelte Nevika mit ihren großen haselnussbraunen Augen und sagte: »Ich bin rechtzeitig eingetroffen, um noch mitzukriegen, was du gemacht hast. Beeindruckend.«

Rose zog eine Grimasse und blieb einen Moment stehen. Sie war sich nicht sicher, ob ihre Kontrahentin es aufrichtig meinte. »Was genau willst du damit sagen? Beeindruckend, aber …? Ich habe den Winter aufgehalten.«

»Kein *Aber*«, sagte Nevika. »Einfach nur beeindruckend. Und du hast nicht den Winter aufgehalten. Du hast *einen* Wintersturm beendet. Was da draußen abgeht, ist … größer als ein Unwetter.«

Die Tür der Bäckerei bimmelte, und Tymo und Basil kamen herausgerannt.

»Ich weiß, dass die Gänse den Schneesturm mit ihren Fürzen vertrieben haben«, rief Basil, »aber es ist immer noch eiskalt hier draußen.«

»Rose«, sagte Tymo, »Mom will, dass wir –«

Erst jetzt entdeckte Tymo Nevika. Er strich sich die Haare zurück und grinste. »Nevika«, näselte er. »Ich fühle mich geschmeichelt, dass du uns besuchst!«

»Wie heißt du doch noch?«, fragte Nevika.

Tymo kicherte. »Urkomisch!« Er stieß Basil mit dem Ellbogen an. »Sie ist ja so witzig!«

Nevika runzelte die Stirn und drehte sich zu Rose um. »Wer ist das? Der Hausmeister eurer Bäckerei?«

Tymo lachte noch lauter. »Ich bin's doch! Tymo!«

Nevika starrte ihn verständnislos an.

»Tymo Glyck«, sagte Tymo, aber er lachte jetzt nicht mehr. »Der große Tymo, mit großem T …«

»Hör bitte auf«, sagte Basil zu seinem älteren Bruder. »Du bist peinlich.«

Wieder bimmelte die Tür. Diesmal kam Polly heraus und winkte Nevika zu. »Du bist rechtzeitig zum Feiern gekommen.« Sie drückte Rose herzlich die Schulter. »Meine tapfere Tochter hier hat gerade einen wilden Sturm gebändigt, natürlich mit ein wenig Hilfe ihrer Familie.«

Nevika trug einen seltsamen, schwer zu deutenden Ausdruck zur Schau. »Tut mir leid, ich kann nicht bleiben. *Dieser* Sturm ist vorüber, aber er wird nicht der letzte sein, daher muss ich –«

Sie hielt abrupt inne und zuckte mit den Schultern.

Rose und Polly hoben gleichzeitig erstaunt die Augenbrauen. Eines war also klar: Nevika wusste mehr als sie.

Polly kam auf das Mädchen zugeeilt. »Unsinn! Ich lasse niemanden, der von so weit her kommt, davonfahren, ohne ihm etwas frisch Gebackenes und ein wärmendes

Getränk anzubieten. Schon gar nicht eine Freundin von unserer Rosie.«

»Wir sind *keine* Freundinnen«, sagten Rose und Nevika gleichzeitig.

Polly schien davon kein bisschen beeindruckt. »Dann eben befreundete Konkurrentinnen!« Sie schob Nevika auf die Bäckerei zu. »Du bist also die andere junge Meisterbäckerin, diejenige, die Sitzmark gerettet hat, stimmt das nicht?«

Nevika warf die Locken zurück. »Das war eine Kleinigkeit. Ein einfacher Palmweinkuchen.«

»Klingt köstlich!«

Nevika versuchte sich frei zu machen. »Ich muss wirklich aufbrechen –«

»Aber, aber, du kennst doch die Regeln«, sagte Polly. »Eine Meisterbäckerin sollte niemals die Einladung einer anderen Meisterbäckerin ablehnen. Das steht im Kodex, der in jedem Familienbackbuch von Meisterbäckerinnen verzeichnet ist, überall auf der Welt.«

»Das … stimmt.« Nevika warf einen beunruhigten Blick zu dem Geländewagen zurück. »Ich denke, eine kurze Unterbrechung in … Ihrem kuriosen kleinen Laden kann nicht schaden.«

»Sollten wir deinen Fahrer auch einladen?«, fragte Basil, während Polly in die Bäckerei vorausging.

»Nein, nein«, sagte Nevika. Sie wurden von der nach Zimt duftenden Wärme der Glücksbäckerei umfangen. »Er darf keine Kohlehydrate essen. Wir sollten ihn nicht in Versuchung führen.«

Während Polly und Rose ihre Mäntel ablegten und Tymo und Basil in der Backstube verschwanden, drehte sich Nevika im Bäckerladen um und betrachtete die Weihnachtsdekoration. Vor allem schienen sie die Grußkarten und Fotos an den Zweigen des Weihnachtsbaums zu interessieren. Sie berührte die Karten mit traurigem Blick.

»Wo ist Tante Lily?«, wollte Rose von ihrer Mutter wissen. »Und Dad und Großvater Balthasar?«

»Sie sind mit Harry zum Sparrow Hill losgezogen«, sagte Polly und hängte die Wintersachen an einen Kleiderständer neben dem Verkaufstresen. »Für einen Schneemann ist er recht hilfsbereit. Nachdem das Unwetter jetzt vorüber ist, müssen wir neue Vorräte sammeln. Schneesturmtosen findet man kaum mal in großen Mengen, daher dachten wir, wir sollten uns damit versorgen, solange wir die Möglichkeit haben. Wer weiß, was für Rezepte wir noch brauchen, um das alles zu beenden.« Sie nickte Nevika zu. »Nevika hat ja wohl recht gehabt.«

Beim Klang ihres Namens sagte Nevika barsch: »Natürlich hatte ich recht.« Dann wandte sie sich Rose und Polly zu. »Entschuldigung. Womit hatte ich recht?«

»Dieses Unwetter wird nicht das letzte gewesen sein. Doch die Schneestürme sind ein Symptom für ein größeres Übel.« Polly winkte die Mädchen in die Backstube. »Wir müssen sie an der Quelle bekämpfen, ehe die Lage sich verschlimmert. Kommt, setzt euch.«

Die Backstube war viel sauberer, als Rose sie auf dem Handy gesehen hatte. Während sich Nevika in die Sitzecke schob, trat Polly an einen der Wandbacköfen und zog ein frisches Blech mit Stutenkerlen heraus.

Tymo und Basil saßen Nevika gegenüber und verschlangen Plätzchen, die die Form von Weihnachtsbäumen hatten. Gus rollte sich zu ihren Füßen zusammen, und Jacques huschte umher und fraß Krümel. Devin lehnte an der Arbeitsplatte, seine Mütze in den Händen, und sah wie immer süß aus.

»Du hast also eine Mutter, einen Vater, eine Tante, einen Großvater und drei Brüder?«, sagte Nevika zu Rose. »Große Familie.«

»Nur zwei von den Jungs sind meine Söhne«, sagte Polly und ließ die Stutenkerle auf ein Abkühlgitter gleiten. »Der Blonde ist Roses Freund.«

Nevika machte große Augen. »Ein Freund. Das ist … wow.«

Rose musterte Nevika neugierig. Es kam ihr fast so vor, als ob Nevika … *eifersüchtig* war.
»Vergesst mich nicht!«, quietschte eine hohe Stimme. Nella kam hinter der Arbeitsplatte hervorgeflitzt. In der Hand hielt sie einen Stutenkerl, der vor buntem Zuckerguss triefte.
»Den hab ich verziert«, sagte Nella und kicherte. »Hier.«
Nevika nahm ihn entgegen und schaffte es irgendwie, ihre blassblauen Handschuhe nicht mit dem Zuckerguss zu beschmutzen. Sie biss ein wenig ab und machte ein wohliges »Mmmmh«. Der zweite Bissen war schon viel größer.
»Rose, steh nicht einfach rum«, schimpfte Polly. »Mach doch mal Tee für unseren Gast.«
»Ja, Mom«, murmelte Rose und holte den Teekessel.
»Und, hast du auch eine große Familie?«, fragte Devin. »Ich heiße übrigens Devin.«
»Nevika.« Sie biss wieder von dem Stutenkerl ab. »Nein, keine große Familie. Nur ich und meine Mutter.«
Basil beugte sich vor. »Fitzgerald Basil Glyck, Autor-in-residence. Willst du noch mehr *Homestory* erfahren? Ich erschaffe gerade mein neues komödiantisches Fantasy-Meisterwerk, *Harry der Schneemann: Schnee von gestern – Hering sei Dank.*«

»Äh …«, sagte Nevika und sah Basil argwöhnisch an.
»Lass sie in Ruhe, Bruderherz.« Tymo, der wieder zu seinem angeberischen Stil gefunden hatte, stützte die Ellbogen auf und legte das Kinn in die Hände. »Schön, dass du hiergeblieben bist.«
»Willst du noch einen Stutenkerl?« Nella zupfte an Nevikas weißem Mantel. »Ich kann dir diesmal gerne auch eine Stutendame machen!«
Rose war fast erleichtert, als das ganze lästige Getue um Nevika von einem lauten Pochen von draußen unterbrochen wurde.
Nella schrie erschrocken auf. Mit gesträubtem Fell schoss Gus aus der Küche. Jacques klammerte sich auf seinem Rücken fest.
Polly ließ ihr Kuchenblech stehen und eilte ans Fenster. Sie schob die Gardinen beiseite und stieß erschrocken die Luft aus.
»Was gibt's, Mom?«, fragte Rose.
Ehe Polly antworten konnte, rannte Nevika aus der Küche und zur Ladentür.
»Lauf ihr nach.« Polly machte Rose ein Zeichen und deutete auf die neongrüne Gürteltasche, die Rose noch um den Bauch hatte. »Und halte das da griffbereit. Ich ruf Papa an!«

Rose protestierte nicht. Sie rannte hinter Nevika her, und Devin, Tymo und Basil folgten ihr –

Und stießen fast mit dem Mädchen zusammen, das vor der Tür erstarrt stehen geblieben war.

Auf dem Rasen saß die riesige Eisskulptur eines Schwans und schlug mit den glasartigen Flügeln.

»Wow«, sagte Basil. »Ein lebender Schwan aus Eis! Mein Buch wird rappelvoll mit aufregenden Ereignissen!«

Alle anderen brachten kein Wort heraus.

Rose legte die Arme um sich, um warm zu bleiben – sie hatte keine Zeit gehabt, um ihren Mantel zu schnappen. Sie merkte, wie ihre Brüder und Devin hinter ihr stehen blieben.

Der Schwan überragte sie – er war so groß wie ein Doppeldeckerbus, mit einer ebenfalls so breiten Flügelspanne. Sonnenlicht glitzerte durch seinen glatten Körper hindurch, und er schien zu leuchten wie eine majestätische, engelhafte Erscheinung. Als er seinen langen Hals bewegte und mit den gebogenen Flügeln schlug, hörte man Eis knacken und kreischen. Rose lief ein Schauer über den Rücken.

Und während sie noch hinstarrten, öffnete der Schwan seinen glatten gemeißelten Schnabel und sprach.

»Wer wagt es!«, donnerte er. Das tiefe Rumpeln seiner

Stimme klang, als würde eine Lawine einen Berghang hinabrollen. »Wer wagt es, das edle Werk der Großen Bäckermeisterin Baridi zu zerstören? Wer ist so kühn, ihre Pläne zu durchkreuzen?«

Trotz ihres Zitterns trat Rose vor und sagte: »Ich.«

Nevika trat ebenfalls vor. »Und ich«, sagte sie mutig. »Was geht es dich an?«

Der lange Hals des Schwans bog sich langsam nach vorne und knirschte wie Glas. Erst als der Kopf des gemeißelten Vogels dicht vor Nevika war, verharrte er.

»Die Großmeisterin ahnte bereits, dass du in die Sache verwickelt bist«, sagte die lebende Skulptur mit eisiger Stimme. »Das muss *aufhören*. Wenn du fortfährst, ihr Werk zu zerstören, sieht sie sich zu den schlimmsten Gegenmaßnahmen gezwungen.«

Dann drehte sich der Kopf langsam und gezielt zu Rose. Sein Atem war ein kalter Hauch, der Roses Haare nach hinten blies. »Und was dich betrifft ...« Die unwirsche Stimme des Schwans zögerte. »Ich kenne dich nicht, Mädchen.«

»Mein Name ist Rosmarin Glyck«, sagte Rose so selbstbewusst wie möglich. »Ich bin Meisterbäckerin, und das hier ist *meine* Stadt. Wer ist diese Großmeisterin Baridi? Warum versucht sie, alles zu zerstören?«

Der Schwan zuckte zurück. Durch seine große, gerundete Brust konnte man die Straße sehen, die verzerrt und vergrößert wie durch eine Lupe aussah, als habe der Schwan Calamity Falls in seinen eisigen Körper eingeschlossen.

»*Du* bist es doch, die alles zerstört«, dröhnte der Schwan mit seiner tiefen, klirrenden Stimme. »Und wenn du fortfährst, dann sieht sich die Großmeisterin gezwungen, drastische Maßnahmen zu ergreifen!« Erneut wandte der Schwan seinen eisigen Blick Nevika zu. »Leiste diesem Glyck-Mädchen keine Hilfe mehr. Sonst gilt das auch für dich.«

Nevika erwiderte höhnisch: »Wie bitte? *Ich* leiste ihr doch keine Hilfe. Sie hilft mir!«

»Was redest du denn da?«, sagte Rose wütend. »Ich habe den ganzen Morgen geschuftet wir ein Stier! Abgesehen von Sitzmark tauchst du immer erst auf, wenn ich die ganze Arbeit geleistet habe!«

Nevika verdrehte die Augen. »Ihr habt doch Little Mogul nur retten können, ehe ich eingetroffen bin, weil ihr euren Kakao und euer Gebäck nicht in Sitzmark aufgebraucht habt. Du solltest mir *danken.*«

»Mädels?«, mischte sich Devin ein. »Jetzt ist vielleicht nicht der beste Zeitpunkt, um darüber zu streiten.«

Er deutete auf den Schwan. Er hatte sich wieder aufgerichtet. Obwohl seine Augen perfekt gemeißelte runde

Kugeln aus Eis waren, hätte Rose schwören können, dass er sie böse zu Schlitzen zusammenkniff.

»Ihr seid gewarnt«, sagte er schäumend. »Die Großmeisterin will nicht noch mehr ihrer Energie wegen euch verschwenden, ehe sie morgen Abend zum letzten Schlag ausholt. Ihr Werk ist zu bedeutend, als dass zwei alberne Kinder daran herumpfuschen dürften.«

Während der Worte des Schwans hatte Rose so leise wie möglich ihre Gürteltasche geöffnet. Sie tastete darin herum, bis sich ihre Finger um eine vertraute geschliffene Phiole schlossen. Sie entfernte den Stöpsel und schüttete den pulverartigen Inhalt auf ihre Handfläche.

»Wenn ihr mich das nächste Mal seht, bin ich der Bote eurer –«

Rose hob die Hand vor den Mund und pustete.

Das Pulver wirbelte von ihrer Handfläche auf den Schwan zu und verwandelte sich im Flug zu blinkenden goldenen Flöckchen. Die überzogen die Brust des Schwans und hinterließen eine schimmernde Glanzschicht, die kurz aufleuchtete, ehe sie verblasste und verschwand.

»Was war das?«, kreischte der Schwan. »Was hast du gemacht?«

Und dann kam zwischen den Schwingen des Eisschwans ein leises *Niesen* hervor.

»Was war *das*?«, wollte Basil wissen, der hinter Rose stand. »Niesen seine Rückenfedern? Halt mal, haben Eisschwäne überhaupt Federn?«
»Genug!« Der Schwan schlug mit den Flügeln, die bei jeder Bewegung knirschten und kleine Eissplitter versprengten. Mit einem Schwall eisiger Luft erhob er sich in den Himmel.
»Befolgt meine Anordnung, Kinder!«, rief der Eisschwan, während er immer höher stieg. Eissplitter stoben aus seinem Körper und blieben wie Glaspfeile im Schnee stecken. »Oder erfahrt die Konsequenzen!«
Dann flog der Schwan auf den nördlichen Horizont zu. Sonnenlicht strahlte aus den glänzenden Facetten seines durchsichtigen Körpers, und Rose musste die Hand schützend vor die Augen halten, als sie ihm nachsah.
»*Das* war ja seltsam«, sagte sie nach einem Augenblick.
Tymo zuckte mit den Schultern. »Hab schon abartigere Dinge erlebt.« Er zwinkerte Nevika zu. »Ich bin froh, dass wir Nevika zu unserem Schutz bei uns hatten.«
Nevika schnaubte abfällig und schüttelte den Kopf, dann ging sie schnurstracks auf ihren Geländewagen zu.
»Hey!«, rief ihr Rose nach. »Nicht so schnell!«
Sie holte Nevika ein. »Du weißt doch etwas«, sagte sie

zu ihr. »Du musst uns *auf der Stelle* sagen, was hier vor sich geht.«

»Was ich *weiß*, ist, dass ich hier zu viel Zeit vertrödelt habe«, sagte Nevika. »Jetzt weiß *sie*, dass ich ihre Zaubereien zunichtegemacht habe. Ich werde sie niemals finden!«

»Wen finden?«, warf Polly ein, die unter der Ladentür erschienen war. Nella schaute hinter Pollys Bein hervor.

»Warum ist Rosie so wütend, Mom?«, fragte sie leise.

Polly scheuchte die Kleine ins Haus. »Geh du nach oben, wo es warm ist, verstanden, Baby? Gus und Jacques spielen mit dir.«

Die Kleinste der Glycks verstand zwar nicht, worum es ging, spürte aber die Spannung, nickte brav und eilte in die Bäckerei zurück.

Polly schloss leise die Tür. Sie trat zu den Mädchen und sagte im selben beruhigenden und mütterlichen Ton, den sie für Nella angeschlagen hatte: »Wer ist diese Großmeisterin Baridi?«

Nevika blinzelte Tränen fort.

»Weinst du?«, fragte Devin und griff in die Tasche, um ein Taschentuch zu holen.

»Nein!«, sagte Nevika, der Tränen aus den Augenwinkeln rannen. »Ich weine nicht. Ich weine niemals!«

»Sieht aber total so aus, als ob sie weint«, sagte Tymo zu Basil, der zustimmend nickte.
»Beachte ihn nicht«, sagte Rose zu Nevika und stellte sich vor Tymo. »Den Worten des Schwans konnte man entnehmen, dass du von diesen bevorstehenden Unwettern *wusstest. Deshalb* warst du also vor mir in Sitzmark. Nicht, weil du die bessere Meisterbäckerin bist.«
»Und wenn ich es gewusst habe?«, sagte Nevika. »Das alles ist wirklich nicht deine Angelegenheit!«
»Aber meine Damen!«, sagte Tymo und drängte sich zwischen die Mädchen. »Ich hasse es, Mädchen streiten zu sehen, es sei denn, sie streiten sich um mich.«
»Halt den Mund, Tymo!«, riefen die beiden Mädchen gleichzeitig.
»Aber, aber, Mädels!«, schalt Polly.
Rose spürte Devins Hand auf ihrer Schulter. Sie atmete tief ein, um sich zu beruhigen.
»Du hast etwas auf den Schwan gepustet, ehe er weggeflogen ist«, sagte Devin, »was war das?«
Rose zögerte. In Wahrheit hatte sie rein instinktiv gehandelt, und was sie gar nicht wollte, war, ihren Plan mit dieser herablassenden, lügenden, angeblichen Meisterbäckerin zu teilen. Wenn es nach ihr ging, dann konnte Nevika abfahren, und sie würden dieser Baridi ganz alleine Einhalt gebieten.

Doch dann sah sie Nevika an und bemerkte etwas, das sie von sich selbst kannte: Das Mädchen litt. Ihre Augen waren gerötet, ihre Wangen ebenfalls, und sie sah aus, als würde ihr die Last der Welt auf den Schultern liegen. Rose hatte sich oft genug in ähnlichen Zwangslagen befunden, daher konnte sie sich nicht einfach weigern, jemandem, der es nötig hatte, Hilfe anzubieten.

»Feenstaub«, sagte Rose. »Oder besser, Großvater Balthasars Allerleigewürz, aus dem ich Feenstaub gemacht habe. Den Trick habe ich auch in Kanada schon benutzt.« Sie zog eine kleine Brille in Puppengröße aus ihrer Gürteltasche. »Mit dieser Brille können wir die Spur verfolgen.«

»Und die passt dir?«, spottete Nevika zwischen zwei Schluchzern.

»Sie wächst. Ist 'ne Universalgröße.«

Nevikas Ausdruck wurde milder. »Schlau.« Sie hielt Rose die Hand hin. »Gib mir die Brille, und ich mache mich auf den Weg.«

Rose schloss die Hand um die Brille. »Ich gebe dir gar nichts. Nicht, ehe du auspackst. Dieses verrückte Wetter hat schon zu viele Menschen in Gefahr gebracht.«

Nevikas Lippen fingen zu beben an. In Windeseile verwandelte sich das Beben in ein richtiges Schluchzen.

»Schon gut.« Polly strich Nevika übers Haar, wie sie es

bei Rose gemacht hatte, als sie noch kleiner war. »Lass es raus.«

»Es geht nicht nur um *Wetter*«, sagte Nevika. »Und der Grund, dass Großmeisterin Baridi weiß, wer ich bin, ist derselbe Grund, warum ich ihre Pläne kannte. Sie hat mir alles beigebracht, was ich kann.«

Nevika sah Rose direkt an, dann blickte sie zu Boden. »Großmeisterin Baridi ist meine Mutter.«

Kapitel 10
Nevikas Geschichte

Rose wusste nicht, wie sie reagieren sollte.

»Ich habe keine Ahnung, warum meine Mutter das macht!«, setzte Nevika eilig hinzu. »Sie ist nicht böse! Nie würde sie jemandem weh tun.« Die Knie des Mädchens gaben nach, und Polly fing sie schnell auf. »Ich weiß nicht, warum das alles passiert. Ich muss … ich muss …«

Rose erschrak, als sie begriff: Eine mächtige Zauberbäckerin, Nevikas *Mutter*, hatte sich gegen ihre Tochter gewandt.

Rose konnte Nevika eigentlich nicht leiden. Und tief im Inneren war sie überzeugt gewesen, dass die herablassende junge Meisterbäckerin nichts Gutes im Schilde führte. Dass sich ihr Instinkt als richtig herausstellte, verschaffte ihr eine kleine, bittere Genugtuung. *Ich hab's gewusst!*, wollte sie am liebsten ausrufen. *Verschwinde von hier, Lügnerin!*

Aber Rose hatte von ihren Eltern gelernt, anderen gegenüber nicht gemein zu sein. Als sie die Verzweiflung in Nevikas Gesicht sah, ihre tränenüberströmten sommersprossigen Wangen, merkte Rose, wie ihre Wut dahinschmolz.

Nevika wirkte auf einmal nicht mehr so viel größer, so wunderbar und so viel fähiger als Rose. Sie wirkte wie ein Mädchen, das der ganzen Sache nicht gewachsen war.

Und dieses Gefühl kannte Rose nur zu gut.

Also tat sie, was ihre Mutter von ihr in dieser Situation erwartete: Sie trat auf Nevika zu und umarmte sie kurz. »Es ist okay«, sagte sie zu ihr. »Was immer da vor sich geht, wir helfen dir. Das tun Meisterbäckerinnen.«

»Ihr müsst mich doch hassen«, sagte Nevika und blickte von Rose zu Polly.

Schon ein bisschen, dachte Rose, auch wenn sie nicht ganz verstand, was sie eigentlich fühlte. Stattdessen sagte sie: »Ich weiß nicht, wie ich mich verhalten würde, wenn ich meine Mutter abhalten müsste von …«

Polly schob die Mädchen auf die warme Bäckerei zu.

»Lasst uns reingehen, wo es nicht so frostig ist. Bei einer Kanne Tee können wir besser über alles reden.«

Gerade als sich die Ladentür schloss, erklang von draußen das laute Hupen eines Autos, gefolgt von Türenschlagen. Roses Vater Albert war zusammen mit Großvater Balthasar und Tante Lily zurückgekehrt. Albert parkte den Familienvan am Straßenrand und betrat die Bäckerei so aufgebracht und wütend wie selten – was sonst gar nicht seine Art war.

»Was soll denn der hässliche große Geländewagen in unserer Einfahrt?« Er hängte seinen Mantel auf und schüttelte die Kälte ab. Großvater Balthasar und Tante Lily kamen hinter ihm herein. »Ist das mal wieder diese Bürgermeisterin?«

»Nein«, sagte Polly und deutete auf die schniefende Nevika. »Wir haben einen Gast. Eine Meisterbäckerin aus der Stadt. Auch ein Wunderkind wie Rose.«

»Freut mich, dich kennenzulernen«, sagte Balthasar. »Wir können Helfer gebrauchen.« Er deutete mit dem Daumen über die Schulter. »Wir haben zwar den Schneemann, aber er ist ein bisschen einfältig.«

Alle blickten aus dem Schaufenster. Harry rollte fröhlich über den Rasen vor dem Fenster und jonglierte mit Schneebällen. Als er die versammelten Glycks herausstarren sah, ließ er die Schneebälle – *Plopp! Plopp!*

Plopp! – auf den Rasen fallen, damit er mit den Reisigarmen winken konnte.

»Da wir gerade von Hilfe reden«, sagte Tante Lily und musterte Nevika, die wie ein Häufchen Elend aussah, »wir müssen den Van ausladen. Tymo, Basil – warum kommt ihr nicht mit nach draußen?«

»Aber heute ist doch die Schneeballschlacht zwischen meinen Freundinnen –«, begann Tymo protestierend.

»Verschiebe sie«, sagte Polly und schubste ihn auf die Tür zu. »Du auch, Basil.«

»Aber *Mom*«, jammerte Basil, »Nevika will uns doch gerade eine gute Geschichte erzählen, das weiß ich! Ich muss mir für meinen Roman Notizen machen! Für mein Kunstwerk!«

»Dein Kunstwerk muss eben mit Quellen aus zweiter Hand auskommen. Geh schon.« Polly deutete auf die Tür. »Und danach müsst ihr eurem Vater helfen, Federleichten Raureif-Frost zu sammeln, oben am Kahlen Kopf, ehe alles taut.«

»Na gut.« Basil folgte Tymo hinaus zum Van. »Aber wehe, ihr macht nicht genaue Notizen.«

»Warte«, rief Devin und sah schulterzuckend zu Rose hin. »Ich komme auch mit.«

Die Glocke an der Ladentür bimmelte, dann waren nur noch Rose, Polly und Nevika im Raum.

Polly zog ein sauberes Stofftaschentuch aus ihrer Schürzentasche und reichte es Nevika. »Also, trinken wir doch eine Tasse Tee und hören uns deine Geschichte an, was?«, sagte sie. »Ich habe das Gefühl, dass sie interessant ist.«

Eine Viertelstunde später – nach drei Tassen Pfefferminztee und nachdem der Motor des Vans wieder angesprungen und davongerumpelt war – kamen Großvater Balthasar und Tante Lily in die Backstube.

Balthasar war so dick in mehrere Tweedjacken und karierte Schals eingemummelt, dass es einige Minuten dauerte, bis er alles abgelegt hatte. Er war hundertsiebenundzwanzig Jahre alt, von gebrechlichem Körperbau und mit spärlich grauem Haar, aber das Feuer in seinen Augen ließ ihn mindestens fünfzig Jahre jünger erscheinen. »Du bist also unser Hausbesuch«, grummelte er endlich und zog einen weiteren Stuhl in die Essnische. »Ich bin Balthasar Glyck«, sagte er, »und ich bin älter als der Mond.«

Tante Lily schälte sich aus ihrem braunschwarzen Mantel aus Webpelz und setzte sich neben Nevika in die Essnische. »Und ich bin Lily Le Fay. Entschuldige, dass wir uns nicht richtig vorgestellt haben, als wir reinkamen! Was für ein Tag!«

»Ich heiße Nevika«, erwiderte das Mädchen, nahm ihre blaue Mütze ab und legte sie auf den Tisch.

»Wo ist Nella?«, wollte Tante Lily wissen.

»Gus und Jacques halten sie oben beschäftigt«, antwortete Polly. »Ich dachte mir, diese Unterhaltung sollte ausschließlich unter Meisterbäckern stattfinden.«

»Die Jungs haben Lily und mir ein paar besonders interessante Neuigkeiten berichtet«, sagte Balthasar zu Nevika. »Wie Polly schon sagte, wir sind hier alle Meisterbäcker. Wir sollten wohl alle hören, was du zu erzählen hast.«

Lily hüstelte.

»Lily hat ihr Diplom nie abgeschlossen«, korrigierte sich Balthasar und legte seine Hand auf die von Lily, »aber eine Meisterin ist sie allemal.«

Rose berichtete ihrer Tante und ihrem Großvater kurz, was sie in Sitzmark und Little Mogul vorgefunden hatte, außerdem von dem eingefrorenen Fluss und dem Schneesturmgewitter, das auf Calamity Falls niedergegangen war. Zuletzt erzählte sie von den fatalen Warnungen des Eisschwans. »Der Schwan hat uns erzählt, wer dahintersteckt«, endete Rose. »Jemand namens Großmeisterin Baridi.«

Nevika stellte ihre Teetasse ab. »Die zufällig … meine Mutter ist.«

Großvater Balthasar grunzte. »Also wieder mal eine Meisterbäckerin, die auf die dunkle Seite gewechselt ist, was?«

Nevikas Augen funkelten, da ihr wieder Tränen hochstiegen. »Mama Baridi würde keinem *jemals* etwas antun. Sie ist die liebevollste Person, die ich kenne. Sie ist der einzige Grund, warum ich überhaupt Zauberbäckerin wurde. Keine Ahnung, warum sie solche gefährlichen Unwetter heraufbeschwört. Es ergibt einfach keinen Sinn.«

»Vielleicht hat der Schwan gelogen«, überlegte Lily laut. »Schurken sagen selten die Wahrheit. Und Schwäne, wisst ihr – alle finden, dass sie so schön sind. Aber ich bin schon dem einen oder anderen bösen Schwan begegnet, das kann ich euch sagen.«

»Es ist nicht gelogen«, sagte Nevika. »Dieses ganze Chaos ist eindeutig das Werk meiner Mutter. Aber ich verstehe nicht, *warum*. Solange ich zurückdenken kann, hat es nur meine Mutter und mich gegeben«, fuhr sie fort und wischte sich über die Augen. »Sie hat mich ganz allein aufgezogen.«

»Was ist mit deinem Vater?«, fragte Balthasar.

Nevika zuckte mit den Schultern. »Er ist verschwunden, als ich noch ein Kleinkind war. Ich weiß nur von alten Fotos, wie er aussieht.« Sie schluckte. »Ich habe eigentlich immer angenommen, dass er … na ja, dass er gestorben ist.«

»Wie traurig«, murmelte Lily.

»Ich kann mich nicht wirklich an meinen Vater erinnern«, fuhr Nevika fort, »aber meine Mutter hat ihn geliebt und er sie auch. Sehr sogar. Sie haben sich schon als Kinder in Ägypten ineinander verliebt und dann geheiratet – später sind sie hierhergezogen.«

Großvater Balthasar blickte in die verschneite Landschaft draußen. »Von Ägypten sind wir ganz schön weit weg.«

»Offenkundig«, sagte Nevika, dann zuckte sie zusammen. »Ich meine, ja, leider. Ich kenne nur unser Land hier, aber für meine Mutter als Ägypterin war es eindeutig ein Kulturschock. Der Winter hier ist ganz anders als der in ihrer Heimat, sie hat ihn immer gehasst. Sie verbrachte die ganze kalte Jahreszeit versteckt in ihrer ersten kleinen Bäckerei und hatte nur meinen Vater, der sie warm hielt.«

Eine vereinzelte schwarze Locke fiel Nevika über die Wange. »Meine Eltern waren beide Meisterbäcker, aber mein Vater führte das Geschäft. Mama Baridi wusste nicht, was sie anstellen sollte, nachdem er … also, nachdem er verschwunden war. Da vertiefte sie sich dann in unser magisches Backbuch.«

Nevika schluckte wieder, als habe sie einen dicken Kloß im Hals. Rose merkte, dass sie das, was sie jetzt sagen wollte, eigentlich nicht verraten sollte – was Roses Interesse umso mehr weckte.

»Sie wandte sich in ihren Studien dem Winter zu«, fuhr Nevika fort, »und versuchte zu verstehen, was sie an dieser neuen Jahreszeit am meisten störte. Sie fing an, unglaubliche neue Rezepte zu erfinden, die noch nie jemand probiert hatte. Einschließlich …«

Nevika versteckte sich hinter ihrer Teetasse. »Spezieller Gebäckarten, die einen Menschen erstarren lassen konnten.«

Eine lastende Stille senkte sich auf den Tisch. Rose wusste, was ihre Familie dachte: Mama Baridi war eindeutig die Person, die hinter diesen Winterstürmen steckte.

»Nicht zu Eis!«, setzte Nevika rasch hinzu. »Nicht in der Art, wie diese Orte eingefroren sind. Sie hat die Menschen in eine *Zeitstarre* versetzt. Zum Beispiel belieferte sie Banker mit magischen Muffins, und während sie in der Zeit gefangen waren und nichts sehen konnten, ist sie hingegangen und …« Sie sank etwas zusammen. »Ich nehme an, ihr würdet sagen, sie hat sie ausgeraubt.«

»Deine Mutter ist also doch eine Verbrecherin«, sagte

Rose. Die Vorstellung, dass jemand ein magisches Backbuch benutzte, um Verbrechen zu begehen, machte sie wütend.

»Ach, ich weiß nicht«, sagte Großvater Balthasar und strich sich über das faltige Kinn. »Eine junge Frau ohne Geld, allein in einem ihr fremden Land? Ich muss sagen, ich habe nie erwogen, die Winde des Winters in ein Gebäck zu verwandeln, das in eine Zeitstarre versetzen kann. Ziemlich erfinderisch.«

»Großvater!«, sagte Rose vorwurfsvoll.

»Beurteile ihre Mutter nicht zu streng«, sagte Lily. »Manchmal greifen verzweifelte Leute nach verzweifelten Methoden.«

Rose wollte erneut protestieren, doch dann überlegte sie es sich anders. Tante Lily wusste, was Verzweiflung war – sie war in ihrer Vergangenheit, als sie unbedingt geliebt werden wollte, auch in einige dunkle Machenschaften verwickelt gewesen.

Und die Glycks hatten ihr verziehen.

»Sie hat es nur ein paar Monate lang gemacht«, versicherte Nevika. »Als wir genug Geld beisammenhatten, um geschäftlich wieder auf die Beine zu kommen, hat sie damit aufgehört. Unseren Laden hat sie ganz allein aufgebaut –«

»Mit dem Geld anderer Leute«, warf Rose ein.

»Sicher. Aber sie hat seitdem ein tugendhaftes Leben geführt und anderen Menschen *geholfen.*«

»Ich glaube dir«, sagte Polly, nahm die Teetassen von Nevika und Rose und ging an den Herd, um nachzufüllen. »Was, glaubst du, hat sich seither verändert?«

»Ich weiß es nicht. Sie hat nie aufgehört, sich mit dem Winter zu beschäftigen«, sagte Nevika. »Vor zwei Jahren habe ich hinter der Backstube ein geheimes Zimmer gefunden, das war … seltsam.«

»Inwiefern seltsam?«, fragte Rose.

»An einer Wand hingen Fotos von Menschen, die ich nicht kannte«, sagte Nevika, »und an einer anderen Wand war eine große Karte von dieser ganzen Gegend hier. Verschiedene Ortschaften waren mit Fäden miteinander verbunden, dabei standen Anmerkungen in Mamas Muttersprache. Ich konnte nicht viel davon lesen, nur einiges.« Sie sah Großvater Balthasar an. »Haben Sie jemals von einer Gruppe gehört, die sich das Komplott nennt?«

Großvater Balthasar kniff die Augen zu Schlitzen. »Das Komplott der Konditoren?«

»Ich bin nicht sicher«, sagte Nevika. »Die Notizen in Mamas Geheimzimmer schienen mir zu bedeuten, dass mein Vater und ein anderer, mein Onkel Salihah, gegen diese Geheimgesellschaft, das Komplott, ermittelten, um zu verhindern, dass sie einen Stützpunkt in Nordamerika aufbauten. Das Komplott war irgendwo nördlich von hier angesiedelt. Zu der Zeit ist mein Vater plötzlich verschwunden.« Nevika senkte den Kopf. »Onkel Salihah auch. Wie gesagt – ich war noch ganz klein.«

Polly kam mit den aufgefüllten Tassen an den Tisch zurück.

Rose nahm einen großen Schluck. Der Hinweis auf eine weitere geheime Backgesellschaft machte sie nervös. Sie dachte, sie hätte die einzige, die es gab, außer Gefecht gesetzt. »Wer steckt hinter diesem Komplott der Konditoren?«

»Eine Gruppe finsterer Zauberbäcker«, sagte Großvater Balthasar. »Es gibt sie schon sehr lange – viel länger, als die Internationale Nudelholzgesellschaft –, das Komplott reicht zurück bis ins Mittelalter. Ich war der Ansicht, dass die Gesellschaft während des Zweiten Weltkriegs verschwunden sei.«

»Ich wette, dein Vater und dein Onkel Salihah haben es geschafft, ihre Machenschaften in diesem Land aufzuhalten«, sagte Tante Lily. »Ich habe noch nie von diesem Komplott gehört, und ich war selbst Teil einer Geheimgesellschaft!«

»Ich habe auch noch nie davon gehört«, sagte Polly.

»Wenn sie sich nördlich von hier niedergelassen hätten, hätten Albert und ich bestimmt schon vor Zeiten mit ihnen zu tun gehabt.«

Großvater Balthasar nickte. »Wie es klingt, sind dein Vater und dein Onkel Helden.«

»Kann schon sein«, sagte Nevika traurig. »Ich hätte aber lieber einen richtigen Vater gehabt – anstatt eines verschwundenen Helden.«

»Deine Mutter hat also einen Geheimraum mit einer Wand, an der sie die Ergebnisse ihrer Ermittlungen festhält«, sagte Rose, »und sie kennt sich mit Winterzaubern aus, und du hast selbst gesagt, dass sie diese Unwetter gemacht hat.«

»Ja«, sagte Nevika nur.

»Aber warum? Und warum gerade jetzt?«

Nevika nahm einen Schluck Tee. Die versammelten Glycks beugten sich vor und warteten auf das Ende der Geschichte.

»Vor ein paar Tagen war es genau zehn Jahre her, dass mein Vater verschwunden ist«, sagte Nevika. »Meine Mutter … veränderte sich … sie drehte durch. Wochenlang zuvor war sie die ganze Nacht aufgeblieben, hatte über dem Backbuch gebrütet, Rezepte gesammelt und sich auf irgendwas vorbereitet. Dann lud sie mit einem Mal ihre Eiscreme-Maschine und ein paar andere

Gerätschaften in unseren Van und fuhr davon. Vorher hatte sie mir verboten, ihr zu folgen. Aber sie gab mir ihr Versprechen, bald zurück zu sein, und versicherte mir, dass ich alles verstehen würde.
Ich ahnte, dass sie in diese Gegend gefahren sein musste, wegen meinem Vater und der Karte in ihrem Geheimzimmer. Daher habe ich ein Dutzend Luchse losgeschickt, die ich mit Sprechkeksen verzaubert hatte und die mich über das Vorhaben meiner Mutter informieren sollten. Als einer der Luchse die Nachricht aus Sitzmark brachte, bin ich so schnell wie möglich hingereist, um rückgängig zu machen, was sie angestellt hatte.«
»Keiner dreht einfach ohne Grund durch«, sagte Polly. »Wenn sie klar bei Verstand wäre, würde sie es nie wagen, so viele Leute in Gefahr zu bringen. Aber irgendwas muss etwas in ihr ausgelöst haben, und deshalb …«
Nevika ließ den Tee in ihrer Tasse kreisen. »Ich will ihr nicht einfach Einhalt gebieten. Ich muss sie *retten.*«
Rose versuchte sich vorzustellen, dass ihre Mutter so durchdrehen und Dinge wie Großmeisterin Baridi anstellen würde, aber sie konnte es nicht. Allerdings wusste sie genau, dass sie alles tun würde, um ihrer eigenen Mutter zu helfen – selbst wenn das bedeutete, eine andere Meisterbäckerin, die sie kaum kannte, anlügen zu müssen.

Auf einmal ergaben Nevikas Handlungen einen gewissen Sinn.
»*Wir* müssen sie retten«, sagte Rose. Sie holte die winzige Goldrandbrille aus ihrer Gürteltasche.
Nevikas haselnussbraune Augen leuchteten auf. »Du gibst mir die Brille? Damit ich meine Mutter suchen kann?«
Rose setzte sich die Brille vorsichtig auf die Nase, die sofort so groß wurde, dass sie ihr bequem passte. Sie blinzelte und entdeckte das Flimmern von dem zu Feenstaub gewordenen Allerleigewürz, das direkt vor dem Fenster der Backstube schwebte.
»Sozusagen«, sagte sie. »Du kannst sie nehmen, um deine Mutter zu suchen. Aber du machst dich nicht alleine auf. Ich komme mit.«
»Ja, du solltest mitkommen«, sagte Nevika. »Erzähl nie jemandem, dass ich das gesagt habe, aber ... die Unwetter heute haben mich etwas überfordert.« Schnell setzte sie hinzu: »Nicht, dass ich es natürlich letztlich dann doch auch alleine geschafft hätte.«
Rose grinste. »Natürlich.«
Polly glitt aus der Nische. »Nicht so schnell, Mädels«, rief sie über die Schulter. »Keiner geht erst mal irgendwohin.«
Sie nahm fünf Schürzen von den Wandhaken und warf

jedem der Anwesenden eine zu. »Wie Rose erzählt hat, sagte der Schwan, dass Baridis endgültiger Vorstoß auf morgen Abend angesetzt ist. Was bedeutet, dass wir nicht viel Zeit zum Arbeiten haben. Keiner begibt sich in Gefahr ohne einen Plan.«

Polly band sich die letzte Schürze selbst um. »Macht euch alle bereit. Wir müssen einiges backen!«

Kapitel 11
Die Weihnachtswichtel

Nun hieß es alle Mann an Bord in der Glücksbäckerei – mit Ausnahme von Harry, der sich auf dem vorderen Rasen ein Schläfchen gönnte und so still stehend wie ein ganz normaler, wenn auch ungewöhnlich großer Schneemann aussah.

»Was backen wir?«, fragte Albert und band sich seine alte abgenutzte Schürze um. Er und die Jungen waren zurückgekommen, kurz nachdem Nevika ihre Geschichte beendet hatte. Alle machten sich schnell an die Arbeit. Albert gab seiner Frau einen Kuss, und sein buschiger roter Schnauzbart kitzelte ihre Wange.

Polly gestattete sich ein kurzes Lächeln, dann wandte sie sich wieder ihrer Arbeit zu. »Unter anderem bereiten wir ein Rezept vor, das alle warm hält, während sie Großmeisterin Baridi aufspüren.« Sie holte ein paar frisch gespülte Rührschüsseln. »Aber da der Schneesturm vorüber ist, werden jetzt die Kunden kommen, um ihre Bestellungen abzuholen.«

Nevika betrachtete die Familie skeptisch. »Sollte es jetzt an oberster Stelle stehen, Aufträgen nachzukommen?«

Rose schob ein Blech mit ausgestochenem Teig in den Ofen. »Wir können unsere Kunden nicht im Stich lassen, vor allem nicht in einer Notsituation«, erklärte sie. »Außerdem können wir beim Backen besser denken.«

Nella stand mit klebrigen Fingern am Esstisch und schlug Eier in eine Schüssel. Ihr gegenüber saß Großvater Balthasar, der umgeben war von einer Loseblattsammlung. Er schrieb Listen von Zutaten aus dem Backbuch ab. Die Blätter reichte er Gus und Jacques, die sie in den Keller brachten, wo Devin in den kaum beleuchteten Regalen kramte, um alle Zutaten zusammenzustellen, die sie brauchten.

Basil stand auf einem Hocker neben dem Küchenblock und schüttete auf Tante Lilys Geheiß abgemessene Portionen Mehl und Zucker in mehrere Rührschüsseln. Tymo und Nevika kneteten und formten verschiedene Kuchenteige. Nachdem die Kuchen und Plätzchen dann gebacken waren, wurden sie an Tante Lily weitergereicht, die sie gekonnt dekorierte.

»Gefällt dir, was du siehst?«, fragte Tymo Nevika und ließ die Muskeln spielen, während er versuchte, einen klebrigen Teig auf einem Brett auszurollen. »Ich bin nämlich Sportler, musst du wissen.«

Nevika verdrehte die Augen. »Ist das der Grund, warum du versuchst, den weichen Teig für einen Zitronenkuchen *auszurollen*? Der soll doch in eine Kastenform.«

Tymo starrte die halbflüssige Masse an. »Okaaay. Das weiß ich doch. Wollte nur wissen, ob du es auch weißt.« Er sah sich um. »Hat jemand einen Teigschaber zur Hand?«

Rose reichte ihrem dämlichen älteren Bruder einen Schaber, dann blickte sie sich im Raum um. Es ging laut zu. Ihr Großvater bellte Befehle, Basil machte ständig Witze, und Nella summte vor sich hin, aber alles schien gut zu laufen.

Es war seltsam, Nevika dabeizuhaben, doch sie warf sich ganz auf ihre Arbeit, und Rose sah fasziniert zu, wie geschickt das Mädchen die süßen Brötchen formte und wie gleichmäßig sie den Plätzchenteig ausrollte.

Zumindest nahmen beide jungen Bäckerinnen ihre Arbeit ernst und waren bereit, alles für ihre Familien zu tun. Selbst wenn Rose sich nicht vorstellen konnte, mit jemandem befreundet zu sein, der so kratzbürstig war wie Nevika, musste sie doch zugeben, dass das Mädchen wusste, was es tat.

Während alle beschäftigt waren, blieb es an Rose und Polly hängen, das Problem mit der Großmeisterin Baridi zu lösen, ehe es am nächsten Tag Abend wurde.

»Wirklich schade, dass wir nichts mit diesen ganzen *Steppenden Stutenkerlen* machen können«, sagte Rose und reichte Tante Lily ein Gitter voller würziger Teigmänner. »Aber ich nehme mal an, es ist am besten, wenn wir etwas ganz Neues ausprobieren.«

Tante Lily spitze die Lippen. »Vielleicht können wir doch etwas machen, damit die Stutenkerle nicht vergebens gebacken wurden.« Sie zwinkerte Rose zu. »Überlass das mir.«

»Irgendwas mit Wichteln«, murmelte Polly und blätterte in dem Backbuch herum, das auf der Anrichte lag.

»Was ist mit Wichteln, Mom?«, fragte Rose.

»Ich habe mir gerade gewünscht, einen Haufen helfender Wichtel zu haben wie der Weihnachtsmann, dabei dachte ich …« Polly blätterte zur Mitte des Buches und deutete entschlossen auf eine Seite. »Ich wusste doch, dass da was mit Wichteln war.«

Zusammen mit ihrer Mutter las Rose:

Wärmender gepfefferter Wichtel-Früchtestollen Ein feuriges Machwerk mit kandierten Früchten und Rum, um wohlige Wärme zu spenden

Es war im Jahr 1964 in dem absurd eisigen Grönland, als Sandra Glyck an einem winterlichen Morgen erwachte und feststellte, dass sie von einer Wichtelplage heimgesucht wurde. Sandra liebte Wichtelgeschichten, hatte sich aber immer vorgestellt, dass die Märchenwesen lustig und freundlich und niedlich seien – ganz anders als die gedrungenen, schrumpeligen Wesen, die sie an diesem Morgen in ihren Vorratsschränken herumwühlen sah.

»Deine Speisekammer ist leer!«, schimpften die Wichtel. »Bist du arm, Mädchen, oder bist du faul?«

Und die Wichtel kippten Sandras Abfalleimer voller Bananenschalen und Apfelresten aus und schalten: »Die einfältige Frau kann nicht mal das Haus sauber halten! Hoffentlich kannst du wenigstens gut backen, denn mit einem Gesicht wie deinem hast du sonst nicht viel vorzuweisen!«

Und obwohl Sandra Glyck versuchte, die Wichtel nach draußen zu locken, damit sie mit ihrer Weihnachtsbäckerei fortfahren könnte, tobten die kleinen Geister durch ihr Wohnzimmer und hinterließen schmutzige Fußspuren, obwohl sie doch keinen Schritt nach draußen gemacht hatten. »Wer hat die Tapete ausgesucht?«, kreischten die Wichtel und beschmierten

die Wände mit Kugelschreibern. »Bist du farbenblind, Mädchen, oder hast du nur so einen schlechten Geschmack?«
So machten die Wichtel den ganzen Tag weiter, bis spät in den Abend. Sandra Glyck hatte zwar Ohrenstöpsel, aber gegen das grelle Leuchten der Wichtelnasen konnten die nichts ausrichten – denn mit jeder Schmähung, die sie ihr zuriefen, glühten ihre Nasen leuchtend rot auf.
Sandra Glyck fand drei Nächte lang keinen Schlaf.
Am Heiligabend, der nebelverhangen war, sagte Sandra schließlich: »Ihr ungezogenen Wichtel mit euren roten Nasen, wollt ihr mich heute nicht schlafen lassen?«
Die Wichtel ließen Sandra nicht in Ruhe. Sie lachten und lärmten und stichelten grausame Spötteleien, und ihre Nasen erfüllten das Haus mit einem lodernden roten Schein.
Doch Sandra hatte einen Plan. Sie reizte die Wichtel, bis ihre Nasen rotglühend waren, füllte einen Eisenkessel mit Rum, fügte Mehl und Eier und kandierte Früchte hinzu und sagte laut vor sich hin: »Jetzt hoffe ich nur, dass diese ungezogenen Wichtel nicht durch meinen Eisenkessel schwimmen und einen Früchtestollen machen! Keiner mag an Weihnachten Früchtestollen!«
Und natürlich sprangen die ungezogenen Wichtel in den Eisenkessel und vermischten die Zutaten und formten einen dichten, zähen Stollenteig, nur um Sandra zu ärgern. Und Sandra ergriff rasch die Gelegenheit und mischte die letzte

Zutat in ihre neue Erfindung – den Strahl eines Kugelblitzes, den sie in der schwülen Hitze des Sommers im Moor eingesammelt hatte.

Ob es an der Anstrengung lag, durch den zähen Teig zu schwimmen, oder ob sie der Kugelblitz kitzelte oder ob sie von dem Rum benommen wurden – die Wichtel nahmen schließlich Reißaus. Zurück blieb ein kompakter gebrannter Früchtestollen, der Sandra mit wohliger Wärme erfüllte und den ganzen Winter über reichte.

»Das klingt vielversprechend«, sagte Rose. »Eine Wärme, die den ganzen Winter anhält, könnten wir wirklich gebrauchen.« Sie sah ihre Mutter besorgt an. »Wir würden aber doch keine *Wichtel* in den Früchtestollen backen, oder?«

»Oh«, sagte Polly gelassen, »die verschwinden wieder in ihr eigenes Reich. Nicht ein Fitzelchen Wichtel wird am Ende im Stollen übrig sein. Aber …« Sie senkte die Stimme. »Das einzige Mal, dass jemand versuchte, solch flüchtige Wichtel in einem Rezept zu verwenden, war im Dezember 1835, worauf in New York das große Feuer ausbrach. Keiner weiß, wie Sandra Glyck es geschafft hat, sie ein Jahrhundert später einzusetzen, ohne ihr Haus niederzubrennen.«

Rose hatte noch nie von dem großen Feuer in New York

gehört, aber keinesfalls wollte sie dafür verantwortlich sein, die Bäckerei abgefackelt zu haben.

Polly blätterte weiter. »Wenn ich es recht überlege, könnte es doch gefährlich sein. Wir müssen uns was anderes ausdenken, um euch vor der Kälte zu schützen. Wie schade, dass wir die ganze Sommersonne aufgebraucht haben.«

»Warte«, sagte Rose, »vielleicht klappt es doch mit diesem Rezept. Wenn wir es draußen im Schnee machen würden, dann würden die Funken, die die Wichtel versprühen, im kalten Nass erlöschen.«

Polly gab Rose einen Kuss auf den Kopf. »Du mit deinem Erfindergeist!« Sie wandte sich den anderen in der Backstube zu. »Basil, geh raus und wecke Harry. Er muss uns eine große Fläche auf dem Rasen freirollen.«

Basil salutierte und rannte zur Schwingtür. »Ist so gut wie erledigt!«

»Albert, geh mit Tymo und Devin du-weißt-schon-wohin. Wir brauchen den Eisenkessel.«

»Den Eisenkessel?«, fragte Tymo, während Albert die Jungen zur Hintertür scheuchte. »Welchen Eisenkessel?«

»Rose, Lily und Nevika, bitte bereitet ihr die benötigten Zutaten vor.« Polly winkte sie zu sich. »Großvater Balthasar, wir brauchen etwas Rum.«

Großvater Balthasar streckte sich. »Ich glaube, ich habe ein oder zwei Flaschen.«
»Oder drei«, sagte Gus, der neben Nella saß, die ihn mit ihren immer noch verklebten Fingern kraulte.
»*Oui, très beaucoup bouteilles!*«, bestätigte Jacques.
»Und du, Mom?«, fragte Rose und durchstöberte die Fächer bereits nach den kandierten Früchten, die für das Rezept benötigt wurden.
Polly setze sich die Schutzbrille auf, die Rose zuvor aufgehabt hatte. »Ich hole meine speziellen Zutaten.«

Die Sonne ging schon fast unter, als sich die Familie im Garten versammelte, um den Teig für den mit Wichteln versetzten Früchtestollen zu mischen.
Der Himmel war wolkenlos, aber es war immer noch kalt, und alle hatten sich eingemummelt – alle außer Nella, Gus und Jacques, denen man befohlen hatte, drinnen zu bleiben.
Rose wartete mit Devin und Nevika vor der Ladentür, während ihr Vater und Tymo mitten auf dem Rasen eine Kochstelle vorbereiteten. Ehe er davonrollte, um sich vor dem erwarteten Feuer zu schützen, hatte Harry der Schneemann den Schnee auf dem Rasen flachgerollt, um für den größten Eisenkessel, den Rose je gesehen hatte, Platz zu schaffen.

»Wie hat mir der bisher entgehen können!« Basil begutachtete den riesigen Kessel aus Schmiedeeisen, der so aussah, als habe er tatsächlich mal einer Hexe gehört. »Ich könnte mich ja glatt darin einrichten! Mist, den hätte ich in meiner Comedynummer verwenden können!«

Albert schob Basil sanft aus dem Weg, damit er mit Tymo Holz unter dem Kessel aufschichten konnte. »Genau aus dem Grund haben wir dafür ein gutes Versteck.«

Inzwischen goss Großvater Balthasar eine Flasche nach der anderen in den leeren Kessel. Es war eine dunkle Flüssigkeit.

Tymo beugte sich über den Kesselrand und schnupperte. »Vergiss den Eisenkessel«, sagte er. »Großvater Balthasar, wo hattest du denn den ganzen Rum versteckt?«

Großvater Balthasar tippte sich an die Nase. »Dies Geheimnis verrate ich dir erst, wenn du um einiges älter bist.«

»Wir kommen!«, rief Polly, und sie und Tante Lily traten auf den Rasen. Jede trug ein blaues Einmachglas. Die Gläser waren innen mit Alu beschichtet, um die Hitze drinnen zu halten, die Deckel waren jedoch durchstochen, damit Luft hineindringen konnte.

Ähnlich wie bei den Gläsern mit der Sommersonne,

die Rose am Morgen geholt hatte, trugen beide Frauen Schutzbrillen, feuerfeste Schutzhandschuhe und hielten die Gläser mit Zangen auf Armeslänge von sich gestreckt.

»Rose, Devin und Nevika«, befahlt Polly, »bringt die anderen Zutaten und mischt sie in den Rum.«

Die Kinder befolgten ihren Befehl: Rose trug eine Rührschüssel voller Mehl, Zucker und Backpulver, Devin die Schüssel mit Eiern und Vanille, und Nevika folgte mit den kandierten Früchten und gehackten Walnüssen.

Nacheinander kippten sie ihre Schüsseln in den Kessel. Die Zutaten ließen den Rum aufspritzen und schwammen an der Oberfläche. Das Gebräu sah eher nach Spülwasser aus als nach etwas Verzehrbarem.

Der alkoholische Gestank des Rums ließ Nevika die Nase rümpfen. »Fasst das jetzt nicht falsch auf«, sagte sie, »aber das würde ich nicht mal einem Hund vorsetzen. Wie ist dieses Rezept überhaupt in euer Backbuch geraten?

»Es sieht jetzt vielleicht noch eklig aus«, sagte Tante Lily. »Aber du musst mehr Vertrauen zur Familie Glyck haben.« Roses Tante machte sich daran, ihr Einmachglas aufzuschrauben.

Tante Lily zog vier pummelige Wichtel, die überrascht aufkreischten, aus dem Glas. Es handelte sich wohl eher um Trolle, fand Rose, die sich unter Wichteln, ähnlich wie Sandra Glyck, auch niedlichere Wesen vorgestellt hatte. Sie waren kaum größer als Gus. Vorsichtig setzte Tante Lily die zappelnden Wesen auf den Rand des Kessels.

Die Trollwichtel hatten Gesichter wie verschrumpelte Äpfel, weiße Bärte und spitze rote Mützen auf dem Kopf. Einer trug einen Schottenrock, die anderen hatten Kittel an, die anscheinend aus Blättern waren. Sie saßen auf dem Kesselrand und ließen die Beine baumeln.

»Puh, was soll dieses eklige Ungemach?«, kreischte einer. »Ich habe so nett geschlafen, warum habt ihr mich aufgeweckt? Damit ich mir eure boshaften, hässlichen Gesichter ansehe?«

Während er sprach, wurde seine Nase glühend rot.

»Iiieee, seht euch das garstige Zeug an!«, kreischte ein anderer Troll und spähte in den Kessel. »Da hat ja sogar mein Vater eine bessere Suppe gemacht, obwohl der gar nicht kochen konnte. Bei dem ist sogar Wasser angebrannt!«

Auch seine Nase wurde purpurrot, während er so unflätig redete.

»Was für ein heilloses Gebräu!«, rief der Troll mit dem Schottenrock.

»Die Dämpfe lassen mich erblinden!«, jaulte der vierte

Wichtel. »Worüber ich eigentlich froh bin, denn das kann man ja nicht mit ansehen!«

Inzwischen glühten ihre Nasen alle so grell, dass der ganze Rasen in rubinrotes Licht getaucht war. Der erste Troll stellte sich auf den Rand des Kessels und ließ die Fingerknöchel knacken. »Ich glaube, wir müssen uns dieser Katastrophe mal annehmen!«

»Je eher, desto besser!«, stimmte ihm der Troll im Schottenrock zu. »Ich brauche den ganzen Rum, um diese Farce zu vergessen!«

Wie ein Quartett aus Synchronschwimmern erhoben die Trolle die Stummelarme und warfen sich in den Kessel.

Schwimmend zogen sie rasche Kreise, die glühenden Nasen hoch erhoben. Wolken von Dampf stiegen auf, die Roses Augen tränen ließen. Trotzdem konnte sie den Blick nicht abwenden und sah, wie die kleinen Wesen das klumpige nasse Mehl und die schwimmenden Früchte mischten und alles mit dem aufkochenden Rum verrührten.

Einer der Trolle stieß mit der Nase an ein großes Stück Walnuss. Der Walnusskern flog aus dem Kessel wie ein Brocken Lava aus einem ausbrechenden Vulkan, fiel ins Feuer unter dem Kessel und ließ es auflodern.

»Gute Idee, das hier draußen zu machen«, sagte Nevika.

Rose wollte ihren Ohren nicht trauen. Hatte Nevika da soeben ein Kompliment ausgesprochen?
Während die Trolle zugange waren, flogen immer mehr Funken aus dem Kessel. Rote und silberne und goldene Glut sprühte heraus, und alle Umstehenden machten *ooh* und *aah*, als würde ein phantastisches Feuerwerk abgebrannt.
Schon bald jedoch erloschen die Funken, ebenso wie die Flammen unter dem Eisentopf. Eine wütende, hohe Stimme erscholl aus der Tiefe des Kessels.
»Wir haben unseren Teil erledigt, ihr rattengesichtigen Widerlinge!«, rief der unflätige Troll. »Her mit dem Blitz, damit wir wieder schlafen gehen können!«
Polly rückte die Schutzbrille zurecht und packte das zweite blaue Einmachglas. Sie schlug damit einmal, zweimal, dreimal an den Rand des Kessels, als würde sie ein Ei am Rand einer Schüssel aufklopfen.
Das Glas knackte und sprang auf.
Es entstand ein donnerndes Rumpeln und ein grell weißes Aufflackern. Rose spürte um sich einen Luftwirbel, und plötzlich stand sie nicht mehr am Boden, sondern flog rückwärts durch die Luft. Sie griff blindlings um sich und versuchte, irgendwo Halt zu finden, bis sie mit einem *Plumps!* in einer weichen Schneewehe landete.
Sie musste mehrmals blinzeln, ehe sie wieder klar se-

hen konnte. Dann erschien ihr wieder der rosig gefärbte Abendschein am Himmel. Ihr klingelten die Ohren, und sie hörte gedämpftes Rufen. War mit den anderen alles in Ordnung?

Devin half Rose aus der Schneewehe, und Tymo versuchte dasselbe bei Nevika, die seine ausgestreckte Hand jedoch geflissentlich übersah und alleine aufstand.

»Wow!«, sagte Basil und wischte sich die Stirn. »Das war vielleicht ein Ding! Ich kann kaum abwarten, es in *Harry der Schneemann: Blitz trifft auf Eis* zu beschreiben!«

Polly stand verstört neben dem Eisenkessel, die beiden jetzt verkohlten Hälften des Einmachglases noch in ihren Händen. Um ihre Schutzbrille hatte sich Ruß gesammelt, und ihr Haar stand in alle Richtungen ab.

Albert und Großvater Balthasar traten zu ihr. »Alles in Ordnung?«, fragte Albert und berührte ihr Gesicht.

Tante Lily kam angeschlendert. Sie sah in ihrem Webpelzmantel so makellos wie immer aus. »Das war in der Tat erschreckend!«

Ein runder weißer Kopf spähte um die Hausecke. »Alles mit euch da drüben in Ordnung?«, fragte Harry.

»Bestens!«, rief Basil zurück. »Bleib lieber vorne! Hier hinten brennt es noch immer!«

Harry salutierte und verschwand wieder um die Ecke.

Rose klopfte sich den Schnee vom Hosenboden. »Hat es geklappt? Haben wir den *Wichtel-Früchtestollen?*«
Albert griff sich die Zange und tauchte sie in den Kessel, um den Inhalt herauszuholen.
Wie Polly vorausgesagt hatte, waren die Trollwichtel verschwunden. Einzig übrig war ein verbrannter Kuchen, der mit verkohlten Stücken von kandierten Früchten und Walnüssen gespickt war.
Basil stieß das verbrannte Stück mit dem Ende von Alberts Zange an. »*Das* sollen wir essen? Sieht wie Holzkohle aus!«
»Schmeckt wahrscheinlich auch so«, sagte Tymo und verzog das Gesicht. Seine sonst zur Tolle gekämmten Haare hingen schlapp über die Stirn.
Polly schob die Schutzbrille nach oben. »Perfekt. Und es hat gar kein großes Feuer gegeben!«
»Stimmt, nur ein oder zwei Explosionen«, grummelte Großvater Balthasar. »Machen wir, dass wir aus der Kälte kommen. Meine alten Knochen fangen zu knarzen an.«
Als alle zurückgingen, blieb Rose noch etwas im Garten stehen. Sie holte die winzige Brille aus ihrer Gürteltasche und setzte sie auf. Sie konnte die goldene Spur, die der Schwan beim Wegfliegen hinterlassen hatte, immer noch erkennen.

Aber genau das war ein Problem. Sie konnte die Spur nur deshalb über dem schrägen Dach der Bäckerei sehen, weil der Schwan nach *oben* geflogen war. In den Himmel. Wie sollten sie der Spur nur folgen können?

Nevika sah Rose neugierig an, als sie in die Backstube zu den anderen zurückkam. »Was hast du? Alles scheint doch bisher nach Plan zu verlaufen.«

Großvater Balthasar, Albert, Nella, Gus und Jacques gingen nach oben, um sich zu waschen. Roses Brüder blieben mit Nevika und Devin da, während Polly und Tante Lily den verbrannten Früchtestollen auf einen Servierteller legten.

»Wir könnten ihn doch glasieren«, schlug Tante Lily vor. »Ein paar rote Zuckergussrosen machen ihn vielleicht … appetitlicher.«

»Ich glaube nicht, dass er gerettet werden kann, Tante Lily«, jammerte Basil.

»Es spielt keine Rolle, wie er aussieht«, sagte Rose. »Hauptsache, er hält uns warm.« Sie ließ sich in die Essnische sinken. »Das eigentliche Problem ist, dass ich nicht weiß, wie wir dem Eisschwan folgen sollen. Er ist doch *geflogen.*«

Nevika schnaubte abfällig. »Dann müssen wir natürlich auch fliegen.«

Devins Augen leuchteten auf. »Hey, gute Idee. Ich könnte

uns einen Tragschrauber konstruieren oder so was! Das will ich schon seit einer Ewigkeit versuchen.«

»Ich glaube nicht, dass wir dafür Zeit haben«, sagte Polly und wandte sich dem Backbuch zu.

»Lass uns mal überlegen«, sagte Tante Lily. »Wie wär's mit *Zuckrigen Feenflügeln*?«

Polly schob die Lippen vor und überlegte. »Das könnte eine Idee sein.«

Rose stand auf. »Flügel! Das ist nicht nur eine Idee, Mom, das ist genial!«

Basil hüpfte vor Aufregung. »Wir werden fliegen? Ich bin dabei!«

Polly schüttelte den Kopf. »Du nicht, Basil Glyck. Ich habe nicht vergessen, wie du heute Morgen heimlich nach Sitzmark mitgefahren bist. Du bleibst hier bei deinem Vater und mir und Nella.«

»Oooch!«, maulte Basil. »Mein Roman wird verlogen wirken, wenn ich nicht alles aus eigener Erfahrung berichte. Es muss authentisch klingen! Rose, sag ihr, dass ich helfen kann!«

Rose überhörte ihn. »Halt mal, Mom, kommst du etwa nicht mit?«

Nevika sah auch nicht glücklich über diese Eröffnung aus. »Mama Baridi ist sehr mächtig«, sagte sie. »Ich weiß nicht, ob Rose und ich sie allein stoppen können.«

Polly tätschelte Nevikas Arm. »Wenn das stimmt, was du gesagt hast, nämlich, dass noch mehr Unwetter in unsere Richtung kommen, dann brauchen wir jemand, der hier die Stellung hält, falls Calamity Falls oder einer der umliegenden Orte uns brauchen.«

»Was ich gesagt habe, *stimmt*«, sagte Nevika.

»Ich glaube dir«, sagte Polly. »Nun glaube du mir auch: Ich kenne meine Tochter. Das ist nicht ihre erste kritische Situation. Und deine auch nicht. Ich vertraue euch Mädchen.«

»Außerdem habt ihr mich«, sagte Devin. »Wo Rose hingeht, gehe ich auch hin.«

Tymo hakte die Daumen hinter seine Hosenträger. »Ich auch. Falls ihr Schutz braucht.«

Rose warf Nevika einen Blick zu. Sie wusste, dass das Mädchen es gewohnt war, alles alleine zu erledigen. Es war bestimmt schwierig für sie, sich auf andere zu verlassen. Und obwohl Rose nicht gerade begeistert war, dass Nevika mitkam, brauchten sie sie natürlich. Denn sie kannte ihre Mutter am besten.

»Also, was benötigen wir?«, fragte Rose.

»Wir haben fast alles da«, sagte Tante Lily und überflog das Rezept. »Das Einzige, das uns fehlt, ist …«

»Feenstaub«, beendete Polly Lilys Satz. »Der ist uns letzte Woche ausgegangen.«

»Wie kommt es, dass uns alles ausgeht?«, fragte Tymo.
»Tymo, du weißt doch, wie viel wir von unseren Vorräten um diese Zeit im Jahr brauchen«, sagte Polly. Sie grinste. »Zum Glück kenne ich einen ganz nahe gelegenen Ort, wo wir Feenstaub direkt aus der Quelle bekommen können.«

Kapitel 12
Feen-Zauber

Rose las das Flügelrezept laut vor. Es war schwierig zu finden gewesen, denn es war auf ein Stück Pergament geschrieben, das zusammengefaltet zwischen zwei Seiten des Backbuchs steckte.

Der 119. Internationale Familienwettkampf der Familie Glyck
Diesmal: Zuckrige Feenflügel,
um beim Sport einfach mal abzuheben!

Am siebten Tag des siebten Monats im Jahre 1987 trifft sich der Familienverband der Glycks aus aller Welt im reizenden Calamity Falls, Heimat des weltbekannten Calamity Falls-

Chors und der diesjährigen Gastgeber, Marisol und Pietro Glyck und ihrer Tochter Polly.

Nach dem Eingangsmenü, zubereitet von Balthasar (der wahrscheinlich wieder seine berühmte Polenta macht, bringt also eure eigene scharfe Sauce mit), beginnt das erste unserer Quinquagesimal-Spiele.

»Quin-kwa-was?«, fragte Basil dazwischen.

Rose runzelte die Stirn und las das Wort noch mal vor. »Keine Ahnung.«

»*Quinquagesima*«, säuselte Großvater Balthasar feierlich. »Das ist ein gewähltes Wort für ein fünfzigstes Jubiläum oder etwas, das alle fünfzig Jahre passiert. Wie *sesquintesima*.«

»Auch nicht viel besser«, sagte Rose.

»Warum werden die Spiele so genannt?«, fragte Basil.

»Weil sie nur … alle fünfzig Jahre gefeiert werden«, sagte Tante Lily und stieß Großvater Balthasar sanft an. »Lies weiter, Rose.«

Rose räusperte sich und fuhr fort.

Bei diesem Spiel müssen sich die Spieler in den Himmel über dem Spielfeld erheben und bunte Pfeile herumwerfen. Deshalb sollten alle Spieler ein Paar handgefertigter Zuckriger Feenflügel mitbringen, gemäß dem angeführten Rezept.

Es folgte nun auf dem Einladungsblatt eine gedruckte Liste mit Zutaten, samt einiger zusätzlicher Notizen in einer schnörkeligen Handschrift, die wie die Schreibversuche von Nella aussahen.
»Das ist meine Kinderschrift«, sagte Polly. »Das ganze Spiel war meine Idee, aber es stand von Anbeginn unter einem Fluch. Zum einen ist Rasen-Darts wegen der Metallpfeile gefährlich – deshalb ist es inzwischen verboten! Zum anderen – auch wenn allen die Vorstellung von Flügeln gefiel – waren diese nicht so praktisch in dem plötzlich aufkeimenden Sturzregen. Die Hälfte der Flügel zerlief, und alle fielen samt den Dart-Pfeilen auf das Spielfeld!«
»Wie ich mich erinnere«, sagte Großvater Balthasar, »gewann ich das Match, weil ich beim Stürzen direkt auf dem Zielpunkt landete.«
»Es war eine Katastrophe«, sagte Polly. »Aber das Rezept gefiel uns doch so sehr, dass wir es in das Backbuch einfügten – mit Verbesserungen.« Sie deutete auf die Seite. »Jeder steuerte Ideen bei, wie man sie haltbarer machen könnte.«
Eine rasche Inventur der Backstube bestätigte, dass sie alles hatten, um vier Paar goldener, gehärteter *Zuckriger Flügel* zu machen – abgesehen von der wichtigsten Zutat – dem Feenstaub.

»Woher sollen wir *den* bekommen?«, fragte Rose, während Tante Lily mehrere kleine Schälchen aufstellte und sie mit Obst und Sahne füllte.
»Ganz einfach! Keine Fee kann einer Gabe von frischem Obst widerstehen«, sagte Lily. »Wenn sie sonst nur die Reste von Mrs Carlson bekommen, wird das eine willkommene Abwechslung für sie sein!«
»Mrs *Carlson*?«, wiederholte Rose verwirrt.

Aus diesem Grund fand sich Rose eine Stunde später im Haus ihrer Nachbarin wieder und kauerte neben einem Schrank, wo sie nach Feen Ausschau hielt.
Mrs Carlson war die gelegentliche Babysitterin der Glycks, eine verschrobene Schottin mit einer Vorliebe für glitzernde, zeltartige Blusen und – so hatte Roses Mom erklärt – mit ungezügeltem Feenbefall. »Jedes Mal, wenn sie zu Besuch nach Schottland fährt, verstecken sich die kleinen schottischen Kobolde in ihrem Gepäck«, berichtete Polly, während sie Nella warm einpackte. »Ich werde unsere liebe Nachbarin also ablenken, und ihr Kinder lockt die Feen heraus.«
Mrs Carlson war in einem Pullover an die Tür gekommen, der mit roten Pailletten bestickt war, dazu trug sie Ohrringe in Form von Weihnachtsbäumchen. Ihr graues Haar war leuchtend gelb gefärbt. »Ah, Familie

Glyck! Wie schön, Sie zu sehen! Sie brauchen wohl eine Babysitterin?«

»Keineswegs, Mrs Carlson!« Polly hielt eine Flasche Sherry hoch, die sie mit einem Seidenband umwickelt hatte. »Wir wollten Ihnen nur ein frohes Weihnachtsfest wünschen!«

Mrs Carlson strahlte. »Ihnen auch fröhliche Weihnachten. Kommen Sie rein, Mädchen, und schenken Sie mir gleich mal einen Doppelten ein!« Sie sah Rose und ihre Geschwister an. »Und ihr seid auch alle dabei – da können wir ja eine Party feiern!«

Rose, Tymo, Basil und Nella drängten sich in die Diele, stellten Devin und Nevika vor und versteckten die kleinen Schälchen mit Apfel- und Orangenschnitzen und die mit Honig beträufelte Sahne unter ihren Mänteln, damit Mrs Carlson nicht annahm, dass das Geschenke für sie wären.

Rose hatte befürchtet, es könnte womöglich schwierig werden, sich zu verdrücken, aber Mrs Carlson war nur auf den Sherry erpicht. »Kommen Sie ins Esszimmer«, sagte sie zu Polly. »Dort stehen meine speziellen Sherrygläser.«

Als Rose und die anderen Kinder den Gang entlangschlichen, hörte Rose, wie ihre Mutter sagte: »Wie ich sehe, sind Sie mit dem Auspacken vorangekommen!«

Obwohl Mrs Carlson schon in Calamity Falls lebte, solange Rose zurückdenken konnte, standen immer noch überall fleckige unausgepackte Umzugskartons herum – an den Wänden der Zimmer und als hohe Stapel in der Diele.

»Ich weiß schon, dass ich mich endlich damit befassen sollte«, sagte Mrs Carlson. Ein lautes Schlürfen drang durch den Flur, und Mrs Carlson stieß einen zufriedenen Seufzer aus. »Aber erst mal brauche ich noch ein Glas von diesem feinen, feinen Geschenk, das Sie mir mitgebracht haben!«

»Klingt, als ob sie 'ne Weile beschäftigt ist«, sagte Nevika. Sie klappte einen Karton auf und spähte hinein.

»Ich wette, dass in einem von diesen Kartons eine ganze Wohnung voller winziger Feenmöbel steckt!«, sagte Basil.

»Ich will ein Feenhaus sehen, Rosie!«, quietschte Nella und versuchte, in einen Karton neben der Standuhr zu schauen.

»Vielleicht bringt dir ja der Weihnachtsmann eines.« Rose schob ihre kleine Schwester auf eins der hinteren Zimmer zu. »Vielleicht sind hier hinten welche.«

»Hier, kleine Feen«, lockte Basil, der den anderen in das düstere Zimmer folgte. »Wir haben was Leckeres für euch!«

»Eiscreme!«, quietschte Nella neben Rose. »Alle mögen Eiscreme!«

»Pscht!«, machte Devin und kauerte sich neben sie. »Wir müssen leise sein, Nella.«

In einer Ecke des Zimmers lagen Stapel vergilbter Zeitungen, in einer anderen standen Wäschekörbe aus Plastik, die vor schimmernden Blusen überquollen. Auf einem niedrigen Tisch mit zerkratzter Tischplatte lagen Unmengen von alten Zeitschriften.

Und dann die kleinen Figuren!

An der Breite einer ganzen Wand standen Vitrinen, die mit Porzellanfigürchen gefüllt waren: Hunde aller Rassen, vergoldete, rotwangige Büsten schottischer Könige, großäugige Putten mit Engelsflügeln und so weiter.

»Sie beobachten uns«, flüsterte Devin Rose zu. »Ich bin ziemlich sicher, dass mich die kleine Vogelscheuche dort angeknurrt hat.«

Nevika huschte an ihnen vorbei. »Sei nicht albern. Das sind doch nur Porzellanfiguren.« Sie wedelte mit einer Orange, die mit Nelken gespickt war, in der Luft herum. »Ihr Feen! Seht her. Kommt und esst Obst, damit ihr keinen Skorbut kriegt.«

Basil hielt zwei Äpfel hoch. »Zwei Schnitze hiervon, und ihr müsst nie wieder zum Arzt!«

»Vielleicht sind sie eher an einem umwerfend attrak-

tiven Jungen interessiert«, sagt Tymo grinsend. »Hallo, ihr Feen, wie wär's mit einem Muskelprotz?«
Basil gackerte und ließ seine Äpfel beinahe fallen.
»Da hat sich was bewegt!« Devin deutete zitternd auf die mittlere Vitrine. »Diesmal bin ich sicher!«
»Ich weiß, diese Räume sind unheimlich«, sagte Rose, »aber wir müssen uns konzentrieren, damit wir –«
Eine blasse Gestalt, die nur ein paar Zentimeter groß war, löste sich plötzlich von den anderen auf dem Brett und schlängelte sich zwischen einem Porzellanschäfer und seinem Schaf hindurch. Die Haut des kleinen Wesens war silbrig und schimmerte leicht, und ein Paar durchsichtige Flügel entfalteten sich auf seinem Rücken. Weiße Locken fielen der Figur über die Stirn, und sie blinzelte die Kinder mit großen schwarzen Augen neugierig an.
»Hi!«, sagte Rose. »Wir haben euch ein paar Geschenke mitgebracht. Wir brauchen nämlich eure Hilfe.« Sie kniete sich vor die Vitrine und hielt ihr Schälchen mit Sahne und Honig hin. Die Fee beugte sich vor und schnupperte.
»Sahne«, sagte die Fee. Dann fauchte sie knurrend: *»Honig.«*
»Du – du magst das nicht?«, fragte Nevika. »Man hat uns gesagt –«

Eine Porzellanballerina auf Spitze wurde von einem der oberen Bretter geschubst und fiel an Rose vorbei. Rose fuhr zurück und verschüttete etwas von der mit Honig gemischten Sahne auf Mrs Carlsons alten Läufer.

»He!«, sagte Rose. »Du hast mich damit fast erwischt!«

»Wollte ich ja auch.« Eine zweite Fee sah sie von oben an. »Ihr habt ja keine Ahnung, was Wesen wie uns schmeckt!«

»Na gut. Dann sagt uns doch, *was* euch schmeckt?«, sagte Basil und schlug sein Notizbuch auf. »Basil Glyck Hearst, Chronist der Wahrheit – zu euren Diensten.«

Die Feen schlugen rasch mit den Flügeln. Ihre glänzenden schwarzen Augen fixierten Nella.

»*Sie*«, sagten die kleinen Wesen gemeinsam.

Tymo versteckte Nella hinter sich. »Kommt nicht in Frage, ihr kleinen Monster. Unsere Schwester steht nicht zur Verfügung.«

Die Fee auf dem hohen Brett sauste herunter und landete auf den Zeitschriften. Ihre Gefährtin brauste dicht an Roses Nase vorbei und folgte der anderen.

»Frisst … Kinder …«, murmelte Basil und kritzelte in sein Notizbuch.

»Nein!«, kreischte Nella und klammerte sich an Tymos Beine. »Nicht mich essen! Bitte!«

»Ihr wollt unsere Hilfe«, knurrte die erste Fee, »dafür fordern wir unseren Tribut!«
Rose wusste nicht, was sie tun sollte – sie wusste nur, dass es nicht in Frage kam, dass die grässlichen kleinen Dinger ihre Schwester holten. Ehe sie sich rühren konnte, ertönte ein Aufjaulen durch den engen Raum, und eine buschige graue Gestalt sprang durch die Luft.
»Gus!«, schrie Nella.
Mit einem *Plumps!* landete der Kater auf dem mit Zeitschriften bedeckten Tisch, und die verblichenen Hochglanzblätter rutschten zu Boden. Eine der Feen wurde von einer alten italienischen Ausgabe einer *Vogue* mitgerissen. Sie kreischte, als sie über den Tischrand segelte.
»Ein Kater?«, schrie sie. »Ihr habt eine Katze mitgebracht?«
Ehe die andere Fee reagieren konnte, hielt Gus sie mit den ausgefahrenen Klauen seiner Pfote fest. Die erschrockene Fee schlug um sich und boxte mit ihren kleinen silbrigen Fäusten auf den Kater ein.
Rose drehte sich zur Tür um, denn sie erwartete, dass Mrs Carlson und ihre Mutter hereinstürzen würden. Aber die Stimmen der Frauen hallten immer noch munter aus dem vorderen Zimmer herüber – sie hatten nichts von der Aufregung mitbekommen.

»Bist du die ganze Zeit hier gewesen?«, fragte Rose den Kater.

»Wo Nella hingeht, da gehe auch ich hin«, näselte Gus. »Außerdem, ich würde mir nie die Gelegenheit entgehen lassen, das Heim einer schottischen Landsfrau zu besuchen.«

Mit zusammengekniffenen Augen sah er die Fee an. »Und was *dich* angeht, du lästige kleine Mücke, das Mädchen wird gegen gar nichts eingetauscht. Ich bin ihr Beschützer, und wenn der Kleinen *jemals* etwas passiert, dann bist du als Erste dran.«

»Warte!«, piepste die andere Fee. »Wir haben doch nur einen Scherz gemacht! Meine Güte! Die Menschen sind ja so empfindlich geworden.«

Nevika lachte spöttisch. »Schlechter Scherz. Wer droht denn damit, Kinder zu entführen, wenn man um Hilfe bittet? Also *echt.*«

Die Fee unter der Pfote von Gus versuchte sich frei zu strampeln. »Feen haben eben ihren eigenen Sinn für Humor.« Sie keuchte vor Anstrengung, konnte der Pfote des Katers jedoch nicht entwischen. »Wir fressen das kleine Mädchen schon nicht. Glücklich?«

»Noch nicht«, schnarrte Gus. »Was brauchst du von diesen lästigen Dingern, Rose?«

»Feenstaub«, sagte Rose.

»Nur eine Tasse!«, sagte Devin und hielt eine Teetasse hin, die er mitgebracht hatte.

Die Fee, die frei war, seufzte. »Ihr Menschen, immer seid ihr hinter dem her, was wir von unseren Füßen abhobeln. Wirklich eklig, aber wenn ihr meine Gefährtin freilasst, sind wir einverstanden.«

Rose nickte zustimmend. »Abgemacht.«

Die Fee flatterte hoch, entriss Devin die Teetasse und verschwand in einer weißglühenden Rauchwolke.

»Feenstaub ist, was sie sich von den Füßen hobeln?«, fragte Devin schockiert.

Rose zuckte mit den Schultern. »Manchmal ist es klüger, den Ursprung von Zauberzutaten nicht zu ergründen.«

Wieder explodierte ein Rauchwölkchen, und die Fee kam zurück. Die Teetasse war mit silbern schimmerndem Staub gefüllt.

»Danke«, sagte Rose. »Ihr könnt die Sahne und das Obst trotzdem haben, wenn ihr wollt.«

Gus lockerte den Druck seiner Pfote, und die zweite Fee machte sich endlich frei. »Schöner Trostpreis«, murmelte sie und klopfte sich den Po ab. Gus fauchte.

»Äh, aber wir nehmen euer Angebot an«, setzte die Fee rasch hinzu. »Danke, großmächtiger Kater.«

»Na, das klingt *schon* besser«, sagte Gus und putzte

sich die Pfote. »Lass uns von hier verschwinden, Rosmarin.«

»Am besten fangen wir gleich an«, sagte Rose, als sie mit ihrer Mutter, Devin und Nevika wieder die Backstube der Glücksbäckerei betrat. Tymo und Basil hatten Nella nach oben gebracht, um ihr den Schneeanzug auszuziehen.

»Wenn wir schnell arbeiten«, sagte Rose, räumte den Küchenblock frei und stellte die Tasse mit Feenstaub ab, »sind wir wahrscheinlich gegen drei Uhr fertig!«

»Drei Uhr?«, fragte Devin müde. »Du meinst echt um drei Uhr in der Frühe?«

»Natürlich«, sagte Nevika und holte sich eine Schürze. »Hast du denn noch nie die Nacht durchgebacken?«

»Das hat er bestimmt nicht«, sagte Polly zu Nevika. »Und heute Nacht macht ihr zwei das auch nicht.«

»Aber Mom –«, protestierte Rose.

»Mrs Glyck, meine Mutter ist –«, sagte Nevika gleichzeitig.

Polly hob beide Hände, um sie zum Schweigen zu bringen. »Keine Widerrede. Ich bin die ältere Meisterbäckerin, und die Regeln unseres Ordens besagen, dass ihr meinen Anordnungen untersteht.«

»Aber der Feenstaub, den ich auf den Schwan gepustet

habe!« Rose deutete theatralisch zum Küchenfenster.
»Mom! Der wird morgen garantiert nicht mehr zu sehen sein!«
»In diesem Wetter? Der Feenstaub ist auf Tage in der Luft festgefroren. Ihr Mädchen habt eine unglaublich lange Reise vor euch. Ihr braucht Schlaf.« Polly scheuchte die Mädchen und Devin mit einem karierten Geschirrtuch aus der Backstube. »Ihr könnt die *Zuckrigen Feenflügel* Tante Lily und mir überlassen.«
Rose wollte noch etwas einwenden – doch die Schwingtür fiel bereits hinter ihr zu. Ihre Mutter hatte entschieden.
Devin streckte sich und konnte ein Gähnen kaum unterdrücken. »Ich gehe besser mal heim und sehe nach, wie meine Eltern zurechtkommen. Wir sehen uns dann morgen früh, Rose.«
Rose begleitete ihn widerwillig zur Ladentür, dann kam sie zurück.
»Und ich gehe mal …«, fing Nevika zu sagen an und sah unbehaglich aus dem Fenster.
»Nach oben mit mir«, sagte Rose seufzend. »Ich habe einen Schlafsack.«

Nevika rief kurz ihren Fahrer an, dann machte sie es sich in Roses Bett bequem. Rose dagegen legte sich auf dem Boden schlafen. Das war nicht gerade bequem, aber der Tag war so lang und anstrengend gewesen, dass sie sofort einschlief.

Einmal wachte sie in der Nacht auf und hörte leises Weinen. *Nevika.*

»Alles in Ordnung?«, flüsterte Rose. »Soll ich meine Mutter holen?«

Nevika schniefte. Durch die Dunkelheit flüsterte sie zurück: »Nein, ich bin nur müde.«

Lange Zeit lagen sie im Dunklen. Die einzigen Geräusche waren ihr Atmen und das ferne, gedämpfte Scheppern von Töpfen, das von unten kam, wo Polly, Albert, Tante Lily und Großvater Balthasar die Nacht durcharbeiteten.

»Du hast ein schönes Bett«, sagte Nevika. »Danke, dass du es mir überlässt.« Dann setzte sie schnell hinzu: »Aber natürlich gebührt dem Gast immer das Bett.«

»Natürlich«, pflichtete ihr Rose bei. Nach einem weiteren schweigenden Moment sagte sie: »Ich habe ehrlich gesagt noch nie einen Übernachtungsgast, geschweige denn eine Pyjamaparty oder so etwas gehabt. Bei uns geht es immer so verrückt zu mit meinen ganzen Geschwistern und der ganzen Backerei, dass für so etwas keine Zeit bleibt.«

»Ich hatte das auch noch nicht«, sagte Nevika. »Die

Mädchen aus meiner Klasse finden mich zu ernst und wollen nie kommen.« Sie schwieg, dann fuhr sie fort: »Ich sollte mich wohl bei dir entschuldigen. Das tue ich sonst nie, aber ich glaube, ich war heute gemein. Tut mir sehr leid. Es war, weil … weil ich Angst hatte.«

»Oh.« Rose hatte nicht wirklich erwartet, diese Worte von einer Rivalin wie Nevika zu hören. »Ich entschuldige mich auch«, sagte Rose leise. »Normalerweise schreie ich nie. Ich glaube, es lag an diesen ganzen Notsituationen, die Schlag auf Schlag kamen.«

»Okay«, sagte Nevika und rollte sich im Bett zusammen. »Danke.«

»Ganz meinerseits«, sagte Rose.

Die Mädchen wurden still. Bald wurde ihr Atem gleichmäßiger, und Rose begann zu träumen – von Wintergewittern und einer Frau, die vor sich selbst gerettet werden musste.

Es wurde spät hell, wie üblich im Winter. Rose und Nevika tappten nach unten, während es noch dunkel war, und konnten karamellisierten Zucker riechen. An der Ladentür hing das Geschlossen-Schild, und Polly musterte vier Paar steife goldene Flügel, die sie auf den Bistrotischen ausgelegt hatte. Sie hatten alle mindestens eine Spanne von einem Meter, und jedes Paar nahm einen ganzen Tisch ein.

Polly hatte Ringe unter den Augen, und ihre Bluse war zerknittert, doch sie lächelte den Mädchen warm zu und winkte sie herbei.

»Ausgezeichnete Arbeit«, sagte Nevika und fuhr mit dem Finger an einem der Flügel entlang.

Rose hätte es nicht besser ausdrücken können. Die großen, zarten Flügel waren wie Schmetterlingsflügel geformt und mit geschwundenen Zuckerschnörkeln und Blüten in zarten Orange- und Pinktönen verziert. Glitzernder Feenstaub schimmert durch den gehärteten Zucker.

»Ihr kennt doch Tante Lily«, sagte Polly und eilte zum Ladentisch der Bäckerei. »Sie hat's einfach drauf, alles hübsch zu machen. Hier, esst mal zum Frühstück von dem *Wärmenden Wichtel-Früchtestollen,* den wir gestern gemacht haben. Ich sehe zu, dass eure Brüder aufstehen, sobald die Flügel bereit sind.«

»Du meinst, Basil kommt nun doch mit?«, fragte Rose und nahm eine Scheibe des verbrannten, mit Nüssen gespickten Kuchens entgegen. »Was ist mit Devin?«

»Es hat leider einen Donut-Notstand gegeben«, sagte Polly und schnitt eine Scheibe für Nevika ab. »Mrs Stetson hat vorhin angerufen. Sie will Devin später herschicken, um uns auszuhelfen, aber das ist zu spät.« Sie schüttelte den Kopf. »Wir haben für das vierte Flügelpaar so lange gebraucht, dass ich es ungern ungenutzt lassen will. Deshalb … darf Basil euch helfen.«

»Verrat es ihm nicht«, sagte Nevika zu Rose, »aber ich finde Basil echt *köstlich.*«

»Mmhm-hmm!« Rose schob sich ein großes Stück von dem Stollen in den Mund, um nicht antworten zu müssen.

Der schwere Kuchen rutschte ihr in den Bauch, und Rose spürte, wie ihr die Wärme durch alle Glieder und bis in die Finger- und Zehenspitzen drang. Es war eine andere Hitze als das feurige Empfinden, das die *Knieküchle* und die *Schoki* ausgelöst hatten. Ihr Körper glühte wie von einem warmen Kribbeln, als sei ihre ganze Haut eine voll aufgedrehte Heizdecke.

Als beide ihren *Wärmenden Wichtel-Früchtestollen* verspeist hatten, stellten Rose und Nevika eine Ausrüstung zusammen. Rose steckte das Backbuch in ihren Rucksack und überprüfte, ob ihre Gürteltasche für alle Fälle aufgefüllt war mit allen möglichen kleinen Fläschchen. Nevika fand einen Eisenkessel, außerdem noch einige Standardzutaten, die in den Regalen und im Kühlschrank standen. Sie verstaute alles in einem alten Rucksack von Rose.

Dann versammelten sich alle vor dem Laden, wo Harry zerstreut auf dem Rasen hin und her rollte. Er schien noch größer geworden zu sein – so groß, dass jemand, der aus dem Fenster in ersten Stock blickte, seinen Zylinder vorbeiwippen sehen konnte. Er winkte den Mädchen mit seinen Reisigarmen zu.

»Du wirst uns fehlen, Harry«, sagte Rose.

»Aber ich folge euch doch!«, verkündete der Schneemann. »Am Boden natürlich – zum Fliegen bin ich zu schwer, und der Wind könnte meine Teile auseinanderpusten. Aber ich komme auf jeden Fall mit.«

»Das ist ja eine gute Nachricht!«, sagte Nevika, und Rose hatte den Eindruck, dass sie es ehrlich meinte.

Harry klatschte in die Reisighände. »Sagt, ist das nicht aufregend? Wir werden dem winterlichen Schurken endlich Einhalt gebieten!«

»Ganz genau!« Basil stürzte aus der Bäckerei. Er trug einen Leinensack über der Schulter, der fast platzte, so vollgestopft hatte er ihn mit Sachen, die er zusammengesucht hatte. »Und ich bin da, um Harrys Heldentaten aufzuzeichnen für *Harry der Schneemann: Mut zur Kälte.*« Er riss am Kragen seines Wintermantels. »Wow, mit einem Bauch voller Wichtelkuchen ist es echt warm hier draußen. Ich wette, ich könnte nackt mitkommen und würde immer noch glauben, auf Kohlen zu gehen.«

»Bitte nicht«, sagte Rose.
»Das will absolut keiner sehen, Bruderherz.« Tymo kam mit Polly aus der Bäckerei. Beide schleppten jeweils zwei Paar riesiger Flügel, die sorgfältig aufeinandergelegt waren.
»Mir wird immer besonders warm, wenn ich mit einer kuschle, die mir gefällt.« Tymo zwinkerte. »Du verstehst, was ich meine, Nevika?«
»Ich verstehe gar nichts.« Sie wandte sich abrupt ab.
Die Ladentür der Bäckerei ging ein letztes Mal auf, und Gus kam heraus. Zwischen seinen Schulterblättern saß Jacques. »Hast du für uns keine Flügel gemacht, Polly?«
»Nein«, sagte Polly, »denn ich weiß ja, dass du es vorziehst, getragen zu werden, Asparagus.«
Jacques kicherte. »Ah, Sie kennen den Kater ja sooo gut, Madame Glyck!«
Tymo stopfte Gus unter seinen dicken Mantel, und Basil steckte Jacques unter seine Wollmütze. Rose zog die winzige Goldrandbrille aus der Tasche und setzte sie auf die Nase. Genau wie ihre Mutter vorausgesagt hatte, war die Spur des goldenen Feenstaubs noch sichtbar, fest in den Himmel gefroren. Sie zog sich nach Norden.
»Ich glaube, wir sind so weit«, verkündete Rose. »Abflug!«

Polly riet Rose, Basil und Nevika noch, ihre Rucksäcke falsch herum zu tragen – so dass sie am Bauch hingen –, damit ihre Rücken für die Flügel frei wären. Mit einer Klebepistole, die mit einer besonderen, schnell härtenden Zuckerlösung gefüllt war, klebte Polly den Kindern nacheinander jeweils ein Paar der Flügel an.

Rose hatte erwartet, dass die Flügel schwer und starr sein würden, aber sie waren so leicht und luftig, dass sie sie kaum spürte. Sie machte einen runden Rücken und spürte, wie sich die Muskeln zwischen ihren Schultern spannten – und mit dieser Bewegung fingen die Flügel zu flattern an. Ein Schauer lief Rose über den Rücken. Die Flügel fühlten sich nicht nur lebendig an – Rose hatte das Gefühl, dass sie durch den Stoff ihres Mantels mit ihrem Körper verschmolzen waren. Als ob sie ein natürlicher Teil von ihr wären.

Nachdem ihre Brüder und Nevika schließlich ebenfalls mit Flügeln versehen waren, verschlug es Rose den Atem. Sie waren zu menschengroßen Feen geworden – Feen in Jeans und Wintermänteln. Die Flügel glitzerten in der Morgensonne, und mit jedem Flügelschlag rieselte etwas Silberstaub zu Boden und legte sich auf das beraureifte Gras.

»Wie funktionieren die Flügel denn genau?«, fragte Nevika. Ihre Flügel zuckten nervös.

»Der Feenstaub, der ja mal Teil der Feen war, hat gespeichert, wie man fliegt«, sagte Polly. »Die Flügel wissen also instinktiv, was sie tun müssen. Wenn ich mich recht an unser Dartspiel damals auf dem Rasen erinnere, dann ist die eigentliche Schwierigkeit, sich nicht gegen die Flügel zu wehren, sondern ihrem Rhythmus zu folgen und sich leiten zu lassen.«

»Kinderspiel!«, sagte Tymo. Er stapfte an den schneebedeckten Straßenrand und streckte die Arme himmelwärts. Er ging in die Knie, sprang auf – und landete prompt wieder auf dem matschigen Gehweg. Seine Flügel schlugen träge weiter. Verlegen drehte er sich um. »Vielleicht müssen wir einen Zauberspruch aufsagen?«

Rose konnte zwischen ihren Schulterblättern so etwas wie ein nervöses Zucken spüren – es erinnerte sie an das Gefühl, wie ihre Beine zappelten, wenn sie zu lange in der Schulbank eingepfercht war.

»Die Flügel *wollen* fliegen«, sagte sie und trat neben ihren Bruder. »Sie müssen nur den Dreh kriegen.«

Tymo verneigte sich sarkastisch vor ihr, so dass seine Flügel wie Rückenflossen in den Himmel ragten. »Dann zeig uns doch gefälligst mal, wie man den Dreh bekommt, Meisterbäckerin –«

Er brach abrupt ab, als er sah, dass Rose plötzlich ein paar Zentimeter über dem Gehweg schwebte.

Rose schloss die Augen, atmete tief aus und entspannte sich total. *Fliegt,* dachte sie.
Und schon flog sie.
Sie schnappte kurz nach Luft, als sie hinunterblickte und sah, wie ihre Stiefelspitzen in der Luft baumelten. Sie hatte kaum bemerkt, dass sie aufgestiegen war.
Rose konnte spüren, wie sich die Flügel an ihrem Rücken regelmäßig ausbreiteten und wieder schlossen und sie mit jedem Luftzug höher über die Straße trugen.
»Ich hebe ab!«, rief sie, reckte den Körper und streckte die Arme hoch, so wie Tymo es gemacht hatte. »Bis bald, Mom!«
Und plötzlich schwebte sie nicht mehr – sie flog.
»Achte auf Sturmböen!«, rief Polly von unten. »Versuche, nicht zu schnell zu fliegen, Kleines!«
Doch rasch wurden die Worte ihrer Mutter ganz übertönt. Wind rauschte an Rose vorbei, zerzauste ihr die Kleider und blies ihr die Haare aus dem Gesicht. Die Wipfel der Bäume, die Calamity Falls umgaben, ragten nicht mehr über ihr auf, sondern waren in Augenhöhe und verschwanden schließlich aus ihrem Blickfeld.
Die Luft hier oben wurde dünn, und die Sonne blendete so hell wie ein Scheinwerfer. Rose drückte ihren Rucksack an die Brust. Der kalte Höhenwind schnitt ihr in

die Wangen, aber die Wärme des Früchtestollens durchflutete immer noch ihr Blut.

Unter ihr wurde Calamity Falls zu einer von Raureif überzogenen Spielzeugstadt mit weißen Schneekappen. Ein Stück weiter lag die Landschaft noch ganz unter einer weißen Decke – die Gänse hatten es mit ihrem Zauber nicht geschafft, den *gesamten* Schnee zu besiegen.

So leicht sich Rose auch fühlte, es legte sich doch plötzlich eine schwere Last auf ihre Schultern, als ihr klarwurde, wie viel Arbeit noch zu erledigen war.

»Oh, *wow*!« Rose drehte sich um und sah Nevika neben sich heranflattern. Sie sah strahlend aus. Sonnenlicht leuchtete um ihre braunen Wangen und brach sich in ihren goldenen Flügeln.

Nevika breitete die Arme aus und ließ sich den kalten Wind durch die Haare gleiten. »Ich bin noch nie geflogen«, sagte sie. Zum ersten Mal sah Rose, wie sich ihre Lippen zu einem echten Lachen verzogen.

»Ich auch nicht.« Rose ließ sich in gemächlichen Kreiselbewegungen tragen, wie der Samen einer Pusteblume, der träge in der Sommerbrise schwebte. »Wo sind Basil und Tymo?«

Beide blickten nach unten. Polly stand klein wie eine Ameise auf dem Rasen vor der Bäckerei, Harry sah wie

ein großer weißer Käfer aus. Die Häuser waren kleine Figürchen, fast wie die in Mrs Carlsons verstaubten Regalen.
»Halt dich fest, Jacques!«, hörte Rose Basil rufen und sah, wie er neben ihr und Nevika auftauchte, dicht gefolgt von Tymo.
Basil stieg an ihnen vorbei immer höher in den Himmel, wirbelte herum, machte eine Sturzspirale und drehte Loopings, als sei er ein Jagdflieger aus einem Film.
»Sei vorsichtig!«, rief Nevika. »Die Zuckerglasur kann brechen, wenn du zu ruppig damit umgehst!«
»Hör auf uns!«, rief Tymo, der Gus wie ein Baby in den Armen hielt. »Immer mit der Ruhe, Basil!«
»Pah«, sagte Basil, wurde jedoch etwas vernünftiger und langsamer. Er drückte seinen Rucksack fest an sich. »Ihr seid ja vielleicht lahm!«
Nachdem alle vier beieinander waren, nahm Rose wieder die Spur des Feenstaubs ins Visier. Durch die Zauberbrille sah sie, wie sich die glitzernden Fünkchen nach Norden zogen. »Dorthin, Leute!«
Die Flügel trugen sie voran. Ihre Schals flatterten hinter ihnen im Wind. Roses Empfinden nach flogen sie ganz gemächlich dahin – aber ähnlich wie in einem Flugzeug, das in der Luft zu stehen scheint, sauste die Welt unter ihnen mit enormer, Geschwindigkeit vorbei.

So flatterten Rose und die anderen drei über breite Streifen weißer Felder und dunkler Wälder und über andere Städte wie Calamity Falls, Sitzmark und Little Mogul.

Soweit sie von oben sehen konnten, waren die meisten Orte nicht mehr durch Schneestürme gefährdet. Auf den Straßen fuhren Autos, und man sah Weihnachtslichter blinken. Einige Orte waren noch eingeschneit, die Fenster waren dunkel und die elektrischen Hochspannungsleitungen abgerissen. Trotzdem sah es aus, als sei das schlimmste Unwetter vorüber. Im Osten konnte Rose den Atlantik wie eine schwarze Linie an die felsigen Küsten schlagen sehen.

Je weiter die Spur des Feenstaubs nach Norden führte, desto weniger Häuser sahen sie und desto dichter wurden die Wälder, bis sie schließlich über eine menschenleere Wildnis kamen.

»Dort!«, rief Rose, während sie dahinsegelten.

Vor ihnen reckten sich zerklüftete Felsen in den Himmel, deren schroffe Spitzen aus einer dichten Wolkendecke ragten. Die glitzernde Spur führte direkt durch eine breite Schneise zwischen den Felsen.

»Fliegen wir dort hinein?«, rief Nevika. »Da sieht etwas unheimlich aus, als ob ein dunstiger Vorhang in der Schneise zwischen den Felsen hängt!«

»Das ist nur Nebel!«, rief Rose zurück. »Wir müssen der Spur folgen!«
Nevika wirkte skeptisch, aber sie ließ Rose voranfliegen. Basil und Tymo folgten.
Als sie sich den Felsen näherten, war sich Rose auf einmal nicht mehr so sicher. Es sah tatsächlich so aus, als hinge da ein schimmernder Vorhang zwischen den Gipfeln – aber das Tempo der Kinder war jetzt viel zu schnell, um abzuschwenken.
Rose holte tief Luft und zwang ihre magischen Zuckerflügel per Willenskraft, sie rascher dahinzutragen. Sie schloss die Augen, als sie bei dem dunstigen Vorhang ankamen –
– und stieß einen erschrockenen Schrei aus, als sie an Kopf, Gliedmaßen und Rücken von Geschossen aus Eis getroffen wurde und ihre Flügel in Hunderte zuckriger Scherben zerbarsten.
Rose stürzte ab.

Kapitel 13
Tinaka

Rose hatte nicht mal Zeit zu schreien.
Sie stürzte so schnell hinunter, dass es ihr die Luft nahm und sie Nevika und ihren Brüdern nichts zurufen konnte.
Sie zog die Beine an, hob die Arme schützend über den Kopf und machte sich auf den Aufprall gefasst.
Und fiel mit Schwung in eine weiche, kalte Decke aus blendendem Weiß.
Einen halben Wimpernschlag später wurde die Welt wieder dunkel.
Spuckend und prustend versuchte sie sich aufzusetzen, merkte dann aber, dass sie vergraben war. Sie schaufelte mit den Händen um sich, bis sie sich befreien und

kalte Luft einatmen konnte. Dann schlängelte sie sich durch das Luftloch nach oben. Nach ein paar Sekunden schaffte sie es, sich aufzurichten, und kurz danach hatte sie sich ganz ausgegraben und ließ sich auf den Rücken fallen.

Der Schnee war hier so dick und schwer, dass er ihren Absturz abgedämpft hatte.

Sie war auf einem schmalen Streifen Land zwischen zwei hohen, gezackten Felsgipfeln gelandet, in einem kleinen Tal, dass zwischen den unüberwindbaren Felsen lag, die sich so weit erstreckten, wie Rose sehen konnte.

Die goldenen Scherben ihrer Flügel waren um sie verstreut. Rose schüttelte sich Schnee vom Kopf und spuckte Schnee aus.

Ich lebe noch, dachte sie überrascht.

Und bin allein.

»Nevika!«, rief Rose und kam mühsam auf die Beine. »Tymo! Basil! Seid ihr in Sicherheit?«

Prustend kämpfte sich Gus aus einer Schneewehe in der Nähe. »Was für ein Sturz!«, rief er und schüttelte sich aus dem Schnee. »Wenn ich gewusst hätte, dass wir Klippenspringen machen, hätte ich eine angemessene Ausrüstung angelegt!«

Rose drängte sich an Gus vorbei zu dem Haufen, aus

dem er aufgetaucht war. Mit jedem Schritt sank sie knietief ein, und sie musste sich mit der Hilfe ihrer Hände vorwärtsarbeiten.

Tymo stand breitbeinig auf der Schneewehe. Er schaufelte Hände voller Schnee zwischen den Beinen durch, als sei er ein Hund, der nach einem lang vermissten Knochen suchte. Ein Paar Stiefel ragte zappelnd aus dem Schnee.

»Keine Sorge, Nevika!«, rief Tymo und grub weiter. »Ich rette dich!«

Jemand hinter Tymo räusperte sich, und als er und Rose sich umdrehten, stand Nevika da. Ihre Mütze war etwas verrutscht, aber ansonsten sah sie unversehrt aus.

»Mich muss niemand retten«, sagte Nevika. »Und schon gar nicht ein Junge.«

Tymo hörte auf zu graben. »Und wer ist dann das hier?«, fragte er und nickte zu den zappelnden Stiefeln.

»Ähm«, machte Nevika. »Dein Bruder vielleicht?«

Tymo wirkte enttäuscht. »Da hast du wahrscheinlich recht. Ich mach wohl erst mal Pause.«

Ein gedämpftes Geräusch drang aus dem Schnee nach oben.

»Tymo!« Rose schubste ihn zur Seite, packte Basil an den Fußgelenken und zog so fest sie konnte.

Basil flutschte aus dem Schnee. Er hielt seinen ausgebeulten Rucksack umklammert. »Ich –«, sagte er und rang nach Luft, »hab das gehört! Ich glaube, ich habe einen neuen Schurken für meinen Roman … und einen neuen Titel: *Harry der Schneemann: Schneie deine Feinde ein.*«

Basils Mütze bewegte sich, schließlich fiel sie ihm vom Kopf. Jacques saß zitternd in den roten Locken des Jungen.

»Geht es dir gut?«, fragte Rose und strich dem Mäuserich mit dem Finger über den Rücken.

»*Oui*«, piepste Jacques. »Anscheinend bin ich noch ganz.«

»Der Schleier aus Hagel – oder was das sonst sein mochte – hat anscheinend unsere Flügel zertrümmert«, sagte Nevika, »aber immerhin haben wir den Durchbruch auf die andere Seite geschafft.«

Rose konnte jetzt sehen, dass der Dunstschleier in Wirklichkeit eine dünne Wand fallenden Eisregens war – höchstwahrscheinlich eine magische Blockade. Sie überlegte laut: »Wir sollten wohl hier drinnen eingesperrt bleiben.«

»Oder wir sollten *ausgesperrt* bleiben«, sagte Nevika.

Tymo beschattete seine Augen. »Hat das deine Mutter gemacht, Nevika?«

Nevika schüttelte den Kopf. »Das glaube ich nicht.

Wann sollte sie wohl Zeit gehabt haben für so etwas Großes – und nebenher die ganzen anderen Zauber vollbracht haben?«

»Ich habe das Gefühl, dass seit sehr langer Zeit kein Mensch auf dieser Seite der Sperre gewesen ist«, pflichtete ihr Rose bei. »Wo wir auch sein mögen, jemand hat diesen Ort total geheim halten wollen.«

Der Eisregen in der magischen Wand fiel fast lautlos, doch so aus der Nähe konnte Rose sehen, wie die einzelnen Eissplitter niederprasselten. Sie hatten Glück gehabt, dass nur ihre Flügel zerstört worden waren.

Dann tauchte auf der anderen Seite eine Schattengestalt auf.

Tymo schluckte. »Ist das –«

»Harry!« Basil sprang los und rutschte auf dem Po den Schneehang hinunter. Kurz vor dem Eisvorhang hielt er an. »Meine frostige Muse!«

»Hallo, Meisterbäckerin Rosmarin Glyck und Familie!«, erklang die gedämpfte Stimme des riesigen Schneemanns von der anderen Seite. »Ihr seid alle noch am Leben, ja?«

»Wir haben den Durchbruch geschafft, aber du solltest das lieber nicht versuchen!«, rief Basil. »Der Eisregen würde dich zu Matsch zerprasseln! Das wäre kein gutes Ende für meinen Roman.«

»Ich finde schon einen Weg drum herum!«, rief Harry zurück. »Und dann treffe ich euch wieder.«
Damit verschwand der dickbauchige Schatten.
»Was machen wir jetzt?«, fragte Tymo.
Gus krallte sich in Tymos Hosenbeine. »Zunächst mal schlage ich vor, dass du mich wieder in die Sicherheit und Wärme deines Parkas steckst.«
»Und du mich unter deine Mütze, *s'il vous plaît*«, sagte Jacques zu Basil und duckte sich in die dichten roten Locken.
Jetzt erst merkte Rose mit Schrecken, dass die Zauberbrille von Jacques nicht mehr auf ihrer Nase saß. Bei ihrem Sturz war sie wohl abgefallen … und wieder zu Puppengröße geschrumpft. Sie zu finden würde unmöglich sein.
»Suchst du die hier?«, fragte Nevika und hielt die Brille vorsichtig zwischen Daumen und Zeigefinger.
»Wie hast du sie gefunden?«, fragte Rose erleichtert.
»Habe ich nicht«, gab Nevika zu. »Wir haben Glück gehabt. Sie ist mir direkt in den Schoß gefallen. Zuerst dachte ich, sie sei ein Stück von dem glasierten Zuckerflügel, aber dann haben mich die Linsen angezwinkert, und ich wusste, was es war.«
»Wow, was für ein Riesenglück!« Rose setzte die Brille auf und blickte nach oben. Die schimmernde goldene

Schwanenspur führte immer noch nach Norden, allerdings im Zickzackkurs, als ob der Schwan von schlimmen Windböen hin- und hergeworfen worden sei.
Oder als ob auch er bombardiert worden und durch den Schleier aus Eis von seiner Flugbahn abgekommen war.
»Hier entlang!«, verkündete Rose. »Der Schwan kann jetzt nicht mehr so weit weg sein.«
Im Gänsemarsch liefen sie alle hinter Rose her. Die Schneewehen waren tief, und Rose hatte das Gefühl, durch Treibsand zu waten.
»Wenn du uns nur ein paar magische Schneestiefel gebacken hättest, Rose!«, beklagte sich Basil laut. »Es raubt mir meine ganze kreative Energie, durch das Zeug hier zu stapfen!«
Winterliche Windböen wehten ihnen entgegen und machten das Vorankommen noch mühsamer. Rose mochte sich gar nicht vorstellen, wie kalt ihr wohl wäre, wenn der Früchtestollen sie nicht tief aus dem Inneren wärmen würde.
Rose war so darauf konzentriert, der Spur zu folgen, dass sie die Senke im Schnee gar nicht bemerkte.
»Pass auf!«, schrie Nevika. Sie packte Rose bei den Schultern und zog sie gerade noch rechtzeitig zurück, ehe sie einen steilen Schneehang hinab und in eine

Schlucht gestürzt wäre, die die weiße Landschaft durchschnitt.
»Danke«, sagte Rose und rang nach Luft.
»Kein Problem!« Nevika sah sie an. »So was tun Partnerinnen doch füreinander.«
Rose zog die Augenbrauen hoch. Waren sie denn jetzt Partnerinnen?
»Wow«, sagte Tymo. »Seht euch *das* an.«
Rose und Nevika knieten sich an den Rand der Schlucht. Ein Erdbeben hatte in Vorzeiten einen Spalt in die Erde gerissen, der so breit war wie eine Autobahn. Dabei war eine Felskluft entstanden, die zu beiden Seiten steil abfiel. Eine schimmernde Eisschicht überzog alles.
»Die Spur des Schwans geht hier hinunter«, sagte Rose und verfolgte mit den Augen die sprunghafte schimmernde Fährte, die vom Himmel bis hinab in die Schlucht führte.
»Wir müssen hinterher. In die Schlucht«, sagte Nevika und runzelte die Stirn.
Basil schluckte. »Aber wenn das ein Fass ohne Boden ist oder so was Ähnliches?«
»Es hat einen Boden«, sagte Rose.
»Leider gibt es nur einen undeutlich zu erkennenden Weg, der hinunterführt«, sagte Nevika. »Ich befürchte,

selbst wenn wir uns an den Wänden festhalten können, wird das eine Rutschpartie.«

Tymo kauerte sich neben die beiden. »So ein Pech, dass dein Freund nicht mitkommen konnte«, sagte er zu Rose. »Er hätte uns mir nichts, dir nichts einen Aufzug oder so was konstruiert.«

»Ja, und noch ein viel größeres Pech ist, dass ich und Tymo die ganzen Weingummiweinranken von Mr Dobson gegessen haben, als ihr die Gänse habt pupsen lassen«, jammerte Basil.

Tymo zuckte mit den Schultern. »Es war einfach zu verlockend, einen Wettlauf die Hauswand hinauf zu machen. Wer konnte schon ahnen, dass wir heute eine Steilwand runterklettern müssen?«

»Ich habe eine Idee.« Nevika schüttelte ihren Rucksack ab und kramte in den Vorräten darin. Sie zog einen kleinen eisernen Topf und ein paar trockene Holzscheite heraus. »Rose, gibt's in deinem Backbuch ein Rezept für zähe Karamellbonbons? In unserem ist eines, aber ich weiß nicht mehr, wie es heißt.«

»Ich glaube schon.« Rose legte ihren eigenen Rucksack ab und zog das Backbuch heraus. Sie blätterte bis zur Mitte und überflog die Seiten. »Hier!«, sagte sie. »Klebekaramellen Karacho.«

»Super.« Nevika blickte über Roses Schulter auf das Rezept. »Das ist es! Oder zumindest ganz ähnlich. Hier, Tymo, hilf mir mal, ein Feuer zu machen.«

Tymo zog ein Feuerzeug aus der Hosentasche. »Na klar. Männerarbeit. Das kann ich!«

Nevika seufzte. »Aber fackle dich nicht *selbst* ab.« Zwischen die Scheite, die Tymo aufbaute, legte sie geschickt ein wenig Anmachholz.

Während Nevika ihren Eisentopf aufstellte und Tymo das Holz mit seinem Feuerzeug anzündete, las Rose die Zutaten und die Geschichte des Rezepts laut vor.

Klebekaramellen Karacho,
um unerreichbare Höhen zu erklimmen
(sind aber auch als Kaubonbons zu genießen, falls gewünscht)

Es war im Jahr 1974 in New York, als sich Selina Glyck ihrem erbittertsten Erzfeind gegenübersah, dem trügerischen Jersey-Teufel.

Der Jersey-Teufel war eigentlich ein Fabelwesen, das zweihundert Jahre zuvor versehentlich in die Neue Welt eingeschleppt worden war, ein Untier mit Schuppen und gespaltenen Hufen. Das Untier war es leid, im südlichen New Jersey gejagt zu werden, daher wanderte es in nördlicher Richtung aus, um einen Neuanfang zu machen. Dieser Neuanfang brachte mit sich, dass der Jersey-Teufel die Wolkenkratzer von New York erklimmen musste, um Wohnungen und Büroetagen und Penthäuser zu überfallen. Jedes Mal hinterließ er verwüstete Räume und unappetitliche Haufen.

Selina Glyck war tagsüber Bäckerin, des Nachts jedoch eine maskierte Superheldin, die dank ihrer Backwaren zu ungeahnten Kräften kam, die sie mit großem Verantwortungsbewusstsein einsetzte. Jeden Abend legte sie eine Maske an, setzte eine schwarze Kochmütze auf und legte Straßenräubern in dunklen Gassen das Handwerk und verhinderte bewaffnete Überfälle auf Eckkneipen, außerdem nahm sie sich immer Zeit, um Katzen aus Bäumen (oder wo immer sie festsaßen) zu retten.

An einem schwülen Sommerabend stieß Selina auf den Jersey-Teufel, der es sich gerade in einem Haufen kaputter Schaufensterpuppen gemütlich machte. Doch obwohl Selina ihn zu fangen versuchte, entkam ihr die Bestie, indem sie am Chrysler-Gebäude emporkletterte und die backende Superheldin dumm dastehen ließ.

Flugs entwickelte Selina eine Methode, um an Mauerwänden und glatten Fensterscheiben hochzuklettern. Sie schmolz dazu einen Stich Butter in einem Eisentopf, rührte zwei Fäuste feinen Zucker hinein, außerdem einen Schuss frisches Quellwasser und eine Eichel Salz. Um den Karamell klebrig zu halten, fügte sie einen Löffel Federleichten Raureif hinzu.

Als Selina beim nächsten Mal durch die Straßen ihrer ge-

liebten Stadt schlich, hatte sie ihre Karamellmischung dabei. Als sie diesmal von dem Jersey-Teufel angefaucht wurde, der sich hinter einem Müllcontainer versteckt hatte, schmierte sich Selina etwas von den karachostarken Klebekaramellen auf Hände und Füße und konnte so, als das Untier zu entkommen versuchte, ohne Mühe die Fassaden der hohen New Yorker Wolkenkratzer emporklettern.

Als Selina den Jersey-Teufel auf der Jagd über die dunklen Dächer bis zur Erschöpfung gehetzt hatte, bot sie ihm eine Handvoll Einschläfernde Trüffel an (siehe Seite 332–334), und der Jersey-Teufel verschlang die süßen Pralinen und fiel in eine tiefe Schockstarre. Dann informierte Selina die Rettungsstation für Fabelwesen, damit die den Teufel aus New York zurück in seine ursprüngliche Heimat verfrachteten – weit weg in das eigentliche Jersey auf der anderen Seite des Atlantik.

Als Rose mit dem Vorlesen der aufregenden Geschichte von Selina Glyck fertig war, blubberte ein dicker, goldener Sirup in dem Eisentopf. Als Zuckernascherei wäre diese Mischung bereits köstlich gewesen – aber um die Karamellen als Haftung an Händen und Füßen zu verwenden, fehlte noch eine letzte Zutat.

»Hier«, sagte Rose und präsentierte ein Fläschchen aus blauem Glas, das mit einer pudrigen weißen Substanz gefüllt war. »Federleichter Raureif«, sagte sie zur Erklärung. »Eine Prise davon macht den Sirup schön zäh und klebrig, aber nicht so heiß, dass er uns durch unsere Handschuhe verbrennt.«

»Ausgezeichnet«, sagte Nevika und nahm das Fläschchen entgegen. Sie klopfte eine Prise heraus, und das Pulver landete auf dem goldenen, blubbernden Karamellsirup. Sofort bildeten die Blasen scharfe Stacheln, ähnlich den Stollen an den Sohlen von Fußballschuhen. Ein blaues Licht pulsierte auf dem Grund des dicken Sirups, die gesamte Mischung erbebte und wurde schließlich ruhig. Das blaue Licht drang immer noch an die Oberfläche. Der Duft nach geschmolzenem Zucker mischte sich mit einem würzigen, zimtähnlichen Duft, der daraus aufstieg.

»Wow!« Basil steckte einen Finger in die Mischung. Er zog ihn wieder heraus, und ein langer Karamellfaden blieb an seiner Hand hängen. »Das sieht ja lecker aus!«

Aber als Basil versuchte, den Finger zum Mund zu heben, stellte er fest, dass er den Arm nicht hochziehen konnte. Der Karamellfaden zog an ihm wie ein starkes Gummiband.

»Na toll, jetzt müssen wir ihn abschneiden«, sagte Nevika.

»Meinen Finger?!«, rief Basil aus. »Den brauch ich noch – zum Schreiben!«
»Nein, nicht den Finger, nur den Karamellfaden«, sagte Nevika. Sie schwang ihren Holzlöffel hoch und schlug fest damit zu. Das Holz traf auf den zähen Karamellfaden, der mit einem klingenden Laut wie von einer Geigensaite zerbrach.
»Danke«, sagte Basil erleichtert. Er lutschte seinen karamelligen Finger ab. »Mmm! Vergesst unseren Abstieg! Wir sollten das essen!«
»Du kannst den Topf ausschlecken, wenn wir unten am Fuß der Felsen sind«, sagte Rose.
»Hände raus«, befahl Nevika. »Ihr Tiere, seht zu, dass ihr gut verborgen bleibt.«
»Musst du mir nicht zweimal sagen«, schnurrte Gus aus dem sicheren Versteck in Tymos Parka.
Mit dem Holzlöffel schöpfte Nevika den klebrigen Karamell aus dem Topf und strich ihn dick auf die ausgestreckten Hände von Rose, Basil und Tymo, danach auf deren Stiefelsohlen. Zuletzt kam sie selbst dran. Zuerst bestrich sie auch ihre Sohlen, dann tauchte sie die Handflächen ihrer blauen Handschuhe in den restlichen geschmolzenen Zucker. Es konnte losgehen!
Rose näherte sich dem Felsenrand vorsichtig. Bis nach unten war es sehr, *sehr* weit. Sie schluckte. Die schim-

mernde Spur des Feenstaubs wand sich hinab in die Schlucht, es blieb also keine Wahl. Sie *mussten* hinuntersteigen.

»Das schaffen wir«, sagte Rose, halb, um ihre Brüder und Nevika zu beruhigen, halb, um sich selbst Mut zuzusprechen.

»Was ist, fängst du an?«, fragte Basil.

Rose schluckte erneut, dann streckte sie die Hände aus und berührte die eisige senkrechte Felswand.

Ihre Hand klebte fest.

Sie zog ein paarmal und konnte spüren, wie die Karamellmasse leicht nachgab – genug, dass sie die Hände mit einem kleinen Ruck lösen konnte, jedoch nicht so sehr, dass sie von ihrem Gewicht nach unten gezogen wurde. Sie versuchte, sich mit aller Macht nur auf die glatte Wand zu konzentrieren und die Tiefe unter sich auszublenden, und schob sich über den Rand der Schlucht.

Wie eine Spinne – oder sogar wie Superheldin *Selina Glyck!* – klebte sie nun an der Felswand, und nichts verhinderte ihren Sturz in den Tod außer Nevikas Klebekaramell.

Drei Köpfe spähten über den Klippenrand.

»Ah, gut, es funktioniert«, sagte Nevika und nickte anerkennend.

Basil machte große Augen und wurde ganz blass. »Du warst dir gar nicht sicher?«
»Doch, zu neunzig Prozent schon«, erwiderte Nevika. »Aber man muss doch immer mit einem möglichen Misserfolg rechnen.«
»Das ist gar nicht so schlecht«, sagte Tymo zuversichtlich. »Ich bin mal ganz bis an die Spitze des Eiffelturms geklettert, der auf dem Dach von dem Bistro in Calamity Falls steht. Und der hat nicht mal Stufen wie der *richtige* Eiffelturm.« Er grinste Nevika zu. »Auf dem ich auch schon war. Ich bin ziemlich viel herumgekommen.«
»Jetzt halte mal die Klappe«, sagte Nevika nur.
Rose hatte sich bereits ein Stück weit heruntergetastet. Sie zog immer einen Fuß mit einem Sauggeräusch von der Wand, ehe sie ihn weiter unten wieder ansetzte. »Kommt schon, Leute! Bleibt nicht kleben da oben!«
»War das nicht eigentlich der Trick?«, murmelte Basil, aber schon bald klebten alle an der Wand auf dem Weg dorthin, wohin sie die Spur des Eisschwans führen mochte. Nach einer Weile taten Rose die Arme weh von dem Gewicht ihres Körpers. Der Boden schien einfach nicht näher zu kommen.
»Wie lange dauert das denn noch?«, jammerte Basil.

»Keine Fragen!«, rief Rose. »Konzentrier dich nur aufs Absteigen!«
Und dann waren sie plötzlich da. Roses rechter Fuß hing auf einmal nach dem Ablösen nicht mehr in der Luft, wie bisher, sondern berührte eine federnde Schneefläche.
Mit aller Kraft schob sich Rose von der Wand und fiel rücklings in eine weiche Schneewehe. Noch nie war sie so erleichtert gewesen, wieder auf (fast) festem Boden zu liegen.
Ein paar Sekunden später landete Nevika neben ihr. »Puh!«
Rose setzte sich auf. »Das mit dem Karamell war 'ne prima Idee!«
»Danke«, sagte Nevika.
Basil verschwand in einem Haufen Pulverschnee, gefolgt von Tymo, der ungeschickt auf dem Hintern landete.
»Könntest du bitte versuchen, mich nicht zu zerquetschen, Thymian Glyck!«, jaulte Gus aus dem inneren des Parkas.
»Alles okay?«, fragte Nevika.
»Deine Sorge um mein Wohlergehen berührt mich.« Tymo stützte den Kopf in die Hand, als ob er vorgehabt hatte, genau so zu landen.

»Da du gerade von berühren redest, du *weißt* doch wohl, dass deine Hand jetzt an deinem Kopf festklebt, oder?«, fragte Nevika.

Tymo versuchte die Hand vom Kopf zu lösen – aber sie klebte in der Frisur fest. »Meine Haare!«, jammerte er. »Das kriegen wir doch wieder hin, oder?«

Nevika zog seufzend ihre verklebten Handschuhe aus und griff in ihren Rucksack. »Basil, zieh Tymos Feuerzeug aus seiner Tasche und hilf mir dabei, noch mal Feuer zu machen. Wir brauchen heißes Wasser, um das ganze Karamellzeug abzukriegen.«

Während Basil seine Handschuhe auszog, damit er in Tymos Tasche greifen konnte, setzte Rose die kleine Brille auf und entdeckte die letzten Überreste der Schwanenspur. Sie führte ein Stück entfernt von dem Platz, wo sie gelandet waren, direkt zu dem Schwan.

Nur – dass der Schwan in tausend durchsichtige Eisstücke zersprungen war.

»Ähm, Leute«, sagte Rose und deutete in die Richtung.

Ein paar größere Brocken waren übrig, zum Beispiel seine Flügelspitzen und sein riesiger Eiskopf. Aber der Rest des Vogels war in einzelne Eiskristalle zerplatzt, die über dem Schnee verstreut lagen wie zersprungenes Glas.

Rose stapfte hinüber und kniete sich neben den Kopf des Schwans. Seine Augen waren rund und leblos. Der Schleier aus gefrorenem Regen musste wohl sein endgültiges Schicksal gewesen sein.
Tymo kam mit seiner immer noch am Kopf klebenden Hand und hockte sich neben Rose. Mit der freien Hand stupste er gegen den leblosen, zersprungenen Schnabel des Eisschwans. »Ich habe mich zwar nicht unbedingt auf ein Wiedersehen mit diesem Widerling gefreut«, sagte er, »aber das hier ist wohl auch nicht das Wahre. Wie sollen wir jetzt jemals Nevikas Mutter finden?«
Rose wusste keine Antwort. Die Spur war kalt geworden – wortwörtlich.
»Das Wasser ist heiß«, rief Nevika ihnen zu. »Lasst uns alle das Klebezeug abwaschen.«
»Vielleicht war die Idee, hier herunterzusteigen, doch nicht so gut«, sagte Rose zu Tymo, während sie zu den anderen zurückgingen. Ein kleines Feuer loderte unter einem Topf mit dampfendem Wasser – getauter Schnee. Basil hielt Nevika seine Handschuhe hin, damit sie heißes Wasser darübergießen konnte. Gus lag zusammengerollt und dösend auf Roses Rucksack nahe beim Feuer, während Jacques es sich in seinem wuscheligen Nackenfell gemütlich gemacht hatte.
Nachdem Basil gesäubert war, schöpfte Nevika etwas

heißes Wasser ab und machte Tymo ein Zeichen. »Du bist dran. Bück dich mal, damit ich das über deinen Kopf gießen kann.«

Tymo bekam einen schreckverzerrten Ausdruck. »Nein danke. Ich will mir nicht auch noch die Kopfhaut verbrennen!

»Könnte dein Aussehen nur verbessern, Bruderherz!«, sagte Basil.

Tymo kickte mit Schnee nach ihm. »Ich kann doch einfach den Handschuh ausziehen und ihn am Kopf lassen, bis wir zu einem geübten Frisör kommen.« Er versuchte, die Hand aus dem Handschuh zu ziehen – aber außer, dass er seinen Kopf zur Seite zog, passierte nichts.

»Nevika passt schon auf, stimmt's, Nevika?«, sagte Rose.

Nevikas Augen funkelten. »Klar. Aber vielleicht hat Tymo ja auch zu viel Angst, um meine Hilfe anzunehmen.«

Tymo verzog das Gesicht. Er war hin- und hergerissen zwischen dem Wunsch, seine Frisur zu retten, und dem, vor Nevika nicht wie ein Feigling dazustehen. Schließlich neigte er neben dem dampfenden Topf den Kopf hinunter und sagte: »Mach aber schnell, ehe ich es mir anders überlege.«

Nevika goss das heiße Wasser vorsichtig und treffsicher

aus, so dass es nur auf den Handschuh und die Spitzen von Tymos roten Haaren fiel. Der Karamell schmolz, Tymo machte einen Satz zurück und schrie kurz auf, als er die Hand vom Kopf löste.
Er zog den Handschuh aus und strich sich über die Frisur. »Sitzen meine Haare noch? Ich habe mir doch keine ausgerissen, oder? Ich weiß nicht, ob ich das mag, den abrasierten Look an einer Seite.«
»Du bist noch heil, Tymo«, sagte Rose. Sie hielt Nevika ihre klebrigen Hände hin, damit diese den Karamell abwaschen konnte. »Im Gegensatz zu dem Schwan da drüben.«
Basil kraulte Gus geistesabwesend hinter den Faltohren. »Wenn der Schwan, dem wir gefolgt sind, jetzt in Stücke ist, woher wissen wir, wohin wir müssen?«
Nevika goss heißes Wasser über Roses Hände. »Wir halten uns weiter nach Norden. Richtig, Rose?«
Rose biss sich auf die Lippe und entfernte sich ein paar Schritte, um die steilen Wände der Schlucht zu mustern. Die anderen folgten ihr. »Vielleicht gibt es einen Hinweis, den wir von hier unten sehen können?«
»Ich sehe keine Möglichkeit, wie wir rausklettern sollen«, sagte Tymo. »Und meine Frisur hat schon genug gelitten.«
»Die Fährte des Schwans war unsere einzige richtige

Spur, es scheint also richtig, nach Norden zu gehen«, sagte Rose. »Ich weiß nur nicht, ob wir noch mehr Karamell machen und wieder hinaufklettern sollten, oder ob wir durch diese Schlucht gehen sollen, in der Hoffnung, dass sie irgendwohin führt.«

»Leute«, flüsterte Basil.

»Wir haben fast keine Karamellzutaten mehr«, sagte Nevika. »Ich würde sagen, wir bleiben hier unten. Ich wette, wir finden einen Hinweis auf Mama Baridi. Wir müssen nur –«

»*Leute!*«, flüsterte Basil lauter. Er deutete an Tymo vorbei, auf die Felswand, die von ihrem kleinen Lagerfeuer beleuchtet wurde.

Rose folgte seinem Fingerzeig. An der zerklüfteten östlichen Wand der Schlucht kroch eine Schattengestalt entlang, die mit jeder zerrinnenden Sekunde immer größer und bedrohlicher wurde.

Und sie näherte sich den Kindern unerbittlich.

»Ein Wolf«, vermutete Tymo.

»Ein … ein …«, hauchte Rose und wich mit Herzklopfen zurück, als die Gestalt, die den Schatten warf, sichtbar wurde.

»Eine – *Ratte?*«, sagte sie überrascht.

Die Gestalt war winzig – nicht größer als Jacques, schätzte Rose. Der Feuerschein hatte ihren Schatten nur riesig *erscheinen* lassen. Auf zwei känguruartigen Beinen machte sie große Sprünge und zog einen langen Schwanz mit einer Quaste am Ende hinter sich her. Das Fell des Tierchens war braun gefleckt, und es hatte zwei Ohren, die wie Hasenohren aussahen.

Das Tier blieb abrupt stehen. »Eine *Ratte*? Findet ihr, dass ich wie eine Ratte aussehe?«

»Ähm«, machte Rose, »ein bisschen –«

»Was für eine Beleidigung!«, protestierte das Tier. »Ich bin eine Springmaus!«

»Eine Renn- oder eine Springmaus?«, fragte Basil verwirrt.

Nevika trat neben Rose. »Nein, eine Springmaus. Sie kommen aus der Heimat meiner Mutter.«

»Genau«, sagte die Springmaus gereizt. »*Ägypten,* wo meine Artgenossen auf eine lange und edle Geschichte zurückblicken – im Gegensatz zu den kleinohrigen Mäusen, die man in diesem traurigen Land antrifft.« Die Springmaus blieb vor Basils Füßen stehen und blinzelte empört mit den großen schwarzen Augen. »Ich bin keinesfalls eine Rennmaus. Trotzdem, auch diese gezähmten Hausratten haben es nicht verdient, in dieser gottverlassenen kalten Umgebung zu wohnen. Niemand sollte ertragen müssen, was ich ertragen habe!«

»*Bienvenue!*« Jacques kletterte auf Basils Schulter.

»Wie schön, ein anderes Nagetier in dieser Eiswüste zu sehen.«
»Ah, eine verwandte Seele!«, sagte die Springmaus und nickte freundlich. »Man kann über die Franzosen sagen, was man will, aber zumindest teilt ihr unsere Kenntnis von guter Küche – und ihr wisst auch, dass man drinnen bleiben sollte, wenn es draußen so lächerlich kalt ist.«
Nevika flüsterte Roses zu: »Seine Stimme kommt mir irgendwie vertraut vor.«
Rose setzte heimlich wieder die Zauberbrille von Jacques auf.
Glitzernde Fünkchen von Roses Feenstaub schimmerten an den Spitzen der langen Ohren der Springmaus.
»Du bist der Schwan!«, rief Rose aus.
Die Springmaus sah an sich hinunter. »Du glaubst, ich sei ein Schwan?«
»Ich meine, du hast den Eisschwan geflogen und deine Stimme irgendwie verstärkt.«
Die Springmaus seufzte theatralisch. »Du hast meine List durchschaut.« Sie verneigte sich. »Ich bin Tinaka – übrigens männlichen Geschlechts.« Mit einem Blick auf Nevika fuhr die Springmaus fort: »Und da du so weit gereist bist, nehme ich an, dass ich dir einiges, was du rauszufinden versuchst, erklären kann: zum Beispiel

die Gründe deiner Mutter, warum sie das tut, was sie tut.«
Tinaka kletterte auf einen kleinen Felsen und setzte sich auf seine Hinterbeine, während die anderen sich um das Feuer scharten.
»Vor vielen Jahren kam ich hierher, zusammen mit der Meisterbäckerin Baridi. Ich war lebenslanger Partner deines Vaters.« Er nickte Nevika zu. »Er hat mich mit Sprechkeksen gefüttert, als wir jung waren, und schnell wurden wir zu Freunden, was wir auch bleiben werden.«
»Oui«, sagte Jacques. »Meine Geschichte ist ganz ähnlich.«
»Bitte fahre fort«, sagte Rose zu Tinaka.
»Gerne«, sagte Tinaka. »Ich war mit Nevikas Vater und ihrem Onkel Salihah zusammen, und wir machten uns gen Norden auf, um dem Komplott der Konditoren ein Ende zu bereiten … und ich war mit Papa Baridi zusammen, als das Komplott ihn vergiftete.«
Nevika hüstelte. »So … kenne ich die Geschichte aber nicht.«
»Halt mal, Nevika hat einen Onkel?«, sagte Basil. »Und es gibt eine Verschwörung?« Er schlug sich an die Stirn. »Ich brauche jede Einzelheit für mein Buch!«
Nevika schien zu überrascht, um noch etwas zu sagen,

daher gab Rose den anderen rasch einen Überblick über das, was das Mädchen daheim in der Bäckerei erzählt hatte – über die beiden vermissten (und möglicherweise toten) Personen –, ihren Vater und ihren Onkel, sowie über die schlimme Vereinigung von Bäckern, die unter der Bezeichnung Komplott der Konditoren bekannt war.

»Wow«, sagte Tymo, »noch eine verbrecherische Bäcker-Bande? Man sollte doch annehmen, dass es genügend andere Tätigkeitsfelder gibt als ausgerechnet die Backbranche.«

»Pscht!«, machte Nevika. »Tinaka, was ist mit meinem Vater geschehen? Ist er …?«

»Gestorben?«, sagte Tinaka. »Nein, glücklicherweise nicht. Dein Onkel Salihah hat ein spezielles Limonen-Limonana-Elixier angefertigt, um ihn zu retten. Limonana wird im Allgemeinen nicht in den kalten amerikanischen Wintern getrunken – es sei denn, man will jemanden an einem bestimmten Ort in eine Zeitstarre versetzen.«

»Ich glaube, ich verstehe«, sagte Gus und leckte sich eine Pfote. »Dieser Salihah wollte die Wirkung des Giftes verlangsamen, indem er einen Zauber anwendete, mit dem er Nevikas Vater in eine Zeitstarre versetzte, wahrscheinlich, bis sich ein Gegenmittel finden würde.«

»Genau.« Tinaka nickte. »Leider hielt mich dein Papa Baridi gerade in der Hand, als der Zauber einsetzte, der viel schneller wirkte, als wir alle erwartet hatten – er ließ deinen Vater und mich einfrieren, und wir wurden von einer dicken Eissäule umschlossen, die mitten in einem Kratersee lag. Das war etwas nördlich von hier.«

»Du warst ein ganzes Jahrzehnt in Eis erstarrt?« Basil zog sein Notizbuch aus der Tasche. »Wie war das? Und wie bist du überhaupt rausgekommen?«

»Das Eis ist gerade so viel geschmolzen, dass ich freikam«, sagte Tinaka. »Schicht um Schicht ist die Säule jedes Jahr ein bisschen abgeschmolzen. Als ich meinem eisigen Kerker schließlich entkommen konnte, schien nur ein Augenblick vergangen zu sein – aber um mich herum hatte sich alles verändert. Keine Spur von dem Komplott, kein Salihah weit und breit. Und mein guter Freund steckte noch immer im Eis fest.

Ich bin ans Ufer geschwommen und tagelang ziellos durch Schnee und Eis gewandert, um nach Mama Baridi zu suchen. Erst als ich schließlich in die Bäckerei taumelte und berichtete, was geschehen war, erfuhr ich, wie lange ich fort gewesen war.«

»Warum ist das Eis jetzt geschmolzen?«, überlegte Rose.

»Pah«, sagte Tymo. »Es ist heißer, wo es kälter sein sollte, und kälter, wo es warm sein sollte. Klimawandel.«

»Ich weiß nur, dass die Eissäule, in der dein Vater eingeschlossen ist, jetzt mitten in einem stark angewachsenen See liegt, der jeden Tag größer wird,« fuhr Tinaka fort. »Wenn das eisige Gefängnis ganz auftaut, setzt es deinen Vater frei.«

»Und das Gift fließt wieder durch seine Adern«, flüsterte Rose.

»Meine Mutter will mit ihren Eisstürmen also keinem etwas antun!«, sagte Nevika lächelnd. »Sie versucht nur sicherzustellen, dass mein Vater nicht auftaut, ehe er geheilt werden kann. Sie versucht, ihn zu *retten.*«

»Natürlich!«, sagte Tinaka. »Sie hat dich verlassen, weil sie dich schützen wollte. Als sie hörte, dass du gegen ihren Zauber arbeitest, hat sie den Eisschwan geschaffen und mich damit losgeschickt, um euch Mädchen zu vergraulen. Sie wollte dir nicht die Wahrheit sagen, noch nicht. Denn wenn sie es nicht schafft …« Die Springmaus ließ Ohren und Schwanz hängen.

»Plötzliche Wendungen!«, sagte Basil. »Überraschungen! Packende Enthüllungen! Mein Buch *Harry der Schneemann: Drohende Eisbomben* hält die Leser in Atem – und tränenüberströmt – von der ersten bis zur letzten Seite!«

»Ist der Kleine ein bisschen verrückt?«, fragte Tinaka, während Basil wie wild schrieb.

»Die einfache Antwort«, sagte Tymo, »ist: ja.«

»Kannst du uns zu diesem See und Großmeisterin Baridi bringen?«, fragte Rose.

»Selbstverständlich«, sagte Tinaka. »Dorthin war ich unterwegs, als mir dieser Schleier aus Eisregen die Flügel zerschlug und mich in diese Schlucht stürzen ließ.«

»Meine Mutter ist *nicht* durchgedreht; sie versucht, meinen Vater zu retten«, sagte Nevika. »Ich kann es kaum glauben, dass ich ihn nach so vielen Jahren wiedersehen soll.«

»Ich hoffe von ganzem Herzen, dass du ihn nicht zu sehen kriegst«, sagte die Springmaus. »Das Gift wirkt schnell. Sobald du ihn sehen kannst, ist es für ihn vorbei.«

Nevika unterdrückte einen Schluchzer, und die Tränen, die sie bisher zurückgehalten hatte, liefen ihr über die Wangen.

»Das werden wir nicht geschehen lassen«, sagte Rose. »Von Meisterbäckerin zu Meisterbäckerin: Wir bekommen heraus, womit dein Vater vergiftet wurde, und dann brauen wir ein Gegengift. Wir werden heute deine Mutter *und* deinen Vater retten, Nevika.«

»Kühn gesprochen«, sagte Tinaka. »Dieses Bäckermädchen gefällt mir. Kommt alle mit. Wenn die Hoffnung besteht, Papa Baridi zu retten, dürfen wir keine Zeit verlieren.«

Kapitel 14
Mama Baridis Opfer

Seltsamerweise war der Marsch in den Norden fast beschaulich.

Es hatte zu schneien aufgehört, und der Himmel war überwältigend blau. Je weiter sie kamen, desto breiter öffnete sich die enge Schlucht zu einem tiefen Tal, und Rose fand, dass es aussah, als würden sie alle durch eine breite weiße Rührschüssel aus Porzellan wandern.

»Hopp, hopp!«, rief Tinaka von der Spitze der Gruppe und sprang auf seinen erstaunlich kräftigen Mini-Kängurubeinen dahin. Mit jedem Sprung versank er im Schnee, tauchte kurz darauf als kleines Schneegestöber wieder auf und nahm den nächsten Sprung.

»Wie lange noch?«, fragte Basil. »Haben wir für eine

kurze Rast Zeit? Um vielleicht ein kleines Feuer zu machen und ein paar Marshmallows zu grillen?«
»Weniger fragen, schneller laufen«, piepste Tinaka.
»Diese Renn-Springmaus hat ganz schön Ausdauer«, sagte Tymo hinter Rose. »He Gus, du bist zehnmal so groß wie er. Warum muss man dich ständig tragen?«
Gus seufzte aus Tymos Parka. »Ich habe aus Gefälligkeit eurer Mutter gegenüber zugestimmt, euch zu begleiten«, sagte er. »Aber ich habe keineswegs zugestimmt, dass meine Pfoten kalt und nass werden.«
Rose versuchte, ihre Brüder und die Tiere komplett auszublenden, während sie dahinstapften. Ihre Blicke und Gedanken waren bei Nevika.
Das Mädchen hatte so eisig gewirkt, als sie sie kennengelernt hatte. Doch dann, nachdem sie die Wahrheit über die Taten ihrer Mutter herausbekommen hatten, war sie aufgetaut und wurde … ganz ähnlich wie Rose selbst.
Rose hatte während des letzten Jahres unglaublich viel erlebt, aber nicht mal Tante Lilys Verrat damals ließ sich vergleichen mit dem, was Nevika durchmachte: dem Verlust der Mutter, die auf halsbrecherischer Suche nach einem Vater war, den man jahrelang für tot gehalten hatte, der jedoch anscheinend noch lebte, wenn auch nur gerade so eben.

Rose hatte das Gefühl, dass sie noch viel über die andere Meisterbäckerin herausfinden konnte.
Aber erst mussten sie Nevikas Eltern retten.
Nach einem weiteren großen Sprung nach vorne zirpte Tinaka: »Dort!« Er kletterte auf einen Felsen. »Passt auf, wo ihr hintretet! Hier geht's gleich nach unten.«
Ihr Weg endete an einem schroffen Abhang – einem tiefen Krater, der fast ganz von einem friedlich wirkenden See ausgefüllt wurde. Das Sonnenlicht, das die vereisten Felsen des Kraters abstrahlten, ließ das Wasser glitzern wie einen riesigen Saphir.
»Was ist das?«, fragte Tymo.
Rose kroch vorsichtig an den Rand der Felsen und blinzelte hinüber. In der Mitte des Sees erhob sich ein spitzer Turm aus Eis in den Himmel. Ein schmaler, eisverkrusteter Damm verband ihn mit dem Ufer. Streifen von neongrünem Licht stiegen durch die hohe Säule auf. Der Rhythmus des pulsierenden Lichts wirkte irgendwie vertraut – und Rose stellte fest, dass es der Takt ihres eigenen Pulsschlags war.
Etwas in der Säule lebte.
Tinaka seufzte vor Erleichterung. »Dort«, sagte er und streckte seine kleine Pfote aus – »dort wartet dein Vater.«
Nevika zog scharf die Luft ein. »Daddy.«

Roses Herz zog sich zusammen. Dieses eine Wort aus Nevikas Mund klang so hoffnungsvoll – aber das machte die ganze Sache für Rose nur noch schlimmer. Nevikas Vater lebte zwar, war jedoch in endlosen Schmerzen gefangen. Langsam kroch der eisige Tod auf ihn zu. Selbst wenn sie und Nevika das Gegenmittel fanden, selbst wenn sie darauf kamen, wie sie ihn auftauen konnten, würde er sterben, ehe sie ihm das Gegenmittel einflößen konnten.

Die Lage war hoffnungslos.

Sie drückte Nevika jedoch die Hand. »Wir holen ihn raus. Wir müssen nur einen Weg nach unten finden. Können wir noch etwas Klebekaramell machen?«

Nevika nahm ihren Rucksack ab und blickte hinein. Verzweifelt schüttelte sie den Kopf. »Wir haben keine Zutaten mehr.«

»He, Leute!«, rief Basil. »Leute! Wie wär's mit –«

»Pscht!« Tinaka sprang von dem Felsen auf Basils Schulter und hielt ihm mit seinen kleinen Pfoten den Mund zu.

»*Still!*«, zischte er. »Wir sind nicht allein.«

An Basils Stirn schaute Jacques' grauer Kopf unter der Wollmütze hervor. »Ich höre es auch, *mon frère égyptien*«, piepste er.

»Was hört ihr?«, fragte Tymo. »Ich höre nur den Wind.«

Jacques' rosige Ohren drehten sich hin und her. »Die Ohren einer Maus sind hellhörig«, belehrte er Tymo. »Wir müssen immer darauf gefasst sein, dass sich ein Feind nähert.« Er deutete auf den spitzen Turm. »Meine Ohren sagen mir, dass sich hinter der Säule ein Mann versteckt!«

Rose und Nevika ließen sich auf den Bauch in den Schnee fallen, dann robbten sie auf den Felsabhang zu. Basil und Tymo duckten sich hinter einen Felsbrocken.

»Vielleicht ist es Nevikas Mutter?«, flüsterte Tymo.

Nevika schnaubte abfällig. »Die Maus hat von einem *Mann* gesprochen.«

»Das kann er allein vom Klang her nicht unterscheiden! Nicht, ehe er – oder *sie* – sich zeigt.« Dann setzte Tymo hinzu: »Wir können wohl behaupten, dass es deine Mutter ist, wenn die Person faszinierend schön ist wie ihre Toch–«

»Halt den Mund!«, sagten Rose und Nevika gleichzeitig.

Nevika packte Roses Arm. »Dort! Dort ist jemand!«

Der Widerschein von den eisbedeckten Felswänden blendete so sehr, dass Rose fast nichts sehen konnte. Doch dann kam eine dunkle Gestalt hinter der Säule hervor.

Der Mann war in zerzauste Fellschichten gehüllt, hatte

einen langen Bart und schwarze, verwahrloste Haare, die sich bis auf seine Schultern ringelten. Aus der Entfernung konnte Rose seine Züge nur undeutlich erkennen, aber er sah bedrohlich aus.

»Onkel Salihah«, flüsterte Nevika. »Ich habe ihn zuletzt gesehen, als ich in Nellas Alter war, aber ich erkenne ihn von den Bildern aus dem Geheimzimmer meiner Mutter.«

»Der Alte sieht ziemlich fertig aus«, sagte Tymo. »Wie ein Yeti nach einer schlimmen Auseinandersetzung mit Bigfoot.«

»Gibt es denn auch *gute* Auseinandersetzungen mit Bigfoot?«, fragte Basil.

»Genau das meine ich ja, *hermano*.«

Sie hielten sich versteckt, während der Mann über den Damm zum Ufer schlurfte. Er bewegte sich, als ob er sich gut auskannte. Seine Pelze wehten hinter ihm her.

»Vielleicht kann er helfen«, sagte Nevika und stand auf.

»Warte noch mal.« Rose zog sie wieder hinunter.

»Was machst du da?«, sagte Nevika und schüttelte Roses Arm ab. »Vielleicht weiß er, wie wir meinem Vater helfen können!«

Rose sah Tinaka an, der noch immer auf Basils Schulter

saß. »Tinaka, es war doch Salihah, der Nevikas Vater die Limonen-Limonana gegeben hat, nicht?«

Tinaka nickte, und Rose wandte sich wieder Nevika zu. »Du hast ihn zuletzt gesehen, als du noch klein warst? Ehe dein Vater verschwunden ist oder vorher?«

Nevika runzelte die Stirn. »... Danach.«

Rose blickte auf die von Fell eingehüllte Gestalt mit den strähnigen Haaren, die immer noch den Damm überquerte. »Deine Mutter hat erst vor ein paar Tagen erfahren, dass dein Vater noch lebt, aber dein Onkel hat es die ganze Zeit gewusst?«

»Hm.« Tymo runzelte verwirrt die Stirn. »Warum hat er deiner Mutter nicht schon damals gesagt, was passiert ist? Das ist doch merkwürdig, oder?«

Nevika biss die Zähne zusammen.

»Ich weiß, er ist ja dein Onkel«, sagte Rose, »aber ...«

»Kein richtiger. Er ist nur ein Freund meines Vaters, den ich *Onkel* genannt habe.« Nevika ließ den Blick auf ihre Hände sinken. »Okay. Ich verstehe. Warten wir mal, was er macht.«

Basil kroch zwischen Rose und Nevika und sagte: »Was ich euch sagen wollte, ehe die Renn-, ehe Tinaka uns zum Schweigen brachte, ist, dass ich einen Weg nach unten entdeckt habe.«

Die Springmaus auf seiner Schulter nieste. »Er hat gar

nichts entdeckt. Ich habe es ihm gezeigt. So bin ich auch dort rausgeklettert.«

»Na gut«, sagte Basil. »Ich hab den Weg entdeckt, als dieser kleine Kerl ihn mir gezeigt hat.«

Basil deutete auf einen waagrechten Sims zwischen zwei Felsbrocken. Er war total gerade – als ob er absichtlich so gehauen worden war, gemeißelt von Menschenhand. Darunter war eine weitere gerade Stufe und dann noch eine. Die Stufen führten zu einem langen, schmalen, rampenartigen Pfad, der in mehreren Serpentinen nach unten führte.

»Lasst uns gehen«, drängte Rose. »Auf allen vieren, damit man uns nicht sieht. Und wir müssen still sein. Wir wissen nicht, was Salihah im Schilde führt.«

Tinaka klammerte sich an Basils Schulter fest. Alle schlichen geduckt den oberen Weg entlang und machten sich an den Abstieg, halb kriechend, halb rutschend, verborgen hinter hohen Schneewehen. Tief unten am Fuß des gewundenen Pfades lag das von Felsbrocken übersäte Seeufer.

Es ging langsam voran. Der Weg zog sich die Serpentinen des Abhangs hinunter, und bisweilen hörten die Schneewehen auf, sodass die Kinder völlig ungeschützt zu sehen waren.

»Es muss doch einen kürzeren Weg geben«, flüsterte

Tymo, als sie wieder an eine Kehre kamen, die um einen riesigen Felsbrocken führte.
»Pscht!«, machte Rose.
Eine Stimme hallte durch die Schlucht.
»Salihah?!«
»Meine Mutter«, flüsterte Nevika erschrocken. »Rose, das ist meine Mutter!«
»Salihah, was machst du hier?«, hörten sie Mama Baridi fragen.
Nevika und Rose, immer noch auf dem Bauch, spähten um den Felsen herum. Tymo und Basil folgten dicht. Die Kinder waren Nevikas Onkel näher gekommen, als es Rose recht war.
Die gebeugte Gestalt von Salihah hatte die halbe Strecke des Damms hinter sich. Ihm gegenüber am Ufer stand eine große, breitschultrige Frau in einem langen grauen Mantel.
Rose hatte nicht erwartet, dass Nevikas Mutter so stattlich war. Die Großmeisterin, dachte Rose, würde sogar Chefin Christie aus Little Mogul neben sich klein erscheinen lassen. Wie Nevika war Mama Baridi von dunkler Hautfarbe und hatte dichte schwarze Haare. Selbst aus der großen Entfernung konnte Rose den erschöpften Blick der Frau erkennen.
Ihre Augen waren jetzt aufgerissen vor Überraschung,

als sie Salihah von der gefrorenen Säule kommen sah, die ihren Mann umschloss.
Salihahs Stimme schallte deutlich über den stillen See. »Zahra! Ich habe deine dringende Nachricht über meinen Bruder Nassir erhalten. Ich bin gekommen, um dir zu helfen.«
Der Mann eilte mit breitem Lächeln und weit ausgebreiteten Armen auf Nevikas Mutter zu, als wolle er sie umarmen.
Sie stoppte ihn, indem sie die Handfläche hochhielt. »Wie bist du so schnell hierhergekommen?« Ihre Stimme war wie Karamell – honigsüß und warm. Dennoch lag ein Hauch Misstrauen darin. »Ich habe den Brief erst gestern per Luchs auf den Weg gebracht.«
Der Mann verzog das Gesicht. Rose konnte seine Züge jetzt deutlicher erkennen – eingesunkene Augen, ein buschiger schwarzer Schnauzbart, Lippen, die rau waren von der Witterung. Es wirkte, als sei er seit Wochen in der Kälte.
»Es war Tinaka – er ist zu mir gekommen, ehe er zu dir kam«, sagte er und sah suchend an Mama Baridis breiten Schultern vorbei. »Ist er oder sonst jemand bei dir?«
Ein scharfes Zischen kam von Basils Schulter. Tinaka hüpfte auf und ab und ließ seinen Schwanz mit der Quaste peitschen.

»Er lügt!«, sagte der kleine Nager leise. »Das ist eine Lüge! Ich war nicht bei ihm!«
»Dieser *hombre* taugt nichts«, sagte Tymo. »Außerdem sollte er sich mal täglich mit Bodylotion einreiben.«
»Tinaka hat dich also aufgesucht?«, sagte Mama Baridi mit eisiger Stimme. »Interessant.« Geschickt wich sie dem fellbekleideten, kleineren Mann aus und betrat den Damm. »Nein, Tinaka ist nicht hier. Er ist unterwegs, um mir einen Gefallen zu tun. Und was Nevika angeht – ich würde meine Tochter niemals in die Nähe des Komplotts bringen. Und in deine Nähe übrigens auch nicht.« Sie schritt weiter den Damm entlang, gefolgt von Salihah, der aber immer wieder zögernd stehen blieb.
Offensichtlich traute Mama Baridi Salihah nicht, doch Salihah überging ihre abweisenden Worte. »Natürlich, du willst deiner Tochter Schmerz ersparen. Wenn sie herausfinden sollte, dass ihr Vater noch lebt, aber dem Tod geweiht ist …« Er schüttelte traurig den Kopf.
»Wir sollten weitergehen«, sagte Gus aus Tymos Parka. »Großmeisterin Baridi braucht vielleicht gleich unsere Hilfe.«
Rose nickte. »Gute Idee.«
Auf dem Bauch rutschend leitete Rose die anderen über einen schmalen, felsigen Weg, der zum See hinunter-

führte. Weiterhin konnten sie das Gespräch zwischen Nevikas Mutter und ihrem Onkel hören.

»Du sagst also, dass dir Tinaka aufgetragen hat herzukommen«, sagte Mama Baridi langsam, während sie weiterschritt. »Wo du Nassir vor zehn Jahren eingefroren hast, um ihn vor dem Gift des Komplotts der Konditoren zu retten.«

»Ja«, erwiderte Salihah. »Und wie ich vor so langer Zeit geschworen habe, komme ich dir zu Hilfe, wann immer du meine Hilfe brauchst.«

»Wenn du vor zehn Jahren schon wusstest, was aus meinem Mann geworden war«, fuhr Mama Baridi fort, »warum habe ich es dann erst zehn Jahre später von Tinaka erfahren, seinem treuesten Freund?« Sie blieb stehen und wirbelte herum.

Es folgte ein langes Schweigen. »Du *weißt*, warum, Zahra.«

Am Ende des Weges kroch Rose mit den anderen auf eine Reihe angehäufter Steinbrocken am Ufer zu, in deren Schatten sie sich versteckt halten konnten. Zu ihren Füßen schlug das Wasser an die Ufersteine. Am anderen Ufer, mindestens über die Länge eines Fußballfeldes entfernt, hörten sie Nevikas Mutter und Salihah streiten. Das Wasser trug die Stimmen weit.

»Nein, das weiß ich nicht, Salihah.« Mama Baridi hatte

die dichten Augenbrauen finster zusammengezogen. »Ich gebe dir diese Gelegenheit, dieses *eine* Mal, mir zu erklären, warum du Nassir in seiner Starre gelassen hast, während seine Tochter ohne Vater aufwachsen musste?«

Salihah machte einen Satz, und seine wettergegerbten Hände schossen aus dem zerfransten Umhang und ergriffen Mama Baridis Handgelenke. Seine Augen funkelten wild und ungezähmt. »Weil er nie dein Angebeteter hätte sein dürfen, meine liebste Zahra!«

Bei dem Wort *Angebeteter* zuckte Mama Baridi zurück.

»Nachdem Nassir fort war, wusste ich, dass du eines Tages erkennen würdest, dass *ich* der Mann bin, den du suchst.«

»Was für ein *Fiesling*«, knurrte Tymo. »Was für ein Typ ist das, der einen Wink nicht kapiert?«

Alle starrten Tymo demonstrativ an. Er wurde rot. »Hab schon begriffen.«

»Du hast ihn absichtlich hier zurückgelassen! Das habe ich gewusst, sobald Tinaka an meiner Tür auftauchte.« Mama Baridis Stimme donnerte durch den Krater. »*Du* hast ihn umgebracht!«

»Nein. Nein – ich habe ihn gerettet.« Salihah kam ihr erneut näher. »Er ist noch nicht tot, liebe Zahra. Das

Gift des Komplotts ist schnell wirkend, und ich hatte nur ein paar Minuten, um ihn einzufrieren, ehe er umgekommen wäre.« Er machte eine wütende Geste auf das Wasser um sie herum. »Dieser See war vorher noch nicht hier. Es war alles Eis – ein riesiger Berg Eis, der in tausend Jahren nicht hätte schmelzen dürfen. Mit der Erderwärmung habe ich nicht gerechnet. Ich fürchte den Augenblick, wenn er ganz auftaut, und mit ihm das Gift. Dein Gemahl, mein Freund und Bruder, ist dem Tod geweiht.«

»Und wie kommt es, dass du von jetzt auf gleich als Gegengift Limonen-Limonana bereithieltest, Salihah? Woher wusstest du von den Plänen des Komplotts?« Großmeisterin Baridis Züge wurden zu Stahl. »Weil du einer von ihnen bist. Und du hast meinen lieben Nassir direkt in ihre Arme getrieben.«

»Na gut.« Salihah warf die Hände hoch. »Ich habe *versucht,* Nassir fortzulocken, um ihn vor ihnen zu bewahren, aber er war zu schlau und es gelang ihm beinahe, das gesamte Komplott auffliegen zu lassen. Jetzt sind meine Kameraden leider alle fort. Sie haben diesen abgelegenen Posten vor vielen Jahren verlassen, als Nassir ihnen auf die Schliche gekommen war.« Seine Augen glühten wie Kohlen. »Ich hätte mit ihnen gehen sollen, aber stattdessen blieb ich hier … um mein Geschäft aufzubauen und das Werk des Komplotts in diesem Land fortzuführen.«

Großmeisterin Baridi wich zurück. Sie war jetzt an der eisigen Säule angelangt, legte die Hand sanft auf das Eis, in dem ihr Mann eingeschlossen war, und versuchte mit ihren Blicken das milchige Eis zu durchdringen. Tauwasser schmolz ab und tropfte wie Tränen auf ihren Handschuh.

Sie bemerkte die Hand, die aus der Säule ragte, im selben Moment wie Rose.

Die Frau umfasste die halberfrorenen Finger mit ihrer Hand. »Mein Geliebter …«

»Ich bin geblieben«, sagte Salihah kochend vor Wut. »Ich hätte zurückkehren können in die alte Welt, zu den anderen Kameraden des Komplotts, aber ich entschied mich hierzubleiben. Um deinetwillen. Hörst du mich? Es war alles nur für dich!«

»Seine Hände sind wie Eis«, sagte Großmeisterin Baridi, ohne auf die Liebesschwüre von Salihah einzugehen. »Ich kann nicht glauben, dass er …«

»Ich habe Opfer gebracht für dich!«, brüllte Salihah. »Ich hatte den Auftrag, deinen Mann zu vergiften und ihn sterben zu lassen. Ist dir klar, *warum* er nicht tot ist? Weil ich es verhindert habe!«

Rose fuhr auf bei dem Zornesausbruch des Mannes,

genau wie Nevika neben ihr. Mama Baridi bemerkte die Bewegung und sah sie über den See hinweg direkt an. Nevika gab ihrer Mutter ein Zeichen, bevor sie sich wieder hinter den Felsbrocken duckte.

Ihre Mutter verstummte. Salihah, der dem Versteck der Kinder den Rücken zugewandt hatte, hatte nichts mitbekommen.

»Du hast meinen Nassir also nicht nur direkt in die Arme des Komplotts geführt«, sagte Mama Baridi und wandte den Blick bewusst wieder von ihrer Tochter ab, »du hast ihm auch das Gift eingeflößt, das ihn umbringen sollte. Du bist ein Ungeheuer.«

»Aber ich habe ihn verschont!«, rief Salihah. »Kannst du mir das nicht zugutehalten? Bin ich nicht großherzig? Obwohl er dich mir weggenommen hatte – das Einzige, was mein Herz je mit solch einer Wucht begehrte –, war er weiter mein bester Freund. Deshalb habe ich die Befehle des Komplotts missachtet. Ich gab ihm das Limetten-Limonana und versprach ihm, Hilfe zu holen … irgendwann.«

»Dann lasse ihn jetzt nicht umkommen«, sagte Großmeisterin Baridi, und ihr Blick war flehend. »Hilf mir, ein Gegenmittel zu finden.«

»Du meinst das hier?« Salihah griff in seinen Fellumhang und zog ein rundes Fläschchen mit einer blaugrünen Flüssigkeit heraus. »Ich habe eines. Nur dass man es ihm nicht verabreichen kann. Seine Haut ist hart wie Stein. Wir müssten ihn erst auftauen. Aber genau das ist das Problem: Sobald er auftaut, wirkt das Gift.«

Mama Baridi ließ die Hand ihres Mannes los. »Dann hilf mir, ihn zumindest so lange wieder richtig einzufrieren, bis ich eine Lösung gefunden habe. Das wolltest du doch ohnehin, oder? Dass er tausend Jahre eingefroren bleibt?«

Salihah seufzte und griff mit der anderen Hand unter seinen Pelz. Diesmal zog er eine stählerne Thermosflasche heraus. Er starrte sie an, fast traurig. »Ich habe eine frische Dosis Limetten-Limonana mitgebracht.« Er schüttelte den Kopf. »Aber damit stehen wir vor demselben Problem. Damit Nassir es zu sich nehmen kann, muss er aufgetaut werden. Wenn wir das jedoch zulassen, wird er dem Gift des Komplotts zum Opfer fallen.«

»*Deinem* Gift«, fauchte Mama Baridi.

Salihah zuckte mit den Schultern. »Nebensächliche Kleinigkeit.«

Nevika wischte sich wütend die Tränen fort.

»Mein Wetterzauber«, sagte Mama Baridi verzagt. »Wenn man mich nicht daran gehindert hätte, dann hätte ich –«

Salihah winkte wegwerfend mit der Hand. »Eisgewitter? Allenfalls eine vorübergehende Maßnahme. Ich sag dir eines: Es ist wirklich das Beste, wenn wir Nassir auftauen und sterben lassen. Es gibt keine andere Lösung. Und du hast ihn doch schon lange genug betrauert! Es ist an der Zeit, ihn loszulassen, meine süße Zahra. So wie ich. Ich habe bereits losgelassen und mich verabschiedet. Jetzt lass auch du ihn gehen. Wir können einander trösten und diesen schrecklichen Verlust vergessen.«
»Halt mal – du *willst*, dass er auftaut?« Eine Erkenntnis blitzte in Mama Baridis Augen auf. »Nicht Nevika hat sich in meinen Zauber eingemischt. *Du* warst es, du hast meine Kältefronten und Eisstürme in andere Gefilde gelenkt. Weißt du, wie vielen Menschen du ein Leid hättest zufügen können?«
Salihah zuckte mit den Schultern. »Leute, die ich nicht kenne. Aber Nassir kenne ich und dich auch. Und nur du allein zählst für mich.«
Mama Baridi streckte die Hand aus. »Gib mir das.«
Salihah bäumte sich auf und hielt das Glasfläschchen mit dem blauen Gegenmittel außer Reichweite. »Ich habe dir doch bereits gesagt, dass Nassir nicht gerettet werden kann! Gib endlich auf, du störrische Eselin!«
»Nein, das andere«, sagte Mama Baridi. Sie griff nach der Thermosflasche und riss sie ihm weg.

Sie trat zurück und schraubte den Deckel der Flasche ab. Ein gespenstisches grünes Licht drang heraus, dessen Flackern auf ihrem Gesicht zu sehen war wie das grünliche Sonnenlicht auf Meereswellen.

Mama Baridi blickte Nevika über den stillen See an.

»Mama«, flüsterte Nevika.

»Zahra!«, schrie Salihah.

Großmeisterin Baridi ergriff die gefrorene Hand ihres Mannes und setzte die Thermosflasche an die Lippen. Sie schlürfte den magischen Limonentrunk mit zwei großen Schlucken aus. Dann warf sie die Thermosflasche fort und schlang die Arme um die gefrorene Gestalt ihres Mannes.

Salihah stürzte auf sie zu –

Aber es war zu spät.

Mama Baridis Körper erstarrte. Ihre Haut schimmerte blassgrün auf wie helles Frühlingsgras. Um sie herum gefror eine dichte Wolke winziger Tröpfchen in der Luft, und über dem See schwebten blinkende Eiskristalle. Im nächsten Moment schloss sich die Wolke mit einem leichten Knall wie eine nebelige Faust um sie. Raureif überzog ihre Arme und Beine, umschloss ihren Körper mit Schichten von Eis und verbarg sie unter einer dicker werdenden Schicht, die über ihrem Kopf spiralförmig hochwuchs.

Innerhalb eines Atemzugs verdoppelte sich die Eissäule, die Nassir umschlossen hatte – jetzt waren zwei Personen in ihr gefangen. Eine große grünliche Ranke umschlang sie, eine pulsierende Ader auf der Oberfläche des Eissäule: Mama Baridi, vereint in einer Umarmung mit ihrem Mann.
»Neeeeiiiin!«, heulte Salihah auf, hielt sich den Kopf und sank auf die Knie.
In sein Aufheulen mischte sich der verzweifelte Schrei von Nevika.
Und im selben Moment passierte noch etwas anderes: Eine schockwellenartige Windböe peitschte über den See.
Rumms!
Sie wühlte gekräuselte Wellen auf, die zu gezackten, messerscharfen Spitzen gefroren. Salihah wurde rücklings von dem schmalen Damm geblasen und schlug mit dem Kopf an das schneebedeckte steinige Ufer.
Rose riss Nevika am Arm, als eine grollende, eisige Druckwelle sie beide erfasste.
»Auf den Boden!«

Kapitel 15
Du kriegst die Motten!

Der Windstoß dröhnte und hallte durch die Schlucht. Als er endlich ausklang, konnte Rose etwas anderes hören: Nevika, die schluchzte und nach Luft rang.

Rose nahm sie in den Arm. »Wir kriegen das wieder hin«, sagte sie. »Ich weiß noch nicht, wie, aber ich verspreche es dir.«

Nevika nickte an Roses Schulter. »Du hast recht«, sagte sie und schluckte. »Lass es uns angehen.«

Sie richteten sich auf und spähten um den Felsbrocken herum. Der Kälteeinbruch hatte den See verändert, und er sah jetzt wie eine riesige weiße Blume aus. Gefrorene Wellen breiteten sich wie Blütenblätter von der Mitte her aus, und die Eissäule bildete den Blütenstempel.

Am Ufer regte sich Salihah und schien sich allmählich zu berappeln.
»Wir müssen ihn holen«, sagte Nevika mit krächzender Stimme. »Er hat das Gegenmittel.«
»Auf geht's!« Tymo stürzte sich auf den Weg zum Ufer. Er rannte gebückt und schnell – wie ein Footballspieler, der zum Angriff ansetzte.
Noch nie hatte Rose ihren Bruder so entschlossen gesehen.
»Seht ihn euch an!«, sagte Basil. »Vom Helden zum Schurken und wieder zum Helden!«
»Er zeigt großen Mut!«, sagte Jacques, der auf Basils linker Schulter saß.
»Oder ziemliche Dummheit«, sagte Tinaka von Basils rechter Schulter.
Salihah murmelte vor sich hin, während er aufstand und Richtung Damm taumelte. Er merkte gar nicht, dass ein Junge auf ihn zustürmte.
Bis er sich, genau in dem Moment, als Tymo bei ihm ankam, umdrehte.
Tymo setzte zum Sprung an.
Und Salihah wich geschickt aus.
Tymo schoss an ihm vorbei und landete in einer Schneewehe.
»Und das ist genau der Grund, warum man ihn aus dem

Footballteam geworfen hat«, flüsterte Basil. »Basketball ist mehr sein Ding.«

Salihahs Blick wurde stählern, als sich Tymo aus der Schneewehe stemmte. Er hielt ihm warnend eine seiner wettergegerbten Hände entgegen. In der anderen hielt er immer noch das Fläschchen mit dem blauen Gegenmittel.

»Na, na, na!«, sagte Salihah. »Komm nur einen Schritt zu nah, dann lasse ich es fallen, Junge!«

Tymo rieb sich Schnee aus den Augen. »Ist nicht nötig, *amigo*. Ich bleibe, wo ich bin.« Tymos Bauch schien in Bewegung zu kommen – das war Gus, der unter seinem Parka saß.

»Wage es nicht!«, schrie Nevika, stürzte aus dem Versteck und rannte den Weg entlang.

»Komm!« Rose zog Basil hinter sich her.

»Nevika!«, rief Salihah, als er sich umdrehte und sie sah. Auf seinem fahlen Gesicht breitete sich ein anzügliches Lächeln aus. »Das Ebenbild deiner schönen Mutter.« Er seufzte theatralisch. »So schlimm, was sie sich gerade angetan hat.«

»*Du* hast ihr das angetan!«, schrie Nevika und deutete auf die pulsierende Eissäule. »Mama hatte recht, du bist ein Ungeheuer!«

Salihah runzelte die Stirn. »Du weißt ja nicht, wovon

du redest, kleines Mädchen. Ich habe nichts getan, außer deiner Mutter Trost anzubieten.«
Nevika streckte die Hand aus. »Du gibst mir jetzt sofort das Gegenmittel, Salihah.«
Der Mann schob vorwurfsvoll die Lippen vor. »Bin ich nicht mehr *Onkel* Salihah?« Er sah die vier Kinder an. »Lauscht ihr schon länger?«
»Lange genug, um zu begreifen, dass du ein Lügner bist, Salihah«, zirpte Tinaka. »Du hast mich und Nassir absichtlich zu Eis erstarren lassen!«
Salihah ließ das glühende blaue Gegenmittel in dem Glasfläschchen kreisen. »Die Sache war … kompliziert.«
Rose trat vor. »Wir kennen uns noch nicht«, sagte sie und ging über das vereiste, steinige Ufer. »Mein Name ist Rosmarin Glyck, und ich bin eine Freundin von Nevika.«
»Rosmarin Glyck?«, sagte Salihah und hob die Augenbrauen. »Gib dich doch nicht so bescheiden, liebes Mädchen! Ich bin ein großer Verehrer der *Gala des Gâteaux Grands*, des Torten-Gala-Wettbewerbs, bei dem du letztes Jahr eine mitreißende Vorstellung gegeben hast.« Sein Mund zuckte ganz leicht unter dem buschigen Schnauzbart. »Nur unter uns, ich habe eigentlich der bezaubernden Lily Le Fay die Daumen gedrückt.«

Rose überlegte, wie sich Tante Lily wohl in dieser Situation verhalten würde. Sie lächelte gewinnend. Dieser Mann war offensichtlich nicht ganz bei Trost.
»Ach, vielen Dank! Ich werde meiner Tante Lily mitteilen, dass sie einen Fan hat.« Rose ließ ihr Lächeln ersterben. »Aber das ist nicht der Grund, warum wir hier sind, Herr ...«
»Ach bitte, einfach Salihah«, sagte er und verneigte sich leicht. »Wir Meisterbäcker sollten uns nicht mit Formalitäten aufhalten.«
»Doch, doch. Ich mag es formell«, sagte Rose. »Lassen Sie uns mal von Meisterbäckerin zu Meisterbäcker reden: Nevikas Eltern werden noch Jahrhunderte im Eis bleiben, richtig? Was könnte es also schaden, Nevika das Gegenmittel zu geben? Überlegen Sie doch: Sie könnten sich ganz in Ruhe dem Komplott der Konditoren anschließen und es uns überlassen herauszufinden, wie wir Nevikas Eltern retten können.«
Sie sah Salihah bittend an. Als er mit Mama Baridi von dem Gegenmittel und dem Limettengift gesprochen hatte, war Rose das Aufblitzen eines echten Gefühls in seinen erschöpften Zügen aufgefallen, das hätte sie schwören können. Ein Gefühl des Bedauerns.
Salihah strich sich über den Bart und überdachte Roses Worte.

Dann schüttelte er den Kopf. »Leider nein. Eines Tages, wenn ihr älter seid, werdet ihr Kinder meine Entscheidung verstehen. Du hast recht – es ist an der Zeit, dass ich weiterziehe. Dass wir *alle* weiterziehen.« Salihah drehte sich um und holte mit dem Fläschchen weit aus. In dem Moment, wo er es warf, schrie Nevika: »Nein!« Doch das Fläschchen flog über den vereisten See und über die gefrorenen Wellen.

Die Blicke aller verfolgten die Kostbarkeit, die hoch in die Luft flog – und dann herabsank und mit Sicherheit zerschellen würde wie der Eisschwan in der Schlucht. Niemand von ihnen konnte es rechtzeitig auffangen.

Da brach ein langer hölzerner Arm aus den Schneewehen am Ufer und zischte durch die Luft wie ein Peitschenschlag, um dann das Fläschchen ganz sanft aufzufangen und es sofort in ein weiches, rundes Kissen zu betten. Mit einem gedämpften *Wumms!* zog sich der Schneearm wieder zurück.

Harry der Schneemann war eingetroffen.

Salihah knurrte: »Was ist das für ein bösartiger Zaubertrick?!«

Rose grinste erleichtert. »Nur ein Freund von uns.«

Harry tauchte jetzt ganz hinter dem Schneehügel auf und rollte auf sie zu.

»Wow!«, rief Basil und stieß die Faust in die Luft. Die

Nager auf seinen Schultern klammerten sich ängstlich fest. »Er ist *riesig* geworden!«

Harry war inzwischen fast zwei Stockwerke hoch und sein Unterteil so breit wie der Familien-Van. Seine blauen Bonbonaugen und seine Möhrennase erschienen lächerlich klein inmitten der überdimensionalen weißen Kugel seines Kopfes – aber er hatte zwei stabile neue Äste als Arme gefunden, die besser zu seiner Statur passten.

Harry winkte. »Tut mir leid, dass ich so lange gebraucht habe! Ich musste einen großen Umweg machen.«

»Harrys triumphale Rückkehr!«, schrie Basil. »Ich würde dich drücken, wenn du nicht so dick wärst. Und so kalt.«

»Schon gut«, sagte Harry und zog den winzig erscheinenden Zylinder. »Ich weiß dein Gefühl zu schätzen, mein Freund.« Er hielt das Fläschchen mit dem Gegenmittel hoch. »Niemand mag Glasscherben, daher dachte ich, ich fange es lieber mal auf, damit wir die Schweinerei nicht aufkehren müssen. Puh! Jetzt soll es aber zurück an euren Freund, der es –«

»Nein, *amigo*«, sagte Tymo. »Dieser Typ ist nicht unser Freund.« Er drehte sich nach dem pelzbekleideten Mann um und erstarrte. »Wo ist er *hin*?«

Alle wandten sich von Harry ab und stellten fest, dass

Salihah die Aufregung genutzt hatte – um zu verschwinden.
»Dort!« Jacques hüpfte auf Basils Kopf herum und deutete mit seinen kleinen Pfoten auf die Felswand im Osten: »Der Schurke ist dorthin verschwunden!«
Salihah hatte begonnen, die Felswand am anderen Ende des Ufers zu erklimmen. Sein Umhang aus zerlumptem Pelz wehte um ihn herum. Rose konnte schwach ein paar Stufen erkennen, die in die Wand gehauen waren, ähnlich wie dort, wo sie im Süden heruntergeklettert waren.
»Wir dürfen ihn nicht entkommen lassen!«, knurrte Nevika.
»Er wird nicht entkommen; wenigstens nicht in meiner Geschichte«, sagte Basil. Er schüttelte seinen Rucksack ab und öffnete den Reißverschluss.
Diesmal war Rose sich sicher – in Basils Rucksack hatte sich etwas *bewegt*. »Was hast du eigentlich da drin?«
Die Ausbuchtungen im Rucksack raschelten und bebten – etwas Lebendiges wurde wach. »Ach, nur etwas, das ich mitgebracht habe, um den Tag zu retten«, sagte Basil. »Zeit aufzustehen, Jungs!«
Und der Rucksack platzte auf.
Ein Duft nach Ingwer und Zimt drang heraus, und Dutzende von *Steppenden Stutenkerlen* purzelten aus

dem Rucksack in den Schnee. Sie quietschten und johlten wie eine Horde frisch gebackener Soldaten auf dem Kriegspfad.

»Los, los, los!«, rief Basil und sprang aus dem Weg.

Die Stutenkerle schwärmten aus. Ihre dicken Beinchen trugen sie leichtfüßig über Schnee und Steine und Eis. Salihah hatte die halbe Strecke der in den Fels gehauenen Stufen hinter sich, aber die Stutenkerle holten ihn schnell ein.

»NIMM DIE BEINE IN DIE HAND, KAMERAD!«, erklangen ihre quietschenden Stimmen. »WIR KRIEGEN DICH DOCH – WIR, DIE HEFETEIGGARDE!«

Immer mehr strömten aus dem Rucksack – Hunderte von Stutenkerlen. Wie eine braune, zuckrige Flutwelle wälzten sie sich die in den Fels gehauenen Stufen hinauf. Rose hatte keine Ahnung, wo Basil diesen Rucksack gefunden hatte, der innen anscheinend größer war, als es von außen den Anschein hatte – aber im Moment war ihr das ganz egal.

»Wie haben die da alle reingepasst?«, wunderte sich auch Tymo.

»Tante Lilys Schlankheitsmittel!«, sagte Basil. »Die Leute können *mehr* essen, um *weniger* zu wiegen. Und seht nur, wie viel Energie es ihnen gegeben hat!«

Salihah warf einen Blick zurück und sah, wie die braune

Armee ihm im wahrsten Sinne des Wortes auf den Fersen war. Mit einem Aufschrei begann er zu laufen und kraxelte doppelt so schnell an der Wand hinauf wie zuvor. Aber er war bei weitem nicht schnell genug.

Der erste Stutenkerl, der ihn erreichte, brüllte: »Juhu!«, und sprang auf Salihahs Schulter. Mit einem dicken Arm klammerte er sich in dem Pelz fest, mit dem anderen wedelte er in der Luft, während Salihah versuchte, ihn abzuschütteln.

Aber Salihahs Bemühungen waren zu schwach und kamen zu spät – schon hatten ihn die übrigen Stutenkerle erreicht.

Ein zweiter Stutenkerl schwang sich in die fettigen Haare des Mannes, dann auf seinen Rücken, während eine Gruppe sich um seine Beine schlang und ihn zu Fall brachte. Immer mehr warfen sich auf ihn, bis Salihah völlig bedeckt war von einem Berg weichen Hefeteigs.

Er kroch dennoch weiter und erklomm langsam Stufe um Stufe den Gipfel.

»Gute Arbeit, Basil!«, rief Rose und rannte los. »Er wird langsamer! Holen wir ihn uns!«

Sie rannten vorsichtig los. Harry rollte hinter ihnen her.

»Das ist alles sehr aufregend! Aber ich glaube, ich bin nicht ganz auf der Höhe? Wer ist dieser Mann?«

»Das finden wir später heraus!«, brüllte Basil.
»Du hast die ganze Zeit eine Geheimwaffe dabeigehabt?«, keuchte Tymo beim Rennen. »Du hättest uns vorwarnen können, *hermano.*«
»Geh nicht zu scharf mit dem Jungen ins Gericht«, sagte Gus aus dem Parka heraus. »Ein angehender Bestsellerautor muss doch ein paar Asse im Ärmel haben.«
»Tante Lily taucht auf jeden Fall in den Danksagungen meines Buches auf!«, keuchte Basil.
Inzwischen hatte Salihah fast die letzten in den Fels gehauenen Stufen erreicht. Verzweifelt riss er sich einen der Stutenkerle nach dem anderen ab, brach sie entzwei und warf sie auf die Felsen unter sich. Aber für jeden, den er abriss, schienen sich zwei weitere auf ihn zu stürzen. Brüllend vor Unmut verschwand er über den Rand der Felswand.
»Ich glaube nicht, dass ich es dort hinauf schaffe!«, rief Harry, während die anderen die Felsentreppe hinaufstiegen. »Ich suche einen anderen Weg! Keine Sorge, ich komme schon klar!«
»Alles in Ordnung, Harry!«, rief Rose über die Schulter. »Halte das Fläschchen fest!«
Rose war als Erste oben – und stolperte fast über einen zappelnden Haufen zerrupfter, jammernder Stutenkerle.

Salihah war nirgends zu sehen.
Rose kniete sich hin und hob vorsichtig einen der Stutenkerle auf, dessen Bein abgebrochen war. »Wir haben ihn erwischt«, quiekte der Kleine. »Jetzt können wir wieder einfach nur Stutenkerle sein.« Und er verstummte und wurde im nächsten Augenblick zu einem Hefegebäck, aus dem der Zauber wie ein weißes Wölkchen aufstieg und verflog.
Nevika, Tymo und Basil kamen dicht hinter Rose her, und alle vier blieben jetzt am Rand der Kraterschlucht stehen, um über einen schneebedeckten Hang hinunterzublicken.
»Wow, was ist das für ein Ort?«, fragte Tymo.
Es war eine Geisterstadt.
Ein kleines verlassenes Dorf schmiegte sich in die felsigen Hänge des Berges. Betonbunker waren gitterartig angeordnet, dazwischen geborstene Asphaltstraßen, die unter dem Schnee kaum zu sehen waren. Die Bunker hatten Fenster, aber die Scheiben waren längst zerbrochen, und innen sahen sie dunkel und leer aus. In den Gebäudewänden klafften Risse, die voller Schmutz waren.
Durch die Mitte der Reihen von Bunkern führte eine breitere Straße, eine Hauptstraße. Dort lagen weitere der zerbrochenen Stutenkerle auf dem Pflaster.

Rose konnte nichts von Salihah sehen – auch keine Fußabdrücke.

»Wohin kann er verschwunden sein?«, fragte Nevika verzweifelt. »Er war doch direkt vor uns!«

»Gebt alle gut Obacht«, sagte Rose. »Er könnte sich hier irgendwo verstecken.«

Langsam gingen sie die Hauptstraße entlang, wobei sie darauf achteten, nicht auf die Reste der Stutenkerle zu treten. Jacques und Tinaka suchten von Basils Schulter aus die leeren Gebäude ab.

»Komm raus und zeig dich, Salihah!«, rief Nevika. »Salihah, du Feigling!«

Doch der Mann tauchte nicht auf. Nevikas Worte hallten durch die leeren Straßen, und ihre Aufforderung blieb unbeantwortet.

Tymo öffnete seinen Parka und ließ Gus auf den Boden. »Wir brauchen alle Augen, *gatito*.«

Der Kater peitschte heftig mit dem Schwanz. »Und deshalb erdulde ich brav den Schnee unter meinen Pfoten.«

»Das ist vielleicht ein unheimlicher Ort«, sagte Basil. »Ich habe nie in Erwägung gezogen, Horrorromane zu schreiben. Jetzt weiß ich, warum.«

Die Straße führte bergan zum Kamm des Berges hinauf. Auf der anderen Seite senkte sich das Land zwischen

den Wänden der Schlucht. Dort befanden sich alte Hafenanlagen am Ufer des Meeres. Dahinter sah man den weiten, glitzernden Ozean. Der Horizont verschwand im Winternebel.
Rechter Hand tauchte nun ein Gebäude auf, das ausnahmsweise etwas anders aussah als die nichtssagenden Betonkästen. Es erinnerte Rose an eine alte gotische Kirche. Ihr gewölbtes schwarzes Dach lief spitz zu, und von den Endpunkten grinsten steinerne Wasserspeier. Über den Portalen in der Fassade befand sich ein mächtiges Buntglasfenster. Jede der Scheiben war in einem andern Rot.
Ganz oben auf dem Dach war ein bronzenes Gebilde, eine Art Skulptur, die wie ein großes K aussah.
»Was soll das?«, fragte Tymo. »Ich hätte eher ein Kreuz erwartet. Oder soll das K vielleicht für *Kreuz* stehen?«
»Es ist nicht einfach ein Symbol«, zirpte Tinaka.
»Auf keinen Fall«, sagte Nevika. »Ich habe es überall in dem –« Ihre Stimme brach. »In dem geheimen Raum meiner Mutter gesehen. Es steht für das Komplott der Konditoren.«
Die Fenster der Kirche waren heil, aber dunkel. Rose war sich nicht ganz sicher, aber sie glaubte, im Inneren eine Bewegung bemerkt zu haben.
»Salihah könnte dort drin sein«, sagte sie leise.

Gus schnüffelte am Boden. »Ich kann seine Spur nicht aufnehmen. Um ehrlich zu sein, kann ich eigentlich nur Hefeteig riechen. Dieses Klima tut meinem Geruchssinn nicht gut.«

Rose legte den Finger auf die Lippen, und sie traten alle an eines der Fenster und spähten in das Gebäude. Rose hatte erwartet, Kirchengestühl zu sehen oder möglicherweise etwas wie einen Altar.

Stattdessen sah sie Reihen rumpelnder Fließbänder – das war die Bewegung, die ihr aufgefallen war. Im Hintergrund standen Arbeitstische mit vielen Rührschüsseln und eine Reihe sehr professionell aussehender Kühlschränke. An jeder anderen Wand standen Unmengen von blanken Stahlöfen, von denen einige heiß glühten.

»Das ist eine Bäckerei!«, rief Rose aus. »Was sie da drin wohl herstellen?«

»Gute Frage! *Was* backe ich dort drin wohl?«, zischte eine drohende Stimme hinter ihnen.

»Huch!« Nevika, Rose und ihre Brüder fuhren herum.

Gus stellte die Nackenhaare auf und fauchte. »Du tust diesen Kindern nichts! Sie stehen unter meinem Schutz!«

Salihah beachtete den Kater nicht. Er stand breitbeinig auf der geborstenen, schneebedeckten Hauptstraße und taxierte die Kinder mit seinen dunklen Augen. Der Wind vom Meer blies seinen zerlumpten Fellüberhang auseinander und ließ ihm die strähnigen Haare über das Gesicht wehen.

Wie beiläufig hob er einen kopflosen Stutenkerl hoch und biss hinein.

»Was für ein tragisches Ende«, murmelte Basil.

Hinter Salihah konnte Rose Hunderte von kleinen weißen Kisten sehen. Sie hatten die Größe von Hasenställen, und wie die Bunker am Hang waren sie in akkuraten Reihen angeordnet.

Salihah warf den leblosen Stutenkerl in den Schnee. Kauend deutete er auf das verlassene Gelände. »Ihr hättet diesen Betrieb zu seiner Glanzzeit sehen sollen. Schiffe landeten an den Anlegern unten und lieferten uns unsere Vorräte, in den Gebäuden tummelten sich die Mitglieder des Komplotts und schmiedeten Pläne, um die Führung im Land zu übernehmen. Und diese Bäckerei, voller Zauberrezepte.« Wehmütig blickte er zu den steinernen Wasserspeiern hinauf. »Die Schornsteine waren so angeordnet, dass der Rauch aus den Rachen der Wasserspeier kam. Ach, die Rauchwolken, die sie ausstießen! Es war bedrohlich und schön zugleich.«

Salihah sah Nevika finster an. »Doch dann ist dein Vater gekommen und hat alles zunichtegemacht.«
»Gut!«, rief Nevika. »Die bösen Konditoren wurden vertrieben, und du hoffentlich auch bald.«
Salihah stieß die Luft aus. »Wenn es mir nur gelungen wäre, dich aufzuziehen. Du kannst dir nicht vorstellen, was du alles hättest erreichen können!« Seine aufgerissenen Lippen verzogen sich zu einer hinterhältigen Grimasse. »Natürlich musste ich mich die vergangenen zehn Jahre irgendwie beschäftigen. Obwohl ich beschlossen hatte, mich der Flucht des Komplotts nicht anzuschließen, sondern hierzubleiben, konnte ich nicht zulassen, dass unsere Bäckerei dichtmacht, solange noch so viel Arbeit zu erledigen war.«
Rose trat aufgebracht vor. »Wir sind nur gekommen, um die Unwetter zu beenden, aber wenn du – oder das Komplott, zu dem du gehörst – versuchst, weitere Menschen zu gefährden, dann wird dich die Familie Glyck daran hindern.«
»Endgültig!«, sagte Basil.
»Darauf kannst du wetten«, sagte Tymo.
Salihah neigte den Kopf zur Seite. »Ich nehme an, dass dir Federleichter Raureif nicht unbekannt ist, Rosmarin Glyck?« Er wartete nicht auf eine Antwort. »Er findet in vielen Zauberrezepten Anwendung. Mein Lieblings-

rezept ist natürlich meine eigene Variante der *Frittierten Engelsflügel.* Köstliches Gebäck. Meine … *Kreaturen* … mochten sie auf jeden Fall.«

»Was, du meinst das, was da hinten in den Karnickelställen steckt?«, fragte Tymo und deutete mit dem Kinn hinüber. »Hast du eine Armee von Skihaserln gemacht oder so was?«

»Karnickel!«, sagte Basil lachend. »Dein finsterer Plan war es, *Karnickel* zu züchten? Also dieses Detail werde ich in meinem Roman definitiv abändern!«

»*Kaninchen*«, fauchte Salihah, der sichtlich verärgert war. »Wie kommt ihr nur auf Kaninchen?« Er schnaufte. »Meine Kinder sind eine Augenweide, wenn sie dahinziehen und den Winter heraufbeschwören. Seht, ich stelle sie euch vor.«

Er legte unter seinem Umhang ein kleines Gerät frei. Es hatte einen roten Knopf, den Salihah jetzt vorsichtig drückte.

Hinter ihm klappten Hunderte von Türen an den Hunderten von Ställen auf.

Wie auf Kommando rauschte ein Sturm weißer Motten heraus.

Immer mehr stürzten aus den Ställen, Hunderte, dann Tausende. Sie sprudelten hervor wie Wasser aus einem Wasserrohrbruch, dann umkreisten sie ihren Erfinder wie ein Wirbelsturm. Sie schwärmten vorbei an Salihah, und ihre Flügel verursachten eisige Luftströme, die den Schnee vom Boden anzogen und durch die Luft wirbeln ließen.

Innerhalb von Sekunden war Salihah von einem Tornado von Flügeln und Schnee umhüllt.

Rose hob die Hände, um ihr Gesicht zu bedecken. Ihr Schal flatterte und peitschte so heftig um sie herum, dass sie Angst hatte, erdrosselt zu werden. Pelzige Wesen und Winterwinde rüttelten an ihr, und obwohl sie schrie, verschluckte der verheerende Lärm von Millionen schlagender Flügel ihre Stimme. Sie spürte, wie die Luft um sie zu Eis kristallisierte.

Und im nächsten Augenblick war die Welt vollkommen weiß.

Kapitel 16
Harry der Schneemann – Retter der Menschheit

Rose hatte das Gefühl, im Schleudergang einer Waschmaschine gefangen zu sein. Sie wollte schreien, aber dann stellte sie sich vor, wie ihr Hunderte fusseliger Wesen in den Schlund flogen, und sie ließ den Mund lieber fest geschlossen.

Die Unmengen von Motten umschwärmten sie, und mit ihnen weiterer Schnee, herbeigehext von dem summenden Schwirren ihrer gefrorenen Flügel. Irgendwie saugten sie auf magische Weise jegliche Wärme auf, die in der Luft hing.

Rose konnte kaum atmen und merkte, wie ihr ihre bunte Strickmütze vom Kopf gefegt wurde. Schon bald reichte ihr der Schnee bis an die Schienbeine, dann bis an die Knie. Ihr wurde schwindelig, und vor Panik taumelte sie blindlings umher, streckte die Arme aus und versuchte sich an jemandem festzuhalten. Aber der Schnee stieg ihr bald schon bis zur Taille, und der Ansturm der Motten traf sie mit der Macht eines Sattelschleppers. Atemlos warf sie sich nach vorne – und stieß mit einem Körper zusammen. Sie umschlang die Person und streckte ihr Kinn in den Mantelkragen.

»Rose!«, hörte sie Basils erstickte Stimme. »Was sollen wir nur machen?«

In dem Moment ließ der Wirbelsturm der Motten etwas nach.

Rose spürte ein Zupfen am Ärmel. Eine verschwommene Gestalt tauchte aus dem peitschenden Tornado der Falter auf. Nevika, deren Gesicht von ihrem Schal bedeckt war. »Hier entlang! Hinter die Bäckerei!«

Rose nahm Basil bei der Hand und ließ sich von Nevika durch die weiße Schneeflut führen. Sie konnte die Kirche nicht mehr sehen, nur ein schwaches rotes Licht aus dem bunten Glasfenster.

Sie kämpften sich durch die rasch anwachsenden Schneewehen und duckten sich in eine Nische an der Seite der Bäckerei. Die engen Steinmauern reichten ge-

rade, um sie vor dem Wirbelsturm zu schützen, den die Motten heraufbeschworen hatten.
»Danke!«, rief sie Nevika zu.
Nevika schrie etwas Unverständliches zurück.
Basil hatte zum Glück schnell auch Tymos Hand gepackt, daher waren alle beieinander. Jacques und Tinaka schauten aus dem Kragen von Basils Jacke hervor, und Gus war unter Tymos Parka verborgen.
Der Schnee türmte sich immer höher. Nicht mehr lange, und die vier Kinder würden in der Nische eingemauert sein, begraben in Schnee.
»Es ist seltsam«, rief Basil gegen den brüllenden Sturm an, »aber ich spüre die Kälte immer noch nicht. Die Trollwichtel haben das mit dem Früchtestollen echt gut drauf!«
»Tut mir leid, dass ich Salihah nicht packen konnte!«, sagte Tymo. »Ich hätte das hier verhindern sollen!«
»Das ist nicht deine Schuld!«, rief Nevika zurück. Sie packte Roses Hände und fragte: »Was machen wir nun, Meisterbäckerin?«
Rose verzog das Gesicht. So ein Unwetter wie dieses hatte sie noch nie erlebt, und Wetterzauber waren nicht gerade ihre Spezialität. Sie war ratlos.
Aus Basils Kragen schauten zwei Nager heraus.
»Da kommt was!«, rief Jacques.

»Etwas Großes!«, stimmte ihm Tinaka zu.
Basil schlug die Hand vor den Mund. »Doch keine Lawine, oder?«
»Das ist deine Muse, Basil, mein Junge!«, knurrte Gus.
Rose hob schützend die Hand vor die Augen und blickte sich um: Eine riesige Gestalt kam den Berg heraufgerollt und pflügte sich durch den Schneesturm wie ein einsamer Cowboy in den alten Westernfilmen, die Albert so gerne sah. Nur dass es sich nicht um einen Cowboy handelte –
»Harry!«, sagte Basil. »Er kommt zum großen klimatischen Finale! Ich hoffe zumindest, dass es das Finale ist. Ich weiß nicht, wie viel ich noch ertragen kann.«
Die Kinder winkten wild mit den Armen. »Harry!«, brüllte Rose. »Hier drüben!«
Harrys Kopf drehte sich, bis seine gläsernen blauen Augen sie erspähten.
»Da seid ihr!« Harry pflügte sich knirschend durch die Schneewehen und kam zu ihrem notdürftigen Versteck. Der tosende Sturm konnte ihn nicht aufhalten – im Gegenteil, er war noch mächtiger geworden – hoch wie ein großes Bürogebäude, das sich bewegte. »Ich musste den Wanderweg nehmen, um hier hinaufzukommen. Ausgerechnet jetzt so ein Wintereinbruch!«

»Das ist nicht irgendein Sturm«, sagte Nevika. »Salihah hat seine Schneemotten freigelassen und versucht, uns darin zu begraben. Die sind der Grund für den Schneesturm.«

»Schneemotten, sagst du?« Harry schien zu überlegen. »Und wenn man sie aufhält, seid ihr gerettet?«

»Auf jeden Fall!«, sagte Basil. »Mach ihnen ein Ende, und du bist der größte Held, den die Welt je gesehen hat.«

»Für Nicht-Schneemänner wie euch muss das ja entsetzlich sein«, sagte Harry, »aber für mich ist dieser Schneesturm *herrlich*. Ein Fest für Augen und Bauch. Jetzt müsst ihr mich entschuldigen.«

Der Schneemann drehte sich den Reihen von eingeschneiten Bunkern zu.

»Abendessen!«, brüllte er. »Jetzt kommt Harry!«

Und damit rollte er davon.

Rose und die anderen sahen, wie Harry seine Reisigarme ausbreitete und sein Mittelteil sich zu drehen begann. Seine Arme surrten zuerst langsam, dann immer schneller durch die Luft wie die Flügel eines Hubschraubers.

Die Motten, die in seiner Nähe waren, verfingen sich in seinen Armen und wurden in seinen Körper gesaugt – wie in einen überdimensionalen Mixer. Der wirbelnde

Harry bildete einen Luftstrudel im fallenden Schnee, und die Zweige, die seine Arme waren, verschwammen. Die Schneemotten konnten seinen verzweigten, ausholenden Fingern nicht entkommen. Er fing sie aus der wirbelnden Luft, bevor sie es schafften, über den Gipfel zu fliehen. Er stopfte die gefangenen Motten in seinen Mittelteil, wo sie sich aus seinem Schneebauch zu befreien suchten.

»So fühlt es sich also an, wenn die Menschen sagen, dass man Schmetterlinge im Bauch hat!«, rief Harry fröhlich. »Es kitzelt!«

Er drehte sich wie ein Kreisel, so schnell, dass sein Zylinder und sein Schal im Wind davonflatterten. Als Rose schon annahm, dass er sich nicht länger drehen könnte, stürzte sich Harry den Abhang hinunter und in die Hauptstraße durch die Mitte des Geländes.

»Seht ihn davonrollen!«, schwärmte Basil. »Er hat die Anmut eines Tänzers. Eines riesigen Schneemann-Tänzers, aber trotzdem … wow!«

Rose stimmte ihm stumm zu. Harrys Tanz war wunderbar. Im Davonrollen blähte sich sein unterer Teil auf wie ein Ballon. Der herbeigezauberte Schnee blieb an ihm haften, und die Kugeln gingen auf wie aus Hefeteig. Dabei sammelte er weiter Motten ein und stopfte sie in seinen rasch anwachsenden Mittelteil.

Der Mottenschwarm teilte sich, flog in Bodenhöhe weiter und schlängelte sich durch die Gassen zwischen den Bunkern.
»Sie merken, was er vorhat«, sagte Rose. »Sie versuchen zu fliehen.«
»O nein, ihr entkommt mir nicht!«, brüllte Harry.
»Mein Held!« Basil trampelte sich einen Pfad aus ihrer Nische und schlitterte hinunter zu der Straße, die Harry freigemacht hatte. Rose, Nevika und Tymo folgten ihm und sahen zu, wie Harry die ganze Häusersiedlung von Motten befreite.
Harry war gigantisch, ein Koloss aus Schnee und Eis. Hoch erhob er sich in den grauen Himmel, um einiges höher als das höchste Gebäude in Calamity Falls. Sein Unterteil war so groß, dass darin die gesamte Glücksbäckerei Platz gefunden hätte und noch mehr.
Rose erwartete, dass Harry bei der Mottenjagd von den Gebäuden gebremst würde. Sie schlug die Hand vor den Mund und hatte Angst, dass er bei dem Aufprall seinen Kopf verlieren könnte.
Stattdessen waren es die Bunker, die zusammenbrachen. Beton zerplatzte in der Luft. Wie ein kleiner Junge, der übermütig eine Stadt aus Bauklötzen zerstörte, machte der riesige Schneemann einen Bunker nach dem anderen nieder. Dabei wurde er immer schneller und jagte

wild den weißen Motten nach, die durch die Gassen stoben.
»Genau!«, sagte Nevika, »zerstöre diese grauenhaften Gebäude! Das schaffst du, Harry!«
Harry holte das Ende des flatternden Schwarms ein. Seine Arme griffen um sich und stopften die Falter in riesigen Mengen in seinen Mund.
»Er ist wie Pacman!«, sagte Tymo.
»Ich sehe das Video zu meinem Bestseller schon vor mir«, stimmte ihm Basil zu. »Crossmediale Werbung ist DAS Ding, weißt du?«
Der Schwarm war jetzt fast ganz verschwunden, eingeschlossen in Harrys Mittelteil und Kopf. Die Motten verliehen seinem Körper ein perlmuttartiges Leuchten – fast, als sei er mit Pailletten besetzt.
Da er inzwischen groß wie ein Berg war, musste Harry jetzt nicht mehr rollen, um mit den Motten Schritt zu halten. Er drehte sich einfach und griff sie sich aus der Luft, egal, wo sie waren, dann schaufelte er sie in sich hinein.
Die Windstöße erstarben zu einem Wimmern.
Die letzten paar Motten flatterten geschwächt in Richtung Meer.
Und so gut wie alles an Schnee, den der Schwarm hervorgebracht hatte, war verschwunden – in Harry.

Sie konnten nicht anders: Rose, Tymo, Basil und Nevika – und sogar Jacques und Tinaka – jubelten und klatschten wie wild. »Du hast es geschafft, Großer!«, rief Basil. Gus untersuchte nur seine Pfoten, aber am Zucken seines Schwanzes konnte Rose sehen, dass auch er zufrieden war.

Harry war zum Mount Everest der Schneemänner geworden, breit wie ein Häuserblock und hoch wie ein kleiner Wolkenkratzer. Seine Möhrennase und seine blauen Bonbonaugen waren winzige Pünktchen in seinem Kopf, der groß wie ein Fesselballon war, und seine Reisigarme, die wieder viel zu klein wirkten, standen mickrig aus seinem Mittelteil.

»Seht euch das nur an!« Harry blickte hinunter. Sein Mund war ein überraschtes O. »Ich glaube gar, ich habe es *geschafft*. Ich bin ja so RIESIG!«

»Jaaa!«, jauchzte Basil. »Harry der *Riesen*schneemann! Wir verdienen uns eine goldene Nase!«

Harry nickte und fasste an seine Möhrennase. »Eine goldene wäre toll!«

»Danke«, sagte Rose, die nur staunen konnte über das, was Harry erreicht hatte. »Du hast uns gerettet. Erst unten am Wasser und jetzt hier in –«

»Oh! Das hätte ich fast vergessen!« Harry grub in seinem Mittelteil herum und zog schließlich das Fläschchen mit dem blauen Gegenmittel hervor. »Das ist für dich, Meisterbäckerin Rosmarin Glyck.«

Rose deutete auf Nevika. »Es gehört ihr.«

Harry nickte. »Für dich, Meisterbäckerin Nevika Baridi.«

Behutsam nahm Nevika das Fläschchen entgegen. »Ich weiß nicht, was ich hätte machen sollen, wenn du das nicht aufgefangen hättest.«

Harry verneigte sich. »Es war mir ein absolutes Vergnügen, solch wunderbare Bäckerinnen auf ihrer Reise begleiten zu dürfen. Ich habe erlebt, wie viel euch eure Familien bedeuten, eure Städte und sogar Fremde, die ihr gerade erst kennengelernt hattet – ihr seid prächtige Leute.« Er sah an sich hinunter. »Und wenn ein Schneemann das sagen darf, ich bewundere euch sehr.«

»Danke, Harry«, sagte Nevika.

Der Schneemann klopfte sich den angeschwollenen Bauch. »Diese Motten rumoren ganz schön in mir! Was soll ich jetzt mit ihnen machen?«

Rose wollte Nevika fragend ansehen, bemerkte jedoch, dass das Mädchen gerade andere Sorgen hatte und mit den Augen das Gelände absuchte.

»Er ist weg«, sagte Nevika. »Salihah ist abgehauen.«

»Zumindest werden wir verhindern, dass er seine kleinen Helfer zurückbekommt«, sagte Rose und rief zu

Harry hinauf: »Meinst du, dass du die Motten in Schach halten kannst, bis ihre Zauberwirkung nachlässt?«

Harry sah aus, als ob ihm ein bisschen schlecht sei. »Zuerst haben sie nur gekitzelt. Aber ich glaube, ich muss sie bald loswerden.«

»Wir dürfen sie auf keinen Fall hier freilassen«, sagte Rose. »Dann verursachen sie wieder einen Schneesturm.«

Tinaka, der auf Basils Kopf saß, streckte die Pfote aus. »Da draußen ginge es vielleicht?«, schlug die kleine Springmaus vor. »Da ist Land.«

Der Nebel vor der Küste war von der Gewalt der Winterwinde, die die Motten heraufbeschworen hatten, fortgeblasen worden. Dort draußen im winterlichen Ozean lag eine dunkle Felseninsel.

»Der Ort sieht verlassen aus!«, sagte Harry, und der Boden unter ihm rumpelte. »Ich werde die kleinen Viecher dort drüben freilassen, dann können sie ihre Schneestürme aufwirbeln, solange sie Lust haben.«

»Und hinterher werden sie wieder zu ganz normalen ollen Motten«, überlegte Nevika. »Nutzlos für Salihah, denn er kann sie nicht weitere zehn Jahre mit Zauberkeksen füttern.«

»Insel der einsamen Motten.« Jacques seufzte verträumt. »Die Poeten werden einst darüber schreiben.«

»Nette Idee«, sagte Tymo, »aber wie sollen wir Harry dort hinübertransportieren? Es hat wohl nicht jemand zufällig ein riesiges Boot bei sich?«

Harry krümmte seine Stummelarme. »Ich wette, wenn ich mit Anlauf den Abhang hinunterrolle, kann ich schnell genug werden, um mit meinem gefrorenen Hinterteil über die Wellen zu segeln! Ich würde vielleicht etwas von meiner herrlichen Größe einbüßen, aber …«

Er senkte den Kopf. »Das sollte das kleinste Problem sein. Schließlich hat mich Mr Dobson ja erschaffen, damit ich die Lage rette.«

Basils Unterlippe bebte. »Das können wir dich nicht tun lassen! Du schmilzt!«

Rose schluckte. Basil hatte recht – Schnee und Wasser, das passte nicht zusammen, vor allem nicht brodelnde Wogen salzigen Meerwassers.

Sie überlegten hin und her, aber sie fanden keine andere Möglichkeit. Harry versuchte, sich nichts anmerken zu lassen, aber sein Bauch begann sich auszubeulen – ein sicheres Zeichen dafür, dass die Motten kurz davor waren herauszubrechen. Und wenn sie hier auf dem Festland losgelassen würden, dann würden sie in der Lage sein, alle umliegenden Städte zu verwüsten.

»Ich will ihn ja auch nicht verlieren«, flüsterte Nevika.

»Aber wir alle haben doch gesehen, was die Motten anrichten können.«

»Hey Leute, seid ihr verrückt geworden?« Basil warf die Arme hoch. »Ich will nicht, dass mein Buch so endet!«

Ein warmes Lächeln breitete sich auf Harrys Gesicht aus. »Das ist nicht das Ende, Basil! Wirst du schon sehen. Ich rolle dort hinüber, und alles wird gut. Wahrscheinlich erhalte ich nur meine normale Größe zurück, sonst nichts. Was soll schon passieren?«

»Wir müssen es ihn machen lassen, Rosmarin«, sagte Gus leise.

Rose zögerte, dann legte sie die Hände um den Mund. »Okay«, rief sie hinauf zu Harry. »Aber du musst versprechen, dass du schneller rollst als jemals zuvor!«

»Du hast mein Wort, Meisterbäckerin Rosmarin Glyck!« Harry hob einen seiner Reisigfinger. »Mir ist gerade noch was eingefallen! Das hier habe ich gefunden, als ich die Motten gejagt habe.«

Er griff sich in den Bauch und zog etwas Kleines heraus. Er warf es hinunter, und Rose fing es auf. Es war ihre bunte Strickmütze.

»Macht Platz, ihr Zwerge!«, sagte Harry, rollte auf die höchste Stelle des Berges und walzte über die entleerten Mottenställe. Holzsplitter krachten.

Rose nahm Basil bei der Hand und zog ihn in eine Umarmung. Tymo und Nevika traten zu ihnen.
Harry taumelte auf dem Bergkamm. Er hatte die Blicke auf den Abhang gerichtet, der durch die Schlucht zu der Anlegestelle und dem Meeresufer führte.
Er blickte hinab, konzentrierte sich, atmete tief durch und stürzte sich nach unten.
Immer schneller rollte er hinab, über die Hauptstraße, rasend wie ein Flugzeug auf der Startbahn. Noch nie hatte Rose jemand – oder etwas – so schnell dahinrasen sehen. Der hölzerne Anleger, den Harry wie eine Sprungschanze nutzte, brach zusammen, als Harry darüberschoss, aber da schwebte der Schneemann bereits fünfzig Meter über das Wasser. Mit einem lauten Aufklatschen landete er auf dem Wasser und hüpfte weiter von Welle zu Welle.
»Auf Wiedersehen«, sagte Basil leise und schluchzte.
»Er wird durchkommen«, sagte Rose und drückte ihrem kleinen Bruder die Schulter. Sie war nicht sicher, ob sie sich selber glauben durfte.
Zuerst gelang es Harry, über die Wellen zu springen, rasend wie ein Rennboot. Aber allmählich verlor er an Geschwindigkeit, während ihn das Salzwasser annagte, und er sank etwas in der Wasseroberfläche ein.
Aber er ließ nicht nach.

Auf der Hälfte zwischen dem zerstörten Anleger und der Insel war sein Unterteil nur noch so groß wie sein Bauch.

»Los, Harry«, flüsterte Basil. »Weiter, weiter, weiter.«

Die anderen sahen stumm zu.

Nach Dreiviertel des Weges war Harrys Unterteil ganz geschmolzen.

Er rollte jetzt auf der mittleren Schneekugel weiter. Sein Kopf schaute aus den Wellen hervor. Während die Wellen den Schnee wegspülten, flatterten die Motten heraus. Wie Dampfwolken stiegen sie über Harry auf. Sie schwärmten auf die Insel zu und hinterließen eine Spur von Schnee.

Als Harry endlich das Ufer der Insel erreichte, war seine Mitte so weit geschmolzen, dass Rose das leuchtende rote Pulsieren seines Bonbonherzens sehen konnte.

Die Motten quollen aus ihm heraus, eine Wolke schimmernder Flügel, die sich über die schwarzen Felsen der fernen Insel ausbreiteten.

Das rote Glühen versank in den Wellen.

Sein geschrumpfter Kopf drehte sich um, und auch wenn er weit fort war und es fast unmöglich war, etwas Genaues zu erkennen, hätte Rose schwören können, sein Lächeln zu sehen.

Und dann war Harry verschwunden.

Tymo schniefte, und Rose sah ihn mit Tränen in den Augen an. Nevika senkte den Kopf, und die beiden Nager ließen die Schwänze hängen.
»Ich habe doch niemals eine Tragödie schreiben wollen«, sagte Basil leise.
»Harry hat uns nicht nur vor den Motten gerettet.« Nevika tätschelte Basil den Arm. »Er hat uns vielleicht auch die Möglichkeit verschafft, meine Eltern zu retten.« Sie zog das Fläschchen mit dem Gegenmittel aus der Tasche. Ihre Augen funkelten entschlossen. »Die Sache ist noch nicht vorbei!«

Kapitel 17
Je mehr, desto besser

Eine Stunde später saßen Rose und ihre Freunde gegenüber der Eissäule am Ufer des gefrorenen Sees um ein großes Lagerfeuer, das Tymo mit Hilfe seines Feuerzeugs und mit dem Holz aus den zersplitterten Mottenställen entfacht hatte.

»Mir fehlt die Wüste«, grübelte Tinaka und wärmte seine kurzen Vorderbeine am Feuer.

Nachdem Harry in dem salzigen Meerwasser versunken war, war Tymo mit seinem Handy herumgestapft, um ein Netz zu suchen. Schließlich hatte er Erfolg gehabt, und Hilfe war unterwegs. Rose hoffte, dass ihre Familie rasch eintreffen würde – ehe die Wirkung des Früchtestollens aufhörte, sie vor der Kälte zu schützen.

»Ich persönlich«, sagte Gus und musterte seine Krallen, »ziehe das Wetter meiner schottischen Heimat vor – feucht, unfreundlich, windgepeitscht.«

»Ach, was redet ihr!«, sagte Jacques. »Paris hat das beste Klima überhaupt. Und dazu noch die Düfte der Feinschmeckerküche!«

Während die Tiere stritten, studierten Rose und Nevika das Backbuch. Sie hatten eines der handgeschriebenen Rezepte nach dem anderen durchgesehen, aber keines schien richtig geeignet zu sein.

»*Mauna-Loa-Lavakuchen?*«, fragte Rose. »Nur dass hier ja keine Lava aus Hawaii herumliegt. Was zum Problem werden könnte. Denn sie verleiht dem Rezept ja die Wirkung.«

»Außerdem zu heiß«, sagte Nevika und blätterte um. »Vielleicht diese *Sizilianisch-süßen Sommerschnitten?*«

»Hmmm«, meinte Rose. »Wir markieren die Seite mal.«

Basil war ungewöhnlich still, seit sich Harry geopfert hatte, und Rose ließ ihn in Ruhe. Ihr kleiner Bruder hatte wie wild in sein Notizbuch geschrieben, kaum dass sie sich am Lagerfeuer niedergelassen hatten. Ab und zu unterbrach er sich und wischte sich eine Träne fort.

Tymo blickte über die Schulter. »He, Leute, habt ihr das gehört?«

Rose sah von dem Backbuch auf. Ein fernes Rumpeln klang aus südlicher Richtung durch die Steilwände der Schlucht. Ein Motor.

Auf dem Kamm des Abhangs tauchte ein Gefährt auf, dann schwenkte es auf die Rampe, die in die Wand gehauen war und über die sie am Morgen heruntergekommen waren.

Den Fahrer, obwohl er noch weit weg war, hätte Rose auf jede Distanz erkannt.

»Devin!«, rief sie laut und wedelte mit den Armen.

Roses Freund saß rittlings auf einem Jetski, Polly saß hinter ihm. Sie zogen einen Metallanhänger hinter sich her, unter den Skier gebunden waren. Darin saß Tante Lily mit einem dicken Sack voller Zutaten.

Devin bremste, als er am Ufer ankam, sprang ab und rannte auf Rose zu.

Rose fiel ihm in die Arme und streifte ihm beinahe seine Mütze mit den Ohrenklappen ab. »Mann, bin ich glücklich, dich zu sehen!«

Devin drückte sie fest. »Dito.« Er beäugte die glühende Säule im gefrorenen See. »Wow, ihr habt tatsächlich keinen Mist erzählt!«

Polly und Lily schleppten den Sack zu der Gruppe ans

Feuer. Polly war in einen alten Mantel und in eine Strickmütze gehüllt, unter der ihre schwarzen Haare hervorquollen. Tante Lily sah in ihrem Webpelz so makellos wie immer aus.

Polly ließ den Sack fallen. »Euch geht's allen gut, ja?«

Basil schlang die Arme um die Taille seiner Mutter und barg sein Gesicht an ihrem weichen Bauch, sagte jedoch nichts.

»Es war schon etwas heftig«, sagte Tymo mit heiserer Stimme. »Zum Glück war ich ja dabei und hab alles im Griff gehabt.« Die beiden Mädchen sahen ihn streng an, und selbst Gus räusperte sich. Verlegen setzte Tymo hinzu: »Also, wir haben das alles zusammen gestemmt.«

»Wo sind Dad und Großvater Balthasar?«, fragte Rose.

»In der Bäckerei ist heute der Teufel los, nachdem die Straßen wieder frei sind«, erklärte Polly. »Wir sind noch immer knapp mit Vorräten, aber eure Tante und ich haben so viel mitgebracht, wie wir konnten.« Sie deutete auf den Sack, aus dem Rose Quirle und Töpfe hervorblitzen sehen konnte.

Tante Lily ging über den Damm auf die Eissäule zu. Das pulsierende Licht im Inneren glühte blassgrün und gab ihrem Gesicht einen fahlen Ton. »So etwas habe ich noch nie gesehen«, murmelte sie, bevor sie zurückkam und an Rose und Nevika gerichtet fragte: »Habt ihr etwas Nützliches in dem Backbuch gefunden?«

Rose seufzte. »Noch nicht. Alles, was wir gefunden haben, würde Nevikas Eltern zu schnell auftauen, und dann würde keine Zeit bleiben, Papa Baridi schnell genug ein Gegengift zu verabreichen. Das wäre dann der sichere Tod.«

»Und das ist *keine* Option«, sagte Nevika.

»Natürlich nicht«, sagte Polly und tätschelte ihr die Schulter. »Sucht weiter. Jungs – und ich meine auch die Tier-Jungs, verstanden? – helft mir, die Vorräte zu sortieren.« Tinaka sprang auf Tante Lily zu uns stellte sich ihr zu Füßen. »Das ist doch wohl kein echter Pelz, oder?«

Tante Lily griff sich an die Brust. »Echten Pelz zu tragen würde mir im Traum nicht einfallen.«

Tinaka nickte zufrieden und wackelte mit seinen Hasenohren. »Dann ist es ja gut. Dein Mantel passt zu meinem Fell. Darf ich mich auf deine Schulter setzen?«

Lily bückte sich und hielt Tinaka die Hände hin. Der kleine Nager sprang darauf, und Tante Lily hob ihn hoch und setzte ihn sich auf die Schulter.

Rose und Nevika wandten sich wieder dem Backbuch zu. Nevika runzelte die Stirn und blätterte darin herum. »Hmm.«

»Hast du eine Idee?«, fragte Rose.
»In eurem Buch ist ein ähnliches Karamellrezept wie in unserem«, sagte Nevika. »Habe ich dir schon erzählt, dass meine Mutter mir jeden Abend vor dem Zubettgehen ein Rezept vorgelesen hat?«
»Das ist ja süß von ihr, wenn auch –« Rose richtete sich auf. »Ach so, kannst du dich an ein spezielles erinnern?«
Nevika nickte zu dem Lagerfeuer hin. »Marshmallows. Ich dachte gerade daran, wie mir jetzt ein geschmolzenes Marshmallow schmecken würde, und dabei ist mir eines der ersten Rezepte eingefallen, das sie mir je vorgelesen hat. Ein Marshmallow-Rezept, um die Zeit zu verzögern.«
Rose nickte. »Ja, klingt irgendwie bekannt. Ich glaube …« Sie blätterte herum und deutete triumphierend auf eine Seite ziemlich weit hinten. »Da ist es!«
Zusammen lasen sie stumm das Rezept durch.

Marshmallows zur Meditation
Halten die Zeit an, damit man über den Sinn des Lebens nachdenken kann

Es war im Jahr 1975 in Los Angeles in Kalifornien, als Meisterbäckerin Cordelia Glyck beschloss, eine Therapiepraxis für Stars zu eröffnen.

Viele der Künstler, die Cordelia aufsuchten, litten unter einem viel zu hektischen Leben und waren an den Rand des Nervenzusammenbruchs geraten. Es half zwar, diesen Schauspielern und Autoren und Regisseuren bezüglich ihres Kummers ein mitfühlendes Gehör zu schenken, doch Cordelia entschied, dass eine geheimere Lösung vonnöten war, daher erfand sie die Meditations-Marshmallows.

Cordelia kochte drei Fäuste Zucker mit einer Tasse Mineralwasser auf, um einen Sirup zu machen. Dann ließ sie Gletschergelatine (die das Empfinden für das Verrinnen der Zeit verlangsamt) in einer Tasse Mineralwasser aufquellen und mischte sie schließlich mit dem Sirup. Sie rührte zuletzt einen Extrakt von Gelassenheits-Lavendel ein (gepflückt im Garten der berühmtesten Selbstverwirklicherin der westlichen Welt) und ließ die Mischung erstarren. Dann schnitt sie die Masse in Würfel.

Cordelia verschrieb ihren Patienten ein Meditations-Marshmallow pro Tag, und während die Künstler die weich-zähe

Süßigkeit verspeisten, fielen sie in Trance. Während sie also damit beschäftigt waren, die Marshmallows zu essen, verlangsamte sich die Zeit zu einem Schneckentempo und nahm ihnen so lange ihre Last von den Schultern, bis sie sich regeneriert hatten und ihr Energievorrat wieder geladen war.

»Das könnte es sein«, hauchte Nevika.

»Mit einigen Abwandlungen zumindest«, sagte Rose nachdenklich.

Nevika hielt das Fläschchen mit dem Gegenmittel hoch. »Wir könnten das hier hineinmischen statt Gelassenheits-Lavendel.«

»Der Zeitverlauf würde sich für deine Eltern genug verlangsamen, während sie die Marshmallows zu sich nehmen, und wir könnten deinem Vater das Gegenmittel verabreichen, ehe das Gift ihn umbringen würde.«

Nevika warf einen Blick zu der Eissäule. »Gleichzeitig müssen wir den spitzen Turm schmelzen, damit sie, sobald sie in der Lage sind, den Mund zu bewegen, die Marshmallows essen können.« Sie hielt sich den Kopf. »Das wird nicht klappen. Das Marshmallow müsste ja *riesig* sein – groß genug, um sie ganz zu umhüllen.«

Rose grinste. »Wir könnten doch die Eissäule genug erwärmen, damit sie schmilzt, und mit *ihrem* Wasser machen wir dann das Marshmallow?« Sie deutete auf die Felswände der Schlucht. »Wir könnten den ganzen Krater in einen riesigen Backofen verwandeln! Ach so, aber dann würden wir mehr als nur Gletschergelatine für die Mischung benötigen, wenn das klappen soll. Wie wär's mit –«

»Seegurkenextrakt?«, beendete Nevika ihre Frage. »Der hat keinerlei sonstige Wirkungen, stimmt's? Er lässt die Mischung aufquellen, während er das Schmelzwasser der Eissäule aufsaugt. Dann wird das Marshmallow groß, richtig riesig –«

»Riesig genug, um deine Eltern zu umhüllen!«, sagte Rose.

»Könnte klappen«, sagte Nevika. »Wir müssten eben dafür sorgen, dass sie sich durch die Marshmallow-Schicht essen, deshalb müssen wir die Marshmallow-Substanz mit einem Gelüstebeschleuniger versetzen –«

Rose fummelte eine Schachtel mit winzigen, durchsichtigen Würfeln aus ihrer Gürteltasche. »Diese Würfel aus Gefräßigkeitsgelatine sollten den Zweck erfüllen – sie regen den Appetit an, statt ihn zu zügeln.«

»Sie können nicht anders, sie müssen essen, und das verzögert die Wirkung des Gifts!« Nevika schlug triumphierend auf das Backbuch.

»Das ist es, Nevika«, sagte Rose, und ihr Grinsen wurde breiter. »So retten wir deine Eltern.«

»Hoffen wir mal«, sagte Nevika und konnte selbst kaum ein Lächeln unterdrücken. »Aber es ist immer noch ein verrücktes Wagnis.«

»Das aber den Versuch wert ist«, sagte Rose. »Weißt du was, ich hatte keine Ahnung, dass es noch andere Bäckerinnen gibt, denen es gefällt, Rezepte so zu vermischen. So viele halten sich einfach strikt an das Backbuch. Wir … sind doch irgendwie ein gutes Team.«

Nevika überlegte. »Wahrscheinlich schon. Schade, dass erst eine Schneekatastrophe eintreten musste, um uns zusammenzubringen. Und ich wünschte, ich wäre nicht so … du weißt schon …«

»Ich weiß«, sagte Rose. »Gilt auch für mich.«

Nevikas Blick wurde weicher. »Ich habe nie Zeit gehabt, mich mit jemandem anzufreunden. Ich weiß nicht recht, wie das geht. Ich bin nicht so selbstsicher wie du.«

Rose lachte. »Ich zweifle die ganze Zeit an mir! Und als du aufgetaucht bist, wusste ich gar nicht recht, wie ich mich verhalten sollte. Plötzlich habe ich mich gar nicht mehr … gebraucht gefühlt.«

Nevika schnaubte. »Du wirst aber gebraucht, eindeutig.«

»Du auch«, sagte Rose.

Die beiden Mädchen erhoben sich neben dem lodernden Lagerfeuer. »Gut, denn diesen verrückten Marshmallow-Plan können wir nur zu zweit hinkriegen!«, sagte Rose.

»Wir müssen eine große Form für den Marshmallow machen. Eine riesige Kuchenform.« Devin musterte die glühende Eissäule mit zusammengekniffenen Augen. »Etwas, das die Mischung aufnimmt, während der Krater sich zu einem großen Ofen aufwärmt und das Eis auftaut. Woher habt ihr das Holz für das Feuer?«

»Eine Tonne davon liegt oben auf dem Bergkamm!«, sagte Tymo. »Harry hat alles gut zerkleinert.«

»Perfekt!«, sagte Devin. »Tymo, Basil, kommt mit.«

Tante Lily schob die Ärmel ihres Mantels hoch. »Nicht ohne mich, Jungs. Ich mache jeden Morgen hundert Liegestützen.«

Basil machte große Augen. »Wow! Sogar noch mehr als Tymo!«

Während die Jungs und Tante Lily den Berg hinaufstiegen, machten sich Rose, Nevika und Polly an die Arbeit.

Sie zogen den leeren Autoanhänger über das Feuer und heizten ihn auf. Mit schweren Nudelhölzern aus Pollys Utensiliensack zerkleinerten sie einige der umliegenden Eisbrocken und ließen sie in dem Anhänger schmelzen.

»Die Gletschergelatine muss quellen«, sagte Polly. »Sie kann launisch sein, wir müssen das geschmolzene Eis abkühlen lassen, ehe wir alles zusammenmischen. In unserem Sack ist eine Rührschüssel.«

»Ich hole sie, Madame Glyck!« Jacques huschte in den Sack hinein. Es klapperte heftig, ein gedämpftes Geräusch wie das Gackern eines Huhns und dann wie das Klingeln von Glöckchen.

»Was haben Sie da nur alles in der Tasche?«, fragte Tinaka.

»Wirklich, Tinaka«, näselte Gus dicht am gemütlichen Feuer. »Solche Fragen stellt man einer Dame doch nicht.«

»Ich habe sie gefunden!«, kam Jacques' erstickte Stimme aus den Samtfalten, dann rollte ein großer Suppentopf aus Edelstahl heraus.

Rose warf einen Blick ins Backbuch. »Während die Gletschergelatine quillt, muss der Zucker mit den Würfeln Gefräßigkeitsgelatine, dem Zuckersirup, weiterem geschmolzenen Eis und dem Seegurkenextrakt vermischt werden.«

Nevika schöpfte Wasser aus dem Wagen, um es in dem Topf abkühlen zu lassen. Polly kramte neben Jacques in dem Sack herum und reichte die nötigen Zutaten heraus.

Tinaka sah interessiert zu. »Das riecht alles gut«, sagte er. »Aber wie soll das die Großmeisterin retten?«

»Weil wir das hier –« Nevika hielt das Gegenmittel hoch – »in die Marshmallow-Masse mischen. Die Wärme des Kraters taut die Eissäule auf, die somit Wasser in die Marshmallow-Mischung tropfen lässt und sie aufquellen lässt – etwa so wie eine große Hüpfburg auf einem Kindergeburtstag!«

»Wow, hast du so eine mal gehabt?«, fragte Rose.

Nevika zuckte mit den Schultern. »Beneide mich nicht zu sehr. Zu meinen Partys ist nie jemand gekommen. Aber Mama und Papa sind gerne darauf herumgehüpft.«

»Das ist aber sehr wenig Marshmallow-Mischung«, sagte Tinaka, der die kleinen Pfoten auf den Rand des Anhängers gestützt hatte.

»*Jetzt* sieht es noch nicht nach viel aus«, sagte Rose und rührte den blubbernden Sirup hinein, »aber Nevika und ich haben es richtig bemessen.«

Gus schnippte Tinaka mit dem Schwanz zu. »Ein Rezept der Familie Glyck ist immer etwas absolut Besonderes. Zusammen mit einem Baridi-Zauber kann ich mir vorstellen, dass es ein richtiges Spektakel wird.«

Inzwischen hatten die Jungen und Tante Lily die Sachen beisammen, die Devin brauchte. Gemeinsam schleppten sie ein halbes Dutzend langer Arbeitstische aus Stahl über den Damm an den Fuß der Eissäule.

»Okay, Tymo und Lily, zuerst müssen wir die Tische aneinander um die Säule aufstellen«, befahl Devin. »Und zwar müssen sie auf der Seite stehen, denn die Tischplatten sollen ein Sechseck um den Turm bilden. Die Nahtstellen zwischen den Tischen kleben wir mit dem hier zusammen.« Er hielt eine große Rolle Klebeband hoch. »Seht zu, dass alles gut abgedichtet ist, damit die Marshmallow-Masse nicht rausläuft!«

»Zu Befehl, *el jefe*«, sagte Tymo. Tante Lily kam, um ihm mit dem ersten der Tische zu helfen, aber Tymo grinste verschmitzt. »Nee, *tia* Lily, meine Arbeit.«

Tante Lily trat zurück. »Aber gerne.«

Tymo bückte sich und holte Luft. Mit rotem Gesicht schaffte er es langsam, den Tisch hochzuheben. Mit einem Ächzen legte er ihn schließlich an der richtigen Stelle auf die Seite.

»Gut gemacht!«, sagte Basil. »Und du hast auch fast nicht so ausgesehen, als ob du gleich zusammenbrichst!«

»Okay«, keuchte Tymo, »ich kann vielleicht doch Hilfe gebrauchen.«

Rose sah, wie Nevika auf der anderen Seite der dampfenden, blubbernden Masse versuchte, ein Lächeln zu unterdrücken.

»Sag bloß nicht, dass du Tymo allmählich amüsant findest«, flüsterte Rose.

Nevika schüttelte den Kopf. »Nein, das ist es nicht. Es ist – ich könnte mich daran gewöhnen, so viele Leute um mich zu haben, die helfen.« Sie zog das Fläschchen mit dem blauen Gegenmittel aus der Manteltasche. Sie wollte es schon entkorken, dann zögerte sie.

»Was ist?«, fragte Rose.

Nevika blickte ihr tief in die Augen. »Das wird doch *wirken*, nicht?«

»Ja«, sagte Rose. »Und wenn nicht, finden wir eine andere Lösung.«

Bald war die notdürftige Konstruktion aus den Arbeitstischen fertig, und Devin machte sich daran, die restlichen Aufbaumaßnahmen zu übernehmen. Er sauste mit seinem Jetski über die weiten gefrorenen Wellen des Sees und verteilte Holzscheite, um bestimmte Punkte in dem großen Krater zu markieren. Tymo und Lily eilten hinterher und richteten große Holzhaufen am Fuß der Steilwände auf.

Nevika beobachtete das Treiben kurz, dann holte sie tief Luft. Sie zog den Korken aus dem Fläschchen und kippte den Inhalt in den kochenden Sirup.

Sobald das Gegenmittel in die Masse sickerte, fing der Sirup zu glühen an. Ein himmelblauer Schein wurde immer heller, strahlte aus dem Topf heraus und erleuchtete die verschneite Landschaft, die im Sonnenuntergang lag.

Devin kam auf dem Jetski angesaust, und eine Welle Schnee sprühte hoch. »Ich wäre dann so weit, Rose.«

Die Tische waren zu einem großen, sechseckigen Behältnis um den vereisten Turm zusammengebunden, die Ränder gut versiegelt. Neben dem Sechseck stand eine Leiter, die Polly und Basil aus dem ehemaligen Backgelände geholt hatten.

»Ihr Jungs geht los, und haltet euch bereit, um die Holzhaufen anzuzünden, wenn ich es euch sage«, sagte Rose und nickte zu den Holzstößen hin. »Nevika, kannst du mir hiermit helfen?«

Mit Fackeln gingen Polly, Lily, Tymo, Basil und Devin zu den Holzstößen, während Rose und Nevika den kochenden blauen Sirup in den Topf mit der gequollenen Gletschergelatine schütteten. Und wie sie aufgequollen war! Auf der Oberfläche des Wassers hatten sich eisige, schlangenartige Muster gebildet. Nachdem endlich alles miteinander vermischt war, trugen Rose und Nevika den Topf zu der Leiter. Er war schwer – zu schwer für die Mädchen, um ihn die Leiter hinaufzubugsieren. Daher

stellten sie ihn Sprosse um Sprosse ab und kletterten hinterher.
Oben angekommen, stellten sie sich seitlich der Leiter auf und hielten die Topfgriffe fest. »Achtung, fertig –«, sagte Rose.
»Los!«, sagte Nevika.
Und sie gossen die Sirup-Gelatine-Mischung in den leeren Zwischenraum zwischen dem Sechseck und der Eissäule. Sie floss ruhig nach unten, setzte sich auf dem eisigen Boden fest und schimmerte silbrig und glatt wie blassblaues Quecksilber. Erleichtert stellte Rose fest, dass unten nichts auslief.
Zugegebenermaßen sah die Mischung, die gerade mal den Boden rund um den Fuß der Eissäule bedeckte, nicht sehr gewaltig aus – aber die größten Feuer fingen bekanntermaßen oft mit einem einzigen Funken an.
Rose drehte sich um und winkte mit beiden Armen.
Devin, der bei den Stufen stand, die zum Kamm hinaufführten, hob die Daumen, dann warf er seine notdürftig gebastelte Fackel auf den ersten Holzstoß. Ihm gegenüber an dem Pfad vom Kamm, über den sie in den Krater gekommen waren, entfachte Lily ein weiteres Feuer. Tymo und Basil brannten ihre Haufen mit trockenem Holz an, und zuletzt entzündete Polly, die am Fuß des Damms stand, das letzte Lagerfeuer.

Flammen schlugen in den Himmel, der schon dunkel wurde, und ein Schwall Hitze breitete sich von den Kraterwänden aus. Die gefrorenen Wellen des Sees begannen zu glitzern und zu schwitzen.
»Okay, Mädels«, sagte Polly und eilte zur Leiter, »jetzt müssen wir abwarten.«
»Platz da, Platz da!«, jaulte Gus. Er, Tinaka und Jacques schlitterten hinter Polly her. »Ich hätte nie geglaubt, dass ich das aussprechen würde, aber am Ufer ist es viel zu heiß!«
»Wie lange wird es dauern?«, fragte Tinaka.
»Nicht lange, glaube ich«, sagte Nevika und kaute an den Fingernägeln.
Rose wischte sich die Stirn, kam die Leiter herunter und zog die Jacke und den Schal aus. »Da wir an dem Rezept so viel verändert haben, kann man das nicht so leicht vorhersagen.«
Die Welt in dem Krater wurde still. Rose konnte das Knacken des Feuerholzes hören, das Rascheln, als die anderen nach und nach ihre Mäntel und Jacken ablegten, während die Luft im Krater so heiß wurde wie im größten Backofen der Welt.
Die Eissäule begann zu schmelzen.
Tropfen liefen an ihr herunter wie Regenrinnsale an einer Fensterscheibe.

»Es klappt«, sagte Nevika. »Rose, es klappt doch, oder?«
Rose verfolgte einen Tropfen, der in Schlangenlinien an der pulsierenden, glühenden Säule entlangrann. Als der Tropfen des frisch geschmolzenen Wassers unten in die Sirup-Gelatine-Mischung lief, erschauerte die Mischung und machte sich breit wie ein Bär, der aus dem Winterschlaf aufwachte.
»Das Ding schmilzt ja schneller als ein Eis am Stiel im August!«, krähte Basil, der angerannt kam. »Stört es jemand, wenn ich mein Hemd ausziehe? Es ist echt kochend heiß hier!«
»Ja, es stört uns!«, heulten Tymo und Gus gleichzeitig auf.
Mit einem Knacken brach ein großer Brocken Eis von der Spitze der Säule ab und landete in dem köchelnden Marshmallow-Brei unten. Ein großer Schwall grünlich gefärbten Wassers rann jetzt an der Säule entlang – und Rose konnte bereits die beiden dunklen Formen von Nevikas Eltern im Inneren der Eissäule sehen. Sie hielten sich immer noch bei den Händen.
Als der Wasserschwall auf die Marshmallow-Masse traf, passierte etwas.
Es war, als ob Heliumgas in einen Ballon gepumpt würde. Die silbrig-blaue Mischung explodierte in die

Höhe, schwoll an wie Rasierschaum aus der Dose und kochte strudelnd bis an den Rand der ausgesparten Form.

»Wow«, rief Rose, als der Tisch am Fuß der Leiter ein Stück herausgedrückt wurde. Er krachte gegen die Leiter, und Rose fiel in den Schnee. Gleichzeitig riss das Klebeband an den Nähten aller anderen fünf Tische, die somit in die Wellen des inzwischen getauten breiten Kratersees geworfen wurden.

Rose blickte hinauf. Den spitzen Eisturm umhüllte jetzt ein perfekt rundes Marshmallow von der Größe eines Hauses. Nur die Spitze der Eissäule schaute oben heraus, war aber schon fast ganz abgeschmolzen. Rinnsale von grün schillerndem Wasser stürzten außen an dem Marshmallow herab und bildeten vor Roses Füßen smaragdgrüne Pfützen.

»Rose!«, rief Nevika und kauerte sich neben sie.

»Bist du verletzt, Rosie«, rief Polly und erhob sich.

Rose winkte Devin und Lily zu, die über den Damm angerannt kamen. »Alles gut!«, rief sie.

»Das Ding ist ja gigantisch!«, sagte Basil. »*Riesig* wird das Hauptmotiv in meinem Buch. Riesige *Salzige Heringe,* riesige Marshmallows, riesige Schneemänn–«

Er brach ab und blickte zu Boden. Tymo klopfte ihm tröstend auf den Rücken.

»Was passiert jetzt?«, fragte Tinaka. »Das Ding wird Mama und Papa Baridi doch nicht ersticken?«
»Hoffentlich nicht.« Nevika klatschte in die Hände. »Sie sollten jetzt ganz und gar von dem Marshmallow umhüllt sein, was bedeutet, dass für sie die Zeit viel langsamer abläuft als für uns – falls wirklich alles richtig geklappt hat. Wir müssen –«
Die ihnen zugewandte Seite des Marshmallows beulte sich aus.
Nevika verstummte und hielt die Luft an, während alle beobachteten, wie sich der Abdruck von einer Hand nach außen abzeichnete.
Zu der Hand kam eine zweite – und dann, während Nevika aufschluchzte, drückte sich eine dritte und eine vierte Hand suchend durch die Marshmallow-Masse.
Zwei Paar Hände. Zwei Menschen. Rose schluckte den Kloß hinunter, der ihr im Hals steckte. Sie sah fassungsloses Glück in Nevikas Augen aufblitzen.
Ihre Eltern – *beide* Eltern – lebten.
»Steht doch nicht einfach rum!« Tinaka hüpfte auf seinen Kängurubeinen wild vor dem Marshmallow auf und ab. »Helft ihnen heraus!«
Alle liefen auf das Marshmallow zu, rupften die weiche, klebrige Masse weg, Hände voller Schaum, den sie hinter sich in den getauten See warfen.

Ein Gesicht tauchte auf und rang nach Luft – Nevikas Mutter Zahra. Sie kaute an einem riesigen Stück des weichen Schaumzeugs und hatte Mühe, die verklebten Augen zu öffnen.
»Mama!« Nevika riss ihre Kappe ab und wischte ihrer Mutter das Gesicht damit ab. Die Frau schluckte den Bissen Marshmallow hinunter und holte tief Luft.
»Ich habe ihn!«, verkündete Tante Lily.
Sie hatte mit beiden Händen in die weiche Masse gegriffen und Papa Baridi am Handgelenk gepackt. Mit einem Fuß stemmte sie sich gegen die Marshmallow-Wand und zog mit aller Macht. »Helft mir mal!«
Während Nevika und Rose Mama Baridi aus dem Marshmallow-Berg zogen, unterstützten die Jungen und Polly Lily. Alle zerrten wie wild an Nevikas Vater.
»Auf drei!«, jaulte Gus hinter ihnen. »Eins!«
»*Deux!*«, quiekte Jacques, der die kleinen Pfoten wie einen Trichter um die Schnauze gelegt hatte.
Tinaka machte einen Satz in den Himmel. »DREI!«, brüllte er überraschend laut für so ein kleines Wesen.
Alle fielen in einem Haufen zurück – und mit einem gigantischen Gurgeln kippte eine Gestalt heraus, die von Kopf bis Fuß in bläulich weißen Schaum gehüllt war. Sie landete neben Nevikas Mutter, die spuckte und sich Marshmallow-Stücke aus den Haaren zog.

Jetzt sah man, dass es sich um einen großen, schlanken Mann mit freundlichen braunen Augen und kurzen schwarzen Haaren handelte, der jetzt blind und benommen auf die Füße kam. Schmatzend kaute er einen Bissen Marshmallow. Er wirkte äußerst verwirrt. Keine Frage: Das war Nevikas Vater. Endlich frei – und dem Tod entrissen. Das Gegenmittel hatte gewirkt.

»Oh«, flüsterte Nevika nur, die ihren Vater zum ersten Mal seit zehn Jahren wiedersah.

»Nassir!«, rief Tinaka. »Das ist mein Freund Nassir!«

Mama Baridi versuchte sich zu orientieren und sah sich um – auf die verstreuten Tische, die Lagerfeuer am Rand des Kraters, die zerfetzte Marshmallow-Masse. Aber ein Blick auf Nevika genügte ihr, um alle Sorgen zu zerstreuen, die sie gehabt haben mochte.

Zahra Baridi breitete die Arme aus. »Ich wusste, dass du es schaffen würdest, mein kleines Mädchen!«

»Mama!«, rief Nevika und rannte in die klebrige Umarmung ihrer Mutter.

»Wo …« Nassir Baridi drehte sich vor Verwirrung der Kopf. »Zahra, ist das …«

Papa Baridi warf einen Blick auf Rose, Devin und den ganzen Klan der Glycks. »Wo kommt ihr alle nur her?«

»Nassir, mein Liebster«, sagte Mama Baridi. »Du bist

lange Zeit fort gewesen, und wir müssen dir so viel erzählen. Aber erst mal möcht ich dich deiner Tochter vorstellen.«

Nassir verschluckte sich fast. »Mein kleines Mädchen? Du bist … so groß.«

»Daddy«, sagte Nevika, der die Tränen über die sommersprossigen Wangen liefen.

Die drei umarmten sich stumm und lang, überwältigt und überglücklich.

»Ein Wiedersehen«, sagte Basil. »Nett. Gutes Ende.«

Dann weinte und lachte die ganze Familie. Selbst Tinaka verließ Basils Schulter und sprang hoch, um Nassir zu umarmen.

Ein Kloß in Roses Hals machte es ihr unmöglich, irgendwas zu sagen. Was aber auch nicht nötig war.

»Das hast du richtig gut gemacht«, sagte Polly zu ihr, während alle dem Wiedersehen der Familie Baridi zusahen.

Devin drückte Rose die Hand. »Deine Mutter hat absolut recht.«

Nevika sah zu Rose herüber. »Danke«, sagte sie mit stummer Lippenbewegung.

»Wir *alle* haben es richtig gut gemacht«, sagte Rose mit einem Blick auf ihre Brüder und Tante Lily. »Und zwar gemeinsam.«

Kapitel 18
Fröhliche Weihnachten!

Eine Woche später war in Calamity Falls alles wieder normal.

Oder eher, *fast* normal. Besser als normal, um genau zu sein.

Es war Heiligabend, und obwohl die Rollläden vor den Fenstern der Glücksbäckerei geschlossen waren und an der Ladentür das GESCHLOSSEN-Schild hing, ging es drinnen hoch her.

Sie hatten die Bistrotische aus dem Laden der Bäckerei geräumt, und stattdessen hatte Roses Vater mit Tymo einen langen Holztisch aufgestellt.

»Pass auf!«, rief Albert Nella zu, die auf dem Boden herumwuselte.

»Ich habe sie!« Tante Lily – in einem flauschigen Pullover mit festlichen Schleifen an den Schultern – hob Nella hoch. Sie hatte geholfen, Stühle aufzustellen, während Basil rote, grüne und goldene Sets verteilte – dreizehn insgesamt.
Zwei weitere kleine Weihnachtsbäume waren auf dem Ladentisch aufgestellt – die Glycks hatten in der vergangenen Woche so viele Ich-bedanke-mich-Karten bekommen, dass der große Weihnachtsbaum im Schaufenster nicht alle aufnehmen konnte. Es waren frische Tannengirlanden aufgehängt worden, und von jedem Regalbrett mit Gebäck hing silbriges Lametta.
Während vorne alles weihnachtlich hergerichtet wurde, waren Rose und Polly in der Backstube und legten letzte Hand an das Weihnachtsfestessen.
»Ob der Schinken auch wirklich durch ist?«, sorgte sich Polly, die vor den Backöfen stand. »Ich bin mir nicht sicher«, sagte sie. »Er ist rosa … aber wie dunkel sollte er sein?«
Rose tätschelte ihrer Mutter die Schulter. »Ich bin sicher, dass er genau richtig ist, Mom. Es sind doch keine Kunden, sondern eingeladene Gäste – ich glaube kaum, dass sich jemand beschweren wird.«
Polly schüttelte den Kopf. »Kochen ist so ein Stress! *Backen* ist so viel genauer und berechenbarer.«

Rose zuckte mit der Augenbraue. »Gilt das auch für Riesen-Marshmallows, die wir mitten in einem gigantischen Kraterofen machen?«

»*Dafür erst recht*«, sagte Polly.

Die Schwingtür zur Backstube ging auf, und Basil polterte herein. »Warum dauert es so lange, Mom? Wir sind am Verhungern! Wir verkümmern allmählich! Wir sind nur noch Haut und Knochen und … Knorpel!«

»Igitt«, sagte Rose und legte kleine Brötchen auf einen Teller.

Polly reichte Basil eine Schüssel mit geschmorten Bohnen und Pilzen. »Fast fertig. Schick deinen Bruder und deine Schwester her, damit sie alles reinbringen können.«

Als Rose die Brötchen hinaustrug, kam das erste Klopfen von der Ladentür.

Tante Lily öffnete die Tür, und herein kam Mrs Carlson, festlich gekleidet in ihre beste Sonntagsgarderobe: ein glitzernder goldener Kaftan und ein passender Turban. Stolz präsentierte sie zwei Flaschen Sherry, während sie hereinstolperte. Die Flaschen waren mit roten Schleifen geschmückt.

»Für die Party!«, rief die schottische Nachbarin und ließ sich von Albert aus dem Mantel helfen. »Nichts

versüßt die Feiertage so wie ein Schlückchen von etwas Verbotenem.«
»Sie wird mehr nehmen als ein *Schlückchen*«, flüsterte Lily Rose zu, als sich Mrs Carlson niederließ.
»Hallo, Balthasar!« Mrs Carlson winkte Großvater Balthasar zu, der bereits am Tisch saß und Gus auf seinem Schoß kraulte. »Wen stellen Sie denn dar? Den Nikolaus?«
Balthasar grummelte. Er hatte seinen hässlichen Weihnachtspullover an und sich den Bart, der jetzt weiß und sehr flauschig aussah, zuvor im Spülbecken gewaschen.
»Meine Liebe«, sagte Balthasar, »der Nikolaus würde sich beglückwünschen, wenn er so jugendlich und munter wäre wie ich.«
»Kann man wohl sagen.« Mrs Carlson schob die Lippen vor. »Wenn ich unverheiratet wäre, würde ich mir jemanden wie Sie angeln wollen.«
»Aber Mrs Carlson«, erinnerte Tymo, der gerade eine riesige Salatschüssel mitten auf den Tisch stellte, seine Nachbarin. »Sie *sind* doch unverheiratet.«
Mrs Carlson machte ein verwirrtes Gesicht, dann goss sie sich Sherry in ein Glas und hob den Arm. »Darauf trinke ich einen! Prost!«
Das nächste Klopfen an der Tür kündigte die Baridis an.

Etwas eingeschüchtert trat die Familie ein und lächelte den versammelten Glycks und Mrs Carlson zu.
»Ich habe Fata mitgebracht«, sagte Zahra Baridi zu Tante Lily und reichte ihr einen dampfenden Schmortopf. »Eine Suppe aus Lammfleisch, Brot und Reis. Das essen wir immer an Weihnachten.«
»Riecht ja göttlich!« Tante Lily stellte den Topf zu den anderen dampfenden Schüsseln auf den Tisch.
Nella stand auf Zehenspitzen neben Mama Baridi und reichte ihr kaum bis an die Knie. »Du bist *groß*.«
»Danke.« Mama Baridi tätschelte dem kleinen Mädchen den Kopf. »Und du bist *bezaubernd*.«
Albert nahm Nassir den Mantel ab. »Wir freuen uns sehr, dass Sie mit uns Weihnachten feiern, und natürlich darüber, dass Sie alle wieder zusammen sind.«
Rose musste genau hinsehen. Zum ersten Mal sah sie Papa Baridi ohne Marshmallow-Schaum in den dunklen Haaren. Papa Baridi schüttelte Albert kräftig die Hand. »Unseren Neuanfang haben wir den Glycks zu verdanken.«
Mrs Carlson blickte Nassir schelmisch über ihr Sherryglas an. »Wie haben Sie sich denn diesen strammen Kerl geangelt?«, fragte sie Mama Baridi und stieß sie mit dem Ellbogen an.
Dank der zehn Jahre im Eis sah Nassir noch so jung aus

wie damals, als er eingefroren worden war. Er wirkte eher wie ein älterer Student als wie der Vater eines Teenagers.

Mama Baridi lächelte. »Sie werden es nicht glauben, aber er ist nicht so jung, wie er aussieht.«

»Wo ist die Küche?« Nevika hielt eine Schüssel hoch, die mit einem karierten Geschirrtuch bedeckt war, und Rose nahm sie mit nach hinten.

Polly kam mit einer großen Schüssel Kartoffelbrei an ihnen vorbei. Sie drückte Nevika kurz, dann trug sie das Püree hinaus auf den Tisch.

»Es ist genial, dass ihr kommen konntet!«, sagte Rose aufgeregt. »Was hast du da mitgebracht?«

Nevika hielt ihr die abgedeckte Schüssel hin. »Du weißt doch, dass wir uns über ein Rezept für *Fröhliches-Fest-Früchtebrot* ausgetauscht haben?«

Rose nickte. »Klar! Wofür hast du dich entschieden?«

Schwungvoll zog Nevika das Geschirrtuch ab. Ein glänzendes Früchtebrot, das mit Nüssen gespickt war, kam zum Vorschein. »Früchtebrot mit Pekannüssen und Datteln! Ihr mögt Pekannüsse, und wir Baridis verwenden gerne Datteln, daher dachte ich, ich kombiniere beides, um etwas zu machen, das wir nie vergessen! Wörtlich.«

Rose schnupperte. Das Früchtebrot roch erdig und süß.

»Das sieht ja *unglaublich* aus«, sagte sie und stellte das süße Brot neben die anderen Nachtische.
»Glaubst du, dass es ungewöhnlich genug ist, um ins *Compendium* aufgenommen zu werden?«, fragte Nevika.
Seit ihrer schicksalshaften Reise zur Rettung von Nevikas Eltern waren Rose und Nevika per E-Mail und Chats in Kontakt geblieben. Sie hatten Rezeptideen ausgetauscht und Zutaten besprochen und schließlich beschlossen, ihr eigenes Kochbuch für junge Meisterbäckerinnen zu erstellen – etwas, das als Ergänzung zu ihren beiden Familienbackbüchern dienen sollte.
Und so war das *Compendium für Junge Bäckerinnen* geboren – wenn es bisher auch nur als eine Sammlung von Dateien in Roses Computer oder als Konzept in ihren Schulheften existierte.
Rose roch noch mal an dem neu erfundenen *Fröhliches-Fest-Früchtebrot*. »Das ist auf jeden Fall schon backbuchfertig!«
Jemand räusperte sich, und Rose stellte fest, dass das Geräusch unter Nevikas blassblauer Mütze hervorkam. Das Mädchen riss die braunen Augen auf und nahm die Mütze ab.
Tinaka, die Springmaus mit den großen Ohren, saß in Nevikas schwarzen Haaren. »Endlich«, zirpte der kleine

Nager. »Ich habe ein schönes Schläfchen gehalten, aber die ganze Zeit im Dunklen zu sitzen, kann lästig werden. Ich brauche Licht!«

Nevika setzte Tinaka vorsichtig auf den Fliesenboden. »Wenn du gelernt hättest, still zu bleiben wie Gus und Jacques, müsstest du dich nicht verstecken. Mrs Carlson weiß nicht über die redenden Tiere Bescheid.«

»Ich schweige«, grummelte Tinaka. »Wo ist die französische Maus überhaupt? Ich kann ein Fest nur genießen, wenn ein anderer Nager mitfeiert.«

Rose deutete auf den vorderen Raum. »Ich glaube, er ist hinter der Ladenvitrine und feiert auf seine Weise. Wenn du dich beeilst, triffst du ihn vielleicht noch an, ehe er das ganze Nordpol-Müsli aufgefressen hat, das wir ihm gemacht haben.«

»Müsli, sagst du?«, piepste Tinaka. »Aus dem Weg!«

Er schlüpfte unter der Schwingtür durch und verschwand.

»Sollen wir zu den anderen gehen?«, schlug Rose vor.

»Klaro!«, sagte Nevika. »Ich bin am Verhungern. »Wo ist Devin?«

»Seine Eltern haben auch ein Familienessen«, erklärte ihr Rose. »Aber wir treffen uns morgen zur Geschenkübergabe.«

»Ich wette, er hat für dich etwas erfunden oder dir et-

was gebastelt«, überlegte Nevika, während sie durch die Schwingtür traten. »Zum Beispiel einen selbstkochenden Topf, der sich in einen Mixer verwandeln kann.«
»Das wäre interessant«, sagte Rose. »Ein gutes Allzweck-Rührgerät mit Löffel und Quirl könnte ich gut gebrauchen.«
Sie gingen zu ihren Plätzen, auf denen glitzernde, von Tante Lilly sorgfältig beschriftete Tischkarten standen. Rose musterte ihre Familie und die neuen Freunde. Sie war überglücklich, dass sie mit ihnen allen zusammen feiern konnte.
Ein Platz war noch leer – aber genau in diesem Moment kam der letzte Gast.
Albert öffnete die Tür, und Mr Dobson, der Bonbonkocher, trat ein. »Fröhliche Weihnachten!«, brüllte der joviale, rundgesichtige Mann. Er trug eine Nikolausmütze und hatte einen kleinen Sack aus Samt dabei. »Mann, das sieht ja gut aus!«, staunte er, als er die Festtafel erblickte. »Ein echtes Festessen!«
Die gesamte Fläche des Tisches war voller Schüsseln und Platten – glasierter Schinken, fluffiger Kartoffelbrei, eine Sauciere mit wunderbar duftender Bratensoße, Mama Baridis Lamm-Reis-Suppe, mehrere Gemüseschüsseln und noch mehr.
Polly wollte sich gerade erheben, um ihn zu begrüßen,

da hielt Mr Dobson die Hand hoch. »Stehen Sie nicht wegen mir auf. Ich kann meinen Platz mühelos finden. Aber zuerst mal: Ich habe für alle Geschenke dabei.«
Mr Dobson griff in seinen Sack und zog eine kleine, silbern eingewickelte Schachtel heraus. Er legte sie vorsichtig vor Nella, die vor Aufregung auf ihrem Stuhl zappelte.
»Darf ich es aufmachen?«, fragte sie. »Jetzt gleich, Mommy? Bittebittebitte –«
»Nicht so schnell«, sagte Polly. »Warte, bis Mr Dobson fertig ist.«
Rose war fast so gespannt wie ihre Schwester und sah zu, wie Mr Dobson Schachteln an Tymo und Nevika verteilte. Ungeduldig wollte sie sehen, was für Überraschungen Mr Dobson mitgebracht hatte.
Zu Basil sagte Mr Dobson: »Ich habe eine neue Ladung *Salziger Heringe* gemacht, extra für dich.«
Basil strahlte. »Sie sind der Beste, Meister D. Wenn es mit meiner Schreibkarriere nichts wird, könnte ich mir auch eine Laufbahn als Bonbonkocher vorstellen.«
Roses Geschenkschachtel enthielt eine kandierte Rose. Jedes Blütenblatt war kunstvoll von Hand geformt. Sie roch nach Frühling, und der Duft zauberte ein Lächeln auf Roses Gesicht.
»Viel zu schön, um sie aufzuessen!«, sagte sie.

»Unsinn!«, erwiderte Mr Dobson. »Hübsche Süßigkeiten, die nicht gegessen werden, erfüllen nicht ihren Zweck!« Nachdem er fertig war, ließ er sich neben Polly nieder.

Ehe Albert reden konnte, stand Basil auf. »Darf ich was sagen, Dad?«

Tymo stöhnte. »Wenn ich nicht bald essen darf, gehen mir mindestens zehn Pfund Muskelmasse verloren. Die brauche ich fürs Basketballspielen!«

Basil sah ihn finster an. »Das hier ist wichtig.« Er wandte sich den übrigen Anwesenden zu und sagte: »Danke, dass ihr alle zu unserem Weihnachtsessen gekommen seid. Nur, damit ihr es wisst, für jedes meiner Bücher wird es eine Premierenfeier geben, und jede wird noch viel, viel größer und ausgefallener sein als dieses Weihnachtsfest.« Schnell setzte er hinzu: »Nichts für ungut, Mom.«

Polly zuckte mit den Schultern. »Wenn du eine coole Party schmeißen willst, dann nur zu.«

»Danke«, sagte Basil. »Aber ich wollte etwas über unseren guten Freund Harry sagen.«

»Wer ist Harry?«, fragte Mrs Carlson.

»Wer Harry ist?«, rief Basil aus. »Harry ist der Gigant unter den Schneemännern! Wortwörtlich! Wenn er nicht gewesen wäre, dann hätten wir Mr Baridi niemals retten können. Er ist der Grund, warum wir heute Abend alle zusammen sind.« Basil sah Mr Dobson an. »Ich habe mich gefragt, ob Sie vielleicht … besteht die Chance …?«

»Ich habe das Bonbonherz in der Tat mit verzehrbarem Wachs umhüllt«, sagte Mr Dobson. »Starkes Zeug. Es besteht absolut die Chance, dass noch ein Teil von Harry da ist.«

Basil nickte. »Danke.« Er verbeugte sich vor seinem Vater. »Entschuldige, dass ich dich unterbrochen habe, Dad.«

Albert drückte Basil die Schulter. »Auch wenn Harry nicht persönlich bei uns ist, war er doch ein guter Freund – ich bin sicher, dass er dort draußen irgendwo ist und auf uns aufpasst.«

»Das hoffe ich«, sagte Basil.

»Ich weiß, dass wir nun alle loslegen und das Mahl vor uns verzehren wollen«, sagte Albert, »aber eines muss ich vorher noch erwähnen –«

Tymo stöhnte. »Warum müssen alle so viel Reden halten?«

Plötzlich wurde am unteren Rand des Schaufensters dreimal laut geklopft.

»Wer könnte denn das sein?«, fragte Polly und erhob sich.

»Jemand sehr Kleines?«, vermutete Basil.
»Oder Devin, der sich vielleicht von seinem Familienessen hat loseisen können«, schlug Tymo vor. »Der redet wenigstens nicht so viel.«
Gus sprang auf den Boden. »Etwas, das so tief unten mit dem Schnabel an die Tür klopft, kann nur eines bedeuten: Meine Gäste sind auch endlich angekommen.«
Während der Kater zur Ladentür schlich, blickte Mrs Carlson zwischen ihrem Glas Sherry und dem dicken Kater hin und her.
»Äh, ich bitte um Verzeihung«, sagte sie. »Ich habe vielleicht ein *wenig* zu viel Sherry getrunken. Ich hätte schwören können, dass der Kater …« Sie schüttelte den Kopf. »Polly, Sie haben doch Wasser in der Küche, oder?«
»Aber sicher«, sagte Polly.
»Kommen Sie mit«, sagte Albert und führte die alte Dame hinaus.
Sobald sie fort war, kratzte Gus an der Ladentür. »Könnte mir bitte jemand die Tür aufmachen?«
Tante Lily fand sich bereit, und Gus trat in die stürmische Kälte. Die Veranda war leer, und obwohl Rose den Hals verdrehte, um aus der Tür zu sehen, konnte sie keinen entdecken. Gus tappte davon.
»Vielleicht ist es ein Unsichtbarer!«, sagte Basil.

»Na klar, ein unsichtbarer Mann kommt in unsere Bäckerei, um unsern Kater zu besuchen«, sagte Tymo. »Ist doch total logisch.«
Polly bat beide, still zu sein.
Alle warteten schweigend, bis sie plötzlich hörten, wie Gus zirpte und in einer seltsamen Sprache mit jemand sprach, der dort draußen war. Die Person oder die Wesen, die geklopft hatten, antworteten mit lautem, näselndem Geschnatter.
»Irgendwelche großen Vögel da draußen«, sagte Lily von ihrem Platz an der Tür.
»Waren das die Gänse?«, fragte Rose, als Gus mit hocherhobenem Schwanz wieder hereinkam.
»Die Kanadagänse, die ich gesehen habe, als ich das erste Mal nach Calamity Falls kam?«, fragte Nevika.
Gus nickte mit dem pelzigen Kopf. »Man kann einen Kater nicht bitten, sich mit Vögeln zu unterhalten, und dann annehmen, dass damit alles erledigt ist. Ich habe einige Exemplare dieses Federviehs kennengelernt, und die sind gar nicht so schlecht. Ich könnte sogar sagen, dass ein paar davon gute Freunde geworden sind. Wie zum Beispiel die drei da draußen, die sich bereit erklärt haben, mir einen Gefallen zu tun.« Er richtete sich auf und krallte sich mit den Vorderpfoten in das Tischtuch. »Ich brauche etwas von Pollys Brotfül-

lung. Schnell. Ich habe ihnen eine Belohnung versprochen.«

Tymo häufte einen Schwung der gebackenen Füllung auf seinen Teller und reichte ihn an Tante Lily weiter, die die Tür aufmachte und den Teller auf die Veranda stellte. Gus ging hinaus und setzte sich daneben. Er gackerte dreimal, dann machte er kehrt und kam wieder herein.

Einen Augenblick später kam etwas Schweres und rot Glühendes über die Schwelle gerollt.

»Ist das –«, fragte Tymo.

»Das kann doch nicht –!«, sagte Rose.

»Ist es!«, rief Basil. Er sprang so wild in die Luft, dass sein Stuhl zu Boden knallte. »Das ist Harrys Bonbonherz!«

»Das Wachs hat gehalten, genau wie ich gehofft hatte!«, sagte Mr Dobson.

Mr und Mrs Baridi standen auf, um sich das Bonbonherz anzusehen. »Das ist echte Handwerkskunst«, sagte Nassir. »So symmetrisch, und nicht eine Luftblase zu sehen!«

Basil rannte zu Mr Dobson. Er zog an seinem Ärmel und fragte: »Heißt das, dass wir Harry neu machen könnten?«

»Mir fällt kein Grund ein, warum das nicht gehen

sollte!«, sagte Mr Dobson. »Nicht der Schnee hat aus Harry Harry gemacht, sondern das Herz. Wenn wir ihm einen frischen Körper bauen, ist er wieder so gut wie neu.«

»Das ist das perfekte Ende für meinen Roman!«, jubelte Basil. »Alle werden begeistert sein!«

»Ganz sicher, Bruderherz«, sagte Tymo und aß heimlich ein Stück von dem Schinken. »Aber diesmal muss er schickere Kleider bekommen.«

»Ein eleganter Schneemann?«, sagte Tante Lily. »Finde ich gut.«

Alle wandten sich dem Tisch zu, bis auf Albert und Mrs Carlson, die noch in der Küche waren. Nachdem Gus wieder auf Großvater Balthasars Schoß gesprungen war, hob der alte Mann sein Glas.

»Da Albert unabkömmlich zu sein scheint, stoße ich mit euch an, damit wir endlich mit dem Essen anfangen können«, sagte er. »Auf –«

»Mich!«, kreischte Nella und hob ihren Plastikbecher mit Apfelsaft.

Alle lachten. »Auf Nella!«, sagte Großvater Balthasar. »Auf alle unsere Familien.« Er nickte Mr Dobson und den Baridis zu. »Und auf neue Freunde.«

Über den Tisch hinweg blickte Rose zu Nevika. Es schien inzwischen schon sehr lange her, dass sie in dem

Mädchen eine Rivalin gesehen hatte – jemand, der womöglich einfach auftauchen und ihren Platz als Meisterbäckerin einnehmen könnte.

Es stimmte, Nevika war eine Herausforderung, aber im besten Sinne. Sie stachelte Rose an und begeisterte sie für neue Ideen. Die Mädchen waren gerade nur so verschieden, dass sie sich gegenseitig ergänzten wie die sorgfältige Ausgewogenheit von Zutaten in einem ihrer Rezepte.

Nevikas Lächeln spiegelte das von Rose wider.

Das Bonbonherz pulsierte warm und einladend auf der Mitte des Tisches, und die beiden Mädchen stießen mit Apfelwein an. Zusammen und absolut gleichzeitig sagten sie: »Auf neue Freunde!«